茅盾研究
八十年書系

韋韜、陳小曼◎著

錢振綱・鍾桂松◎主編

55

父親茅盾的晚年

花木蘭文化出版社

國家圖書館出版品預行編目資料

父親茅盾的晚年／韋韜、陳小曼 著 — 初版 — 新北市：花木
蘭文化出版社，2014〔民 103〕

目 2+280 面；19×26 公分

（茅盾研究八十年書系；第 55 冊）

ISBN：978-986-322-745-8（精裝）

1. 沈德鴻　2. 傳記

820.908　　　　　　　　　　　　　　　　103010667

中國茅盾研究會《茅盾研究八十年書系》編委會

主　　編：錢振綱　鍾桂松

副主編：許建輝　王中忱　李　玲

特邀顧問：

邵伯周　孫中田　莊鍾慶　丁爾綱　萬樹玉　李　岫

王嘉良　李廣德　翟德耀　李庶長　高利克　唐金海

ISBN-978-986-322-745-8

9 789863 227458

茅盾研究八十年書系
第五五冊

ISBN：978-986-322-745-8

父親茅盾的晚年

本書據文化藝術出版社 2008 年 6 月版重印

作　　者　韋韜、陳小曼
主　　編　錢振綱　鍾桂松
總 編 輯　杜潔祥
副總編輯　楊嘉樂
編　　輯　許郁翎
出　　版　花木蘭文化出版社
社　　長　高小娟
聯絡地址　235 新北市中和區中安街七二號十三樓
　　　　　電話：02-2923-1455／傳眞：02-2923-1452
網　　址　http://www.huamulan.tw 信箱 hml 810518@gmail.com
印　　刷　普羅文化出版廣告事業
初　　版　2014 年 7 月
定　　價　60 冊（精裝）新台幣 120,000 元　　　　版權所有・請勿翻印

父親茅盾的晚年

韋韜、陳小曼　著

提　要

　　一九八一年三月二十七日爸爸溘然長逝。

　　自一九一六年八月爸爸跨進上海商務印書館的大門之時起，爸爸在中國文壇上馳騁了整整六十五年，為中國新文學運動的發展做出了卓越的貢獻。

　　爸爸六十五年的文學生涯，從一個側面，反映和印證了中國新文學運動的歷史。這段歷史若能完整地記載下來，將是十分珍貴的文化遺產。然而爸爸晚年撰寫的回憶錄《我走過的道路》，卻把結尾的時間定在一九四九年，也就是僅僅回憶了前三十三年的文學歷程。爸爸沒有告訴我們為什麼要這樣做，我們猜想，大概他認為自己真正的創作生涯是在前三十三年，而後三十二年主要從事於文化領導工作。

　　爸爸去世後，我們聽到社會上許多反映，認為爸爸的回憶錄只寫到一九四九年是非常遺憾的，於是不少出版社和雜誌社熱心的編輯希望我們能彌補這個缺憾。

　　隨著茅盾研究的開展，國內外越來越多的茅盾研究佳作絡繹問世，評傳、專著、論文、傳記、年譜、詞典等已出版了不少。我們感謝並祝賀他們取得的豐碩的成果。但是，這些著作主要是講述爸爸的文學活動的，研究者和讀者們也希望能看到更多的、第一手的真實反映爸爸日常生活和精神面貌的資料。當前又有個別人專以搜羅甚至編造作家的所謂「秘聞軼事」來取悅和招徠讀者。因此，我們作為茅盾的後代，有責任盡最大的努力，將我們所知道的爸爸的真實情況奉獻給讀者，同時，也儘可能彌補爸爸的回憶錄《我走過的道路》所留下的遺憾。

　　這本書著重寫了爸爸一生中最後的十五年，即從文化大革命開始到爸爸謝世，因為這十五年我們和爸爸始終生活在一起；而「文革」前的十七年，只能選擇我們所知道的若干重大事件，作一概略的回述。所以，這本書就命題為《父親茅盾的晚年》。由於水平所限，我們這隻禿筆未必能將爸爸的高尚情操和偉大人格完整地向世人傳達出來，但我們盡力使它最大限度地接近於歷史的真實。

　　韋韜　陳小曼　二零零六年八月修訂

目

次

風暴前夕

一九六五年元旦，我們照例帶著兩個孩子到爸爸媽媽家去過年。爸爸不在家，他在文化部參加團拜了。媽媽把韋韜叫到一邊，悄悄地說：「你知道嗎，不讓你爸爸當文化部長了！」韋韜不禁一愣。其實這事本在意料之中。還在一九六四年春夏交，我們就聽說毛主席對文藝工作有兩個批示，指責文聯各協會十五年來，基本上不執行黨的政策，不去接近工農兵，不去反映社會主義的革命和建設；批評文化部是帝王將相部，才子佳人部和外國死人部。那

時，我們已經預感到一場新的政治風暴正向文藝界襲來，爸爸作為在位已十五年之久的文化部長，看來「罪責難逃」。可是驟然聽到這個消息，仍然覺得震驚。

一九四九年十月二十日，在中共人民政府委員會第三次會議上，茅盾被任命為中央文化教育委員會副主任委員和中華人民共和國文化部第一任部長。這是十月二十一日中央文化教育委員會宣告成立時全體委員的合影。第二排左起第五人為茅盾。

爸爸本來就不想當文化部長。在建國前夕，周總理動員他出任文化部長時，他就婉言推辭，說他不會做官，打算繼續他的創作生涯。媽媽更有她的如意算盤：她想在西湖邊買一棟房子，定居杭州，讓爸爸從從容容地寫作。她說，自從大革命失敗之後，他們一直在國民黨的通緝和盯梢之下，過著顛沛流離的生活，現在可以安安定定地住下來，讓爸爸把沒有寫完的幾部長篇小說完成。後來毛主席親自出面找爸爸談話，說文化部長這把交椅是好多人想坐的，只是我們不放心，所以想請你出來。爸爸問：「為何不請郭老擔任？」毛主席說：「郭老是可以的，但他已經擔任了兩個職務，一個是文化教育委員會主任，一個是中國科學院院長，再要他兼文化部長，別人更有意見了。」又說：「聽說你不願意做官，這好解決，你可以掛個名，我們給你配備個得力的助手，實際工作由他去做。」後來知道，這位助手就是周揚，文化部第一

任副部長。這樣，爸爸就當上了文化部長，一幹就幹了十五年，其間，副部長換了好幾任，就他這部長始終未動。爸爸曾兩次向周總理提出辭呈，都未獲准。現在毛主席的兩個批示傳達下來，文聯所屬各協會都在整風，文化部的幾位副部長又連遭批判，我們就預料，爸爸離開文化部長職位的日子也為時不遠了。

在一九六五年一月五日閉幕的第三屆全國人民代表大會上，茅盾不再擔任任職已達十五年之久的文化部部長職務，同時，當選為中國人民政治協商會議全國委員會副主席。這是擔任政協副主席的茅盾。

過了幾天，報紙上公佈了免去爸爸文化部長職務，改任全國政協副主席的消息。周末，韋韜得空向爸爸問起此事的經過。爸爸說：「早在一個月前我就知道了。在一次國務院全體會議之後，總理把我留下，談了這件事。總理說：『文化部的工作這些年來一直沒有搞好，這責任不在你，在我們給你配備的助手沒有選好，一個熱衷封建主義文化，一個推崇資本主義文化。我知道你一開始就不願意當這部長，後來又提出過辭職，當時我們沒有同意，因為找不到接替你的合適人選。現在打算滿足你的要求，讓你卸下這副擔子，輕鬆輕鬆，請你出任政協副主席，你有什麼意見嗎？』我當然沒有意見。

總理又說：『新的文化部長很難找，目前尚無合適對象，只好暫時讓陸定一兼任，另外打算從軍隊調幾個人來，不過完全由當兵的來管文化工作怕也不行，所以準備從上海調石西民來。石西民你認識嗎，這人過去也犯過錯誤，不過這幾年在上海幹得還不錯。』我問總理：『我這個作家協會主席也已經當了十幾年了，工作沒有做好，可不可以這次也一起調換調換？』總理說：『那就不必了，作協的問題主要也不是你的責任，你不當作協主席還有誰能當呢？』爸爸對韋韜說：「從這件事可以看得出總理是煞費苦心的。」韋韜問：「不過這次文化部長的變動，恐怕與毛主席的兩個批示有關吧？」爸爸點頭道：「那當然。」卻沒有再講下去。

　　一週後，周揚也來長談了一次，主要是向爸爸介紹文藝界學習和貫徹毛主席兩個批示的情形，也談了夏衍、田漢、陽翰笙所犯的錯誤。又說：「主席對文化部和各協會的批評，主要責任在黨員領導幹部，是他們馬列主義水平不高，犯了錯誤。聽說您要離開文化部，這樣也好，以後可以用更多的精力來領導作協和文聯各協會的工作了。」

　　不過從此以後，爸爸除了參加政協和統戰部的一些會議和外事活動外，基本上推辭了文藝界的活動，在一年半的時間內，沒有寫一篇文章，只出席過兩次作協理事會和一次青年業餘文藝工作者大會。因為已經有各種徵兆顯示出文藝界批判的矛頭可能指向爸爸。

一九六四年在寓所。

一九六一年八月，茅盾和夫人在寓中小憩。

爸爸從文化部離任後不久，報刊上就開始了對「中間人物論」的批判，對象是作協常務書記邵荃麟，批評他一九六二年八月在作協組織的大連「農村題材短篇小說創作座談會」上散佈資產階級文藝觀點，以提倡寫「中間人物」來反對寫英雄人物。其實邵荃麟的觀點是：在強調寫英雄人物的同時，也要重視對中間狀態人物的描寫，因為矛盾往往集中在這種人物的身上，他們也是一種典型。爸爸是參加了大連會議的，他在會上發了言，邵荃麟的觀點其實就是爸爸的觀點。

記得一九六二年七月下旬，爸爸率領中國代表團參加莫斯科裁軍大會回來不久，心情不好，身體也感到勞頓，打算和媽媽去大連休假，正好兩個孩子放暑假，我們便帶了孩子隨同他們去度假。那時作協正要開一個農村題材的創作座談會，邵荃麟、郭小川來請爸爸參加，聽說爸爸要去大連，就決定會議在大連召開。

我們於七月三十一日乘船到大連，住在楓林街的市委招待所。八月一日參加了建軍節的慶祝活動，八月二日起，爸爸就天天參加會議，十六日會議結束，十七日我們就啓程回北京了。所以，爸爸雖說是去大連休養，其實比在北京還忙。我們只去過一次海濱浴場，因為招待所離浴場甚遠；平時我們就帶著孩子在附近魯迅公園中消磨時光。

一九六二年八月，茅盾出席了中國作家協會在大連召開的「農村題材短篇小說創作座談會」。這次會議就大躍進以來農村發生的種種變化和存在的矛盾以及如何在創作中反映等問題進行了討論，也議論了怎樣寫英雄人物和要不要寫中間狀態人物的問題。後來在文化大革命，這個會議被誣爲「大連黑會」，會議主持邵荃麟遭到殘酷迫害，茅盾也因所謂散佈「中間人物論」而遭攻擊。這是茅盾那年夏季在家中寫作。

座談會就在作家們下榻的大連賓館召開。十二日以前是作家們發言，十二日那天爸爸發了言，十四日邵荃麟作了總結。會議期間，韋韜曾問爸爸會議進行的情形，爸爸說：「這是一次討論農村題材創作的會議，到會的作家都是寫農村題材的。他們有一個共同的困惑，就是不知道該怎樣來反映大躍進以來農村的變化，而又不違背黨的農村政策。他們還認爲這幾年的農村題材作品普遍存在著公式化、概念化的毛病。」爸爸笑笑接著說：「農民終歸是農民，解放以來雖然覺悟大有提高，但究竟是小生產者，有些尾巴是不能硬割的。我這幾天在看林則徐的日記，林則徐是民族英雄，愛國主義者，但從他的日記仍能看出他還有封建主義、唯心主義的一面。林則徐尚且如此，何況農民。」爸爸在座談會上的發言中，也講了他讀林則徐日記的體會。他還認爲，寫工人農民，不能只寫兩頭，即只作爲學習榜樣的和作爲批判對象的，

也應該寫處於中間狀態的，並且要作為典型來寫。他舉了馬烽的《三年早知道》為例，說這篇作品中的中間狀態人物就寫得很生動。

所以當報紙上一開始批判邵荃麟，我們就覺得醉翁之意不在酒。譬如有人問：「中間人物論」究竟是誰最早提出來的？誰是發明者？言外之意邵荃麟還有個後臺，沒有揪出來。

不久，我們又風聞電影《林家舖子》將作為毒草進行批判。果然，到了五六月間，報刊上的批判文章開始湧現，《文藝報》還出版了批判專號。批判的是夏衍，但明眼人一看到就明白這矛頭是對著茅盾的。我們週末去看望爸爸，希望能談談這件事。我們發現爸爸仍舊像往日那樣平靜地躺在床上看書，看不出有什麼情緒上的變化，也不談外面鬧得沸沸揚揚的批判電影《林家舖子》的事，就好像這件事從未發生過一樣。我們心裡納罕，只好悄悄地問媽媽，媽媽顯得憂心忡忡，小聲說：「我覺得大禍要臨頭了，可是你們爸爸不讓我亂說，他說他還要觀察。」

爸爸的確很沉得住氣，一切照舊──宴會、看戲等外事應酬照樣參加，每週一次的政協國際問題座談會也照去不誤，只是增加了幹家務的時間。

從一九六一年五月起，爸爸就開始幹家務活了。那時，家裡的女工走了，有幾個月沒有找到新的，媽媽就親自買菜做飯，爸爸則負責打掃自己的臥室。漸漸習以為常，等到新女工來，爸爸也不再要她打掃自己的臥室，把每天早晨半小時的打掃衛生列為自己的「必修課」。後來又增加了新的內容：每逢女工休息日或媽媽身體不適時，早起為上小學的孫女──小鋼煮牛奶，晚上則負責封好蜂窩煤爐以防熄滅。常常剛幹完家務活就匆匆忙忙換上衣服，坐上汽車，去參加某個會議或接見某位外賓了。爸爸自我解嘲說：「別看我在外是文化部長，在家可是個火頭軍哩。」從一九六二年四月二十七日爸爸的一則日記中可以窺見他從事家務勞動的一斑：「……今晨三時許醒來，後又睡，但已不酣。五時許又醒，到廚房（廚房在樓下──筆者注）看煤爐是否熄滅。蓋昨晚看電影回來，煤爐（蜂窩煤球爐）已奄奄一息，急圖挽救，燒了木柴，至十時後似有望，十時後我下去看了三次，十一時始將爐門閉緊，但心中唯恐再生毛病，蓋不閉又恐不能維持至清晨，閉則又恐其熄。幸而尚好，於是把粥鍋放上，又回來躺了一小時，朦朧而已，半睡半醒，至六時半起身。做清潔工作半小時，煮牛奶。……」

一九六五年報刊上批判電影《林家舖子》的文章。

　　及至一九六五年卸去文化部長之職，外事活動驟減，文化部門的活動又推託掉，過起從未有過的消閒日子，自然就增加了家務勞動的時間。爸爸說：「人要經常活動筋骨，老是坐著躺著容易僵化，我年輕時就吃了不愛運動的虧，現在老了想改也難了，只能做做清潔工作了。」

　　從外表看，爸爸對報刊上那些批判文章的關注程度遠不及他對孫女小鋼的關心。小鋼從四歲起就經常被爺爺奶奶接去暫住，直到十歲後才徹底回來與我們同住，因此爸爸媽媽對小鋼非常寵愛。小鋼是景山學校第一屆學生。

景山學校是個實驗學校，從小學一二年級起就試點教古文。小鋼回家做作業時，爸爸發現有些內容不適於幼童理解，就另選了一些教她。社會上掀起批判夏衍、邵荃麟之風時，小鋼自然毫不知情，更不知爺爺的心情，仍纏著爺爺給她講古詩文。爸爸答應了，而且認眞地選材和「備課」，把「課本」用毛筆字工整地謄下來，裝訂成冊。爸爸究竟給小鋼講了幾次課，已不可考，但留下來的「課本」那詳細的注釋，卻使人感到一種豁達與灑脫，正如毛主席在《水調歌頭》中寫的那樣：「不管風吹浪打，勝似閒庭信步。」下面就讓我們來欣賞一篇爸爸給孫女寫的杜詩注釋。

茅盾與孫兒孫女。

　　畫鷹　　杜甫
　　素練風霜起，蒼鷹畫作殊。
　　㧢身思狡兔，側目似愁胡。
　　絛鏇光堪摘，軒楹勢可呼。
　　何當擊凡鳥，毛血灑平蕪。
　　〔注〕此詩也是杜甫少年時作，大約比《望嶽》稍晚一、二年。
　　「素練」，白色的絹，古人大都在白色的絹上畫畫。「畫作殊」，畫的很突出。「殊」，突出。這開頭兩句是倒裝句，可以這樣解釋：這個蒼鷹畫的眞突出，因而素絹上起來了風霜了。「風

霜」，形容鷹的威武，杜甫以前，有人用「風霜涙厲」形容鷹。

「掇」，同「竦」字。「掇身思狡兔」，說畫上的鷹，拳著身子，好像看見了兔子，要撲過去似的。

「愁胡」，從前人描寫鷹，有「深目蛾眉」，狀如愁胡之句，故杜甫用作典故。此句是說，鷹倒目而視，好像「愁胡」。「愁胡」，愁思的胡人。

「絛」同「縧」，絲作的帶子。「鏇」，轉軸。養鷹的人，用帶子，一端縛住鷹腳，一端縛在轉軸。「摘」，解除。此句是說，畫上的鷹，像活鷹似的，會解除帶子和轉軸，飛向空中。

「軒楹」，長廊的柱子。養鷹的人，如果要鷹去獵小鳥或兔子，呼之即飛。此句是說畫上的鷹像活鷹一樣，呼它一下，就會飛出長廊的柱子。

「何當」，何時。「凡鳥」，小鳥。「毛血」，鷹擊凡鳥後，凡鳥的毛血。「平蕪」，平曠的野地。此兩句接著上面四句來的。上面四句形容畫上之鷹跟活鷹似的就要解除練子，向空飛去，這兩句就想像它飛到天空就要擊凡鳥，在平曠的野地灑滿了毛血。

這首詩雖然題《畫鷹》，然而也有寓意。鷹，比作有擔量、敢作敢爲的人；凡鳥，比作一些壞人。全詩大意是：敢作敢爲的人，跟鷹一樣，眼前雖然帶著絲帶，站在架上，可是時候到了，就會解去帶子，飛到空中，抨擊那些凡鳥似的壞人。

杜甫寫《畫鷹》有寓意，爸爸在那個時候選《畫鷹》來教孫女，是否也有他的寓意呢？

小鋼從小身體羸弱，經常生病發高燒。大約在一九六五年十月間，小鋼突然又發高燒，後轉爲低燒，久久不愈。爸爸和小曼帶著小鋼去了許多醫院，有的說是風濕熱，有的說是腎盂腎炎，又有的說是無名熱，最後住進中醫院，偶然聽一病友說，會不會是肝炎？於是請大夫查肝功，果然是無黃膽性肝炎。我們都十分焦慮。幸虧轉入三〇一醫院，經過一個多月的治療，才得以徹底痊癒。這件事前後折騰了近半年，爸爸也陪著焦急了幾個月，而那幾個月正是有各種傳聞說要把爸爸作爲「資產階級文藝思想總代表」來公開批判的時候。

正是那個時候，有位好心朋友悄悄向小曼透露：最近在一次文藝界小範圍的內部會議上，中宣部長陸定一點名批評了茅公，稱茅公是資產階級文藝路線的代表人物。後來我們又聽說，作協整理了一份批判爸爸的材料，其中把爸爸解放後所寫的獎掖提攜青年作家的大量評論文章，說成是與黨爭奪文學青年，是蓄意培養資產階級文藝事業的接班人。對於這兩個傳聞，我們當時沒有告訴爸爸，怕影響爸爸的情緒。「文革」後，我們才在閒談中告訴了他。爸爸曠達地說：「這也是意料之中的，你們不告訴我，我當時也已經料

到幾分了。那時候，報紙上批判夏衍和邵荃麟，卻始終沒有把我推到前台，後來『文革』中也始終沒有公開批鬥我，想來，就是群眾中傳說的，受到周總理的保護吧！不過，讓我感到遺憾和不安的是夏衍和邵荃麟代我受了罪，荃麟還爲此付出了寶貴的生命！」

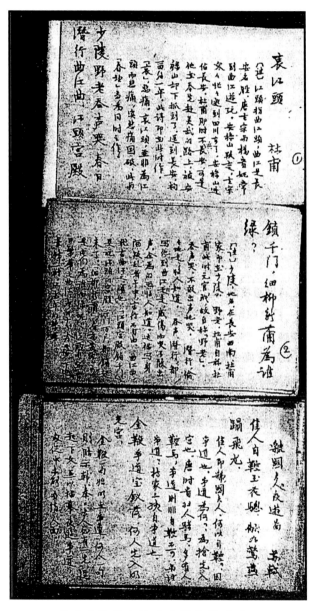

茅盾爲長孫女編注古詩文的手跡。

紅衛兵抄家

　　一九六六年八月一日黨的八屆十一中全會召開的前後發生了三件大事，一是毛主席寫了《炮打司令部》的大字報，二是毛主席給清華大學附中的紅衛兵寫了一封熱烈支持他們的造反精神的信，三是通過了《中共中央關於無產階級文化大革命的決定》，即十六條。十六條指出「這次運動的重點，是整黨內那些走資本主義道路的當權派」，強調青少年的革命大方向是正確的，要

敢字當頭，不能溫良恭儉讓。

　　八月十八日，天安門廣場召開「慶祝文化大革命大會」，並舉行大規模的遊行。這一天，毛主席第一次接見了紅衛兵。從凌晨一時起，來自全國各地的紅衛兵和師生，北京各大中學校的紅衛兵和師生，以及上百萬的革命群眾，在統一指揮下，陸續聚集到天安門廣場及東西長安街。天安門城樓兩旁的觀禮台上站滿了紅衛兵代表，另有一千五百名各地的紅衛兵代表登上天安門城樓和毛主席一起檢閱遊行隊伍。爸爸有幸應邀參加了這次大會，登上天安門城樓，目睹了這激奮壯觀而近乎瘋狂的場面。

　　從這一天起，紅衛兵舉著「尚方寶劍」開始衝出校園，殺向社會。紅衛兵上街的第一個革命行動是「破四舊」，「橫掃一切牛鬼蛇神」。凡他們認為是封資修的東西一律「砸爛」，是「牛鬼蛇神」，一律抄家。紅色的風暴席捲了北京的千家萬戶，在二十天左右的時間就有十萬多戶被抄了家！

一九五八年九月，茅盾夫婦在家中。

　　一天，媽媽從菜市場回來，氣急敗壞地說，她親眼看見兩個戴紅衛兵袖箍的小伙子，不過十五六歲，手持剪刀，揪著一個過路的婦女，不由分說，就將她的西服褲從褲腳一直剪到大腿，還呵斥說以後不許穿小褲腿。另外一

個女紅衛兵，把一位婦女的高跟鞋擰掉一隻鞋跟，那婦女只得光腳走路。「哎喲，真可怕！」媽媽叫道。爸爸皺起眉頭，半響才說出四個字：「無－法－無－天！」

很快，「破四舊」的革命行動也波及了文化部大院。一群十二三歲的孩子，大概都是文化部職工的子女，模仿街上的紅衛兵，把大院禮堂前的幾個漢白玉石盆一一推倒，又摸進爸爸的小院，把院裡的一個漢白玉小盆也翻倒在地，然後發出一陣勝利的嗯哨，飛奔而去。

又過了幾天，小鋼去醫院作肝功能的定期檢查回來，爸爸媽媽照例仔細詢問檢查的結果。突然看見化驗單上印著工農兵醫院的字樣，就異口同聲地問：「你換醫院了嗎？怎麼沒聽說過這醫院的名字？」小鋼說：「爺爺奶奶，你們坐在家裡不出門，不知道外面的變化。現在所有『四舊』的名字都改了，工農兵醫院就是原來的同仁醫院，協和醫院改成了反帝醫院，東安市場改成東風市場，聽說東西長安街也要改成東方紅大街哩。奶奶，你不記住新地名、新招牌，買東西就找不到地方啦！」媽媽不禁感嘆唏噓，爸爸只是無奈地搖頭。

一九五八年十月，茅盾夫婦與孫女孫兒合影。

這期間，紅衛兵「夜襲」政府領導人和社會名流的府邸、寓所，抄家、

批鬥乃至「掃地出門」的事件頻頻發生。有一天，傳來了老舍先生在太平湖飲恨自盡的消息！爸爸聽到後，長嘆一聲道：「平日見老舍隨和、幽默、開朗，想不到還是一個性格剛烈、自尊極強的人！他是受不了橫加在他身上的對人格的極大侮辱啊！他自殺在太平湖，顯然是對這種不公正的無聲的抗議。不過，自殺終究不是辦法，為何不堅持一下，親眼看看這世事究竟怎樣發展變化呢？我相信即使滄海桑田，最終也終不脫社會發展規律的制約！」

那時爸爸尚未「靠邊站」，毛主席每次在天安門接見紅衛兵，他都應邀參加。老舍先生自殺後不久，一次在天安門城樓上，周總理把爸爸叫到一邊，問他知不知道老舍先生自殺的事，爸爸說聽到了傳聞。總理沉痛地說：「老舍先生是我們的朋友，我們沒有保護好他。你知道他家屬的情況嗎？」爸爸答：「不知道。」總理沉吟片刻道：「請你告訴王崑崙，就說我要他照顧一下老舍的家屬，關心一下他們的生活。」那時王崑崙還沒有被打倒，仍舊是北京市副市長。於是第二天，爸爸就給王崑崙寫了一封信，把總理的指示轉告了他。

社會上的動亂不久也波及到我們家。一天，我們正好都在爸爸寓所，小鋼放學來到爺爺家中報告：「弟弟在學校挨批了？」我們都急了，忙追問。小寧那時只是個二年級的小學生。「我們在操場開大會，呼口號的時候小寧沒注意，把紅寶書舉倒了，有個同學還發現他墊在屁股底下的報紙上最高示。老師說他是錯上加錯，要他寫檢討。」「八九歲的孩子懂什麼，真是形式主義！」爸爸憤憤地說。我們都沒有責備小寧，我們認為這種批評是無理的。但我們心裡感到很壓抑，因為這樣小的孩子就受到了政治衝擊。

八月二十八日中午，小曼下班回家，一眼看見家裡的餅乾筒、果盒、熱水瓶、提籃……一切有花紋的器皿上全糊上了一層報紙，糨糊沒有乾透。小曼問阿姨怎麼回事？這位阿姨是在我們家工作了多年的老太太，彷彿驚魂未定，斷斷續續結結巴巴地說，上午來了幾個紅衛兵（後來知道是冒充的），在樓道裡高喊：「打倒沈雁冰！」嚇得兩腿發軟，趕緊把門閂上。不一會兒聽見他們來敲門，敲不開就用腳踹，阿姨怕門被踹破，只好打開。他們衝進來，在屋裡巡視了一番，指著家裡的瓶瓶罐罐說：這些都是「四舊」，一律砸爛。阿姨以為他們就要動手了，沒想到他們倒還客氣，只是拿起架上的一部《紅樓夢》和一部《西遊記》當著她的面撕碎了，還指著書架上其他的書說，這些書全是大毒草，統統燒掉！說罷就揚長而去。總算萬幸，只損失了兩部古

典小說。他們走後，阿姨趕忙那些有花紋的家什全糊上了報紙。

從一九五八年三月起，人民文學出版社編印的十卷本《茅盾文集》陸續
出版。《茅盾文集》收輯了作者的大部分小說、戲劇和一部分散文，約
三百萬字，是茅盾著述中創作部分的比較完整的集子。圖爲十卷本《茅
盾文集》。

第二天我們把這段遭遇告訴了爸爸媽媽。媽媽悻悻地說：老白就說我們
家裡全是「四舊」，要叫紅衛兵來抄走。我們忙問出了什麼事。原來服務員
老白最近也學會了破「四舊」的論調，說保姆帶孩子，服務員照料首長生活，
都是資產階級的一套，是爲老爺服務，所以他也要「造反」，每天遲到早退，
晃一晃就走。今天媽媽覺得家裡實在需要打掃一下，吩咐老白撣一撣客廳裡
油畫上的灰塵。老白不幹，說這是「四舊」。媽媽發火了，數落了他幾句，
於是爭呼起來。老白威脅道：「去叫紅衛兵來。」媽媽不甘示弱，就說：「你
要叫就叫吧。」老白氣呼呼地走了。我們見媽媽心緒不寧，就安慰她：「老
白只是說說了，不會眞的去叫紅衛兵，你放心吧。」爸爸卻說：「這也怪你
平日脾氣太大，對阿姨他們要求太嚴之故。」

八月三十一日小曼剛上班就接到媽媽的電話，叫她馬上過去一趟。小曼
的工作單與文化部大院只隔一條街，穿過馬路，就到了爸爸家。一進屋，只
見媽媽神情十分緊張，壓低了嗓門說（過去她從來不會小聲說話）：「小曼，
不得了啦，昨天嚇死我啦，老白眞的叫了紅衛兵來抄家啦！舉著大刀，像日

本兵一樣⋯⋯」「還是讓我來說吧。」爸爸見媽媽語無倫次，就接過話頭。

原來老白當真去叫來了「人大三紅」的紅衛兵。三十日清早，一群紅衛兵闖進家來，領頭的小伙子舉著一把日本軍刀，聲稱他們得到舉報，說這裡有大批「四舊」物品，他們是來清查這些物品的。他又對爸爸說：我們對你還是客氣的，白天來，張治中家我們是夜間去抄的，剛剛抄完，我們是直接從他家裡來的。他舉起明晃晃的軍刀，得意揚揚地說，這就是從他家裡抄來的戰利品。爸爸問他們的行動得到了哪一部門的允許？小伙子不屑地拍拍臂上的紅袖箍，理直氣壯地說：毛主席說，紅衛兵的革命行動是天然合理的。爸爸非常憤慨，就給統戰部打電話，那小伙子倒不阻攔，徑自指揮紅衛兵翻箱倒篋。統戰部接電話的是金城同志，他說：這些天統戰部接到不少紅衛兵抄家的告急電話，可是統戰部也無可奈何。根據大家的經驗，最好的辦法是以禮相待，表示歡迎。

一九六五年在寓所。

爸爸當然不可能歡迎這些紅衛兵的胡鬧，他讓媽媽把箱子鑰匙交給他

們，就坐在沙發上觀察這些紅衛兵的「革命行動」。他們把所有的衣箱都亂翻了一遍，一隻樟木箱因一時找不到鑰匙，被生生地撬開了。爸爸不明白，他們在衣箱能找到什麼「四舊」。爸爸家中最多的是書，可是這些紅衛兵倒不認真去翻書，只有一個女紅衛兵指著滿屋的書架問爸爸：「這些書你都看過嗎？」拿軍刀的頭頭說：「這些全是大毒草，看得越多中毒越深。我們只要讀毛主席的，毛主席的話一句頂一萬句，毛主席的書一本頂一萬本！」這時，有一個小瘦子從人群裡鑽出來，著牆上蕭逸姐夫的照片，尖聲尖氣地問：「這個穿國民黨軍服的傢伙是誰？」爸爸不禁怒火中燒，冷冷地回答：「你錯了，他穿的是八路軍軍服，他是新華社戰地記者，是我的女婿，他是老八路，他在前線犧牲了，是國民黨打死的！」小瘦子無言以對，囂張的氣焰被噎了回去，那個女紅衛兵尷尬地睃了小瘦子一眼。

當紅衛兵正忙著翻箱倒篋的時候，有一個人走到爸爸身邊，在爸爸耳邊小聲說明，自己是文化部的紅衛兵，明為配合，其實是來監視「人大三紅」的。文化部這紅衛兵的監視，果然起到了「監護」的作用。這次抄家尚稱得上是「文明抄家」，沒有打人，沒有砸東西，只是亂翻一陣之後，把一尊三尺多高的紫檀木雕老壽星、一些瓷器、水晶花瓶、照相機，以及外國友人贈送的小工藝品，集中樓外的書庫裡封存起來，並下了一串「不許用」、「不許看」之類的禁令。當年掛在牆上的掛曆，畫面是鼎、銅器、古瓶之類的出土文物，被他們翻轉過去，畫面對著牆，背面寫上「不許看」三個大字。爸爸的工作室裡掛著蘇聯作家西蒙諾夫的夫人——一位著名演員和朝鮮著名舞蹈家崔承喜兩位簽名送給爸爸的照片，也被翻轉過去，寫上「不許看」。爸爸臥室裡有一盞一九五六年爸爸訪問波蘭煤都卡托維茲時，主人贈送的台燈，這是用煤精製作而成的，造型生動別致，是一位維納斯神像般裸露著身軀的女子，嫵媚地伸展著雙臂，左右手各擎著一隻微型燈泡，燈罩周圍是一串串熠熠發光的彩色細珠。這是一件精美的藝術品。紅衛兵卻說它是黃色的資產階級腐朽的玩意兒，下令不許再用。不過小曼再見到這盞台燈時，那煤精裸女已經穿上了衣服。原來是媽媽連夜用藏青色綢料趕製了一件修女服似的長袍給她穿上「遮羞」。

事後知道，文化部看見「人大三紅」來抄家，就趕緊給「中央文革」打電話，同時派出那位紅衛兵來「配合」。後來「中央文革」來了一個幹部，找抄家的紅衛兵頭頭談了一陣後，開頭來勢洶洶的紅衛兵也就草草收場了。

　　這次抄家損失雖然不大，但對媽媽的刺激卻不小，從此以後她始終心有餘悸，精神壓抑，身體也日益虛弱起來。三年半之後，媽媽終於憂鬱成疾，數病齊發，回天無術，過早地離開了我們。

大 串 連

　　毛主席在天安門城樓檢閱和接見紅衛兵之後，全國各地的學生和紅衛兵在「我們要見毛主席」的呼號下，紛紛湧向北京，要求接受毛主席的檢閱；到了北京，不見到毛主席就不回去。為了滿足學生的心願，毛主席從八月十八日至十一月二十六日，先後八次接見了約一千一百多萬各地的學生和紅衛兵。國務院為此通知鐵道部，免費運送來北京的學生。

於是大串連就這樣一發而不可收。起初只是學生串連,到後來各行各業的幹部和工人都打著串連的旗號的全國各地免費旅行。他們串連的目的已不是「革命」,而是利用串連的名義遊山玩水,首先想觀光的自然是首都北京。鐵路局停止了正常的客運來運送串連的人們。首都組織了專門的接待站,動員了幾十萬人參加接待,各機關單位甚至軍隊院校都住滿了串連的人群。由於這些人放下生產和工作,在全國各地盲目地流動,有的還衝擊當地的黨政機關、工廠學校,「煽革命之風,點革命之火」,使得整個國家正常的社會生活秩序受到衝擊,國民經濟遭到破壞,大大加劇了社會大動亂。

串連剛開始,爸爸對學生們要求來北京接受毛主席檢閱,還表示理解,但不久就對串連的後果開始擔憂了,常說:「工人不生產,幹部不工作,學生不學習,這樣下去,豈不要天下大亂嗎?」

那時爸爸住在東四頭條五號文化部宿舍大院內,這裡原來是美國修女的華文學校。大院內禮堂以西三棟小樓,是二十世紀初的西式建築,原是華文學校美國教師的宿舍。建國後,一號小樓分配給爸爸作了宿舍,二號給了陽翰笙,三號由周揚居住。這三棟小樓由南向北並排而築,每家都有一獨立的小院落,院落之間有低矮、鏤空的磚牆相隔,每家磚牆各有兩個月洞門,一扇通向鄰院,另一扇通向大院,也就是各家的正門。這三棟小樓外觀極其相似,青灰色的磚牆上布滿爬山虎,院裡按各家主人的情趣種植了各種花木,有核桃樹、松柏、木槿、連翹、美人蕉、大麗菊等等。花木修剪得錯落有致。夏季還有紫藤蘿從高高的花架上垂吊下來,隨風搖曳,顯得格外古樸典雅。「文革」前,三號小樓曾數易其主,而一二號小樓的戶主卻始終未變。爸爸就在這棟小樓裡度過了整整二十五個春秋。「文革」開始後,陽翰老作為「四條漢子」首先遭到衝擊,被揪鬥,家屬也被趕出了小樓。住在三號小樓的蕭望東也不知去向。兩座幽靜的小院,因為失去了主人,驟然變得荒蕪而陰森了。

大串連開始後,這兩棟小樓就成了串連者的落腳地,一批又一批的串連者川流不息地自由進出,使素來寧靜的小院驀地沸騰起來。爸爸常常從自家樓上的窗口觀察這些行色匆匆的不速之客。其中有紀律還算嚴明的紅衛兵,有行動詭秘的可疑分子,有來遊山玩水的朋友,更有帶了孩子在小樓裡起火的夫妻。

十月下旬的一個周末,我們照例去看望爸爸媽媽。當我們走到樓梯拐角

處的玻璃窗前時，爸爸指著陽翰笙的小樓說：「你們看，窗戶打得千瘡百孔，沒有一塊玻璃是完整的，昨天串連的人走光了，我們家的阿姨進去看過，裡面破壞得不成樣子，連洗澡缸和抽水馬桶都被他們翻過來扣在地上……」媽媽接口道：「好端端的東西為什麼非要破壞掉，我真想不通！」韋韜說：「因為這些是『黑五類』使用過的東西，所以造反派也要把它們打翻在地，『再踏上一隻腳，讓它們永世不得翻身』！」爸爸搖頭嘆道：「這太荒謬了。」小曼插嘴說：「他們要像《國際歌》裡唱的那樣打碎舊世界，建立新秩序，這是他們的革命行動！」爸爸不以為然說：「這是對《國際歌》的曲解，是一種藉口，為了給這種愚蠢而野蠻的行為嵌上革命的光環。」

從此，爸爸對大串連更加沒有了好感。

可是誰能料到，我家的孩子也捲入了大串連。小鋼那時剛剛十三歲，是初中一年級的學生。學校停課初期她挺高興——可以在家痛痛快快地看小說了。可惜好景不長，不久書就被紅衛兵封存起來了。於是和鄰居的孩子們鎖上門在小屋裡自編自演節目；玩了一陣，又學編織網兜、踩縫紉機、織毛衣和鉤台布……但畢竟是孩子，久了都會膩煩的，於是和鄰居家的三個小姑娘偷偷琢磨起串連的事來。那時已是十一月初，學生們串連的經驗她們聽得耳熟：只要從學校開一張介紹信，就可免費乘車和住宿，就可享受各地紅衛兵接待站的接待。於是她們悄悄地計劃著、準備著。

十一月十六日，小鋼向小曼透露了「秘密」。小曼吃驚道：「在這樣兵荒馬亂的時候，你們幾個小姑娘怎麼能出遠門！」可小鋼說，她已決定，無論如何想去見見世面，這種場面恐怕以後不會再有機會見到了，因為傳說十一月底將結束大串連。她又解釋道，她們只到上海，不去別處，到了上海又有接待站管著她們，不會有危險的。我們沒能說服她。「那麼爺爺奶奶怎麼辦？他們不會同意的。」「暫時保密，臨走前我會說服他們的。」

十一月十八日上午十點半鐘，爸爸打電話給小曼，說剛才接到小鋼從車站打來的電話，她和三個小伙伴今天要去上海串連，因昨晚才拿到介紹信，來不及告訴，所以今早打電話。爸爸叫小曼立刻去住處一趟。從聲音就能聽出很焦急，並有些慍怒。小曼知道要「吃排頭」了，這是意料中的。

小鋼從小在爺爺奶奶的悉心照料下長大。爸爸媽媽對小鋼十分鍾愛，甚至年輕時從來不管孩子的爸爸在孫女面前也百依百順，似乎想把當年沒有來得及在女兒身上傾注的愛，如今要在孫女身上得到彌補。韋韜的姐姐沈霞，

小名亞男，一九四五年在延安因醫療事故不幸早逝。小鋼喜歡看戲、看芭蕾舞，於是凡有芭蕾演出或其他適合兒童看的文藝演出，爸爸媽媽就帶著小鋼去看。爸爸公務纏身，又要寫作，很少有空閒時間，但晚飯前後常常擠點時間陪孩子玩。記得小鋼四五歲時，常常纏著爺爺問：「爺爺，鴨子怎麼走路？」爸爸便吃力地半蹲下兩腿，兩手做出鴨狀，在身體兩側划動著，嘴裡還「嘎嘎」地叫著，一搖一搖地前進。小鋼高興地拍起小手叫道：「真好看，真好看，爺爺，再來一次。」爸爸便又學一遍、二遍、三遍……直到實在支持不住了，才說：「鋼鋼，爺爺要討饒了，明天再來吧。」

一九六一年春，茅盾在書齋。

　　小鋼從小體弱，動輒發燒，一般都在三十九度以上，那時就全家出動圍著小鋼忙碌。韋韜住在工作單位，地處遠郊，小曼又三天兩頭下鄉勞動，所以經常帶小鋼去醫院看病打針的往往是爸爸媽媽。他們很擔心她生病，以至於每天小鋼放學回家，書包未及放下，爺爺奶奶就撲上去輪流摸她的額頭，試試是否又發燒了。現在，他們突然聽到小鋼要獨自出遠門去吃這樣的「苦頭」，怎麼能夠平靜？

　　小曼一進門，爸爸就抱怨說：「小鋼去冬剛剛得過肝炎休學半年，近來雖說已經痊癒，但身體未必強健。聽說火車很擠，不用說坐，站都無立足之地。如果在火車上生了病，或者到了上海生了病，怎麼辦？我本來就反對串連，加上她是個小姑娘，萬一碰到壞人怎麼辦？為什麼放她走，為什麼不勸阻她？」

　　其實頭天晚上，我們再次勸過小鋼，要她再考慮考慮。我們告訴她火車很擠，因為是免費的，只要有力氣誰都可以擠上去，所以車上要找到立足之地都困難，即使找到，幾十個小時站下來，腿都有可能站腫。火車時刻表已被打亂，誤點很嚴重，不定什麼時候才能到達上海。小鋼說，她們知道火車很擠，甚至還聽說，一隻腳提起來就休想再放下去；也知道因車上太擠，誰也不可能走動，所以車上無人賣飯，沒有水喝，也不能上廁所。不過小鋼聽到這些介紹，更覺得新奇好玩，富有冒險色彩，更覺得這是一次不可放棄的不同尋常的旅行。因此，我們更無法勸阻她。

一九六四年在客廳。

十八日早晨，小鋼和另外三個小姑娘每人背了三個大長麵包和一軍用水壺的冷開水，趕火車去了。小曼只好同意她採取「先斬後奏」的辦法，到了火車站再給爺爺奶奶打電話。

那時中央已發出通知：十一月二十日起一律停止串連。正因如此，小鋼才不肯放過這最後的機會。

小曼把事情經過告訴爸爸媽媽，並安慰說：「她們是四個人同行，北京是起點站，是空車，她們只要能佔到一個座位，就能輪流休息了；她們還帶足了麵包，不會餓著的。而且大串連即將結束，她們到了上海也不可能再往別處去了。」

「今天和明天還有供串連的列車開出，後天就沒有了。小鋼她們如果擠上車，二十號就一定會回家。她們非到最後無望，是絕不肯回家的。」爸爸這樣分析。

「我到火車站去找找吧。」小曼說。

「好的。」爸爸表示贊同。

晚上八點鐘，小曼和另外三個小姑娘的媽媽奔到火車站去尋找孩子。車站上人山人海，候車室和車站大廳根本容納不下這麼多人，候車的人就在車站外面的廣場上以及通往東長安街的馬路上席地而坐、而臥，簡直像抗戰時期逃難一樣。路燈昏暗，只見黑壓壓的一片，人和行李難以分辨。無奈，四位媽媽只好扯開嗓門呼喚各自孩子的名字。無人答應。可能她們已搭上火車走了，據說下午七時許開出一列火車，但這麼多的旅客一列火車是絕對裝不下的。她們也可能沒有走成，不過人多太嘈雜，沒有聽見媽媽的呼喚。兩個小時之後，看來是沒有可能找到了，小曼她們只得懷著惴惴不安的心情回了家。

直到第二天晚上，小鋼仍舊沒有回來，我們猜想她們一定是擠上那趟火車走了。

這些天爸爸媽媽整天念叨著：不知小鋼到達上海沒有？住在哪裡？生病沒有？懂不懂上海話？直到十一月二十七日接到小鋼來信，報告她和同伴們於十八日下午四時上了火車，經過五十四個小時——正常情況下只需二十四小時，於二十日晚十時到達上海，住在滬西武定二中，這封信是第二天晚上寫的。這才把爸爸媽媽和我們連日來的憂慮，一掃而空。

一九六三年的茅盾。

　　爸爸當天就給小鋼回了一封航空信。

　　十二月七日上午收到小鋼四日寫的第二封信，告訴我們，她們定於五日下午乘三點零二分的火車返京。中午我們趕緊讓小寧把信給爸爸媽媽送去。讀完信，爸爸計算出當天下午三時左右小鋼可能到京。於是他們都興奮起來，不停地望著大門口——爸爸的工作室是由陽台改建的，上半部分全部是玻璃窗，可以一直望到文化部宿舍大院的大門口。

　　果然火車正點到達，我們立刻陪小鋼一起去爸爸媽媽家。老遠就看見他們正從窗戶裡向外張望。看見小鋼，他們就高興地招起手來。

　　小鋼一步三級地跑上二樓。爸爸媽媽一把抱住她，仔細端詳她的臉色，胖瘦，覺得她精神很好，就很滿意。忽然媽媽看見小鋼太陽穴上有一塊紫斑並有傷痕，連忙問是怎麼回事。起初小鋼想搪塞過去，後來見無法隱瞞，只好老實「交代」：「到了上海那天夜裡就發燒了，頭很疼，附近不知哪裡可以

看病，只好讓同伴用湯勺給我刮痧，因為手邊沒有茱油，只好乾刮，所以刮破了皮膚。幸而第二天舒服多了，上街買了退燒藥吃，第三天就完全好了。」

「真是萬幸！」爸爸說，心疼地親了親小鋼的臉頰。

「我就知道準會生病！」媽媽說，認為自己有先見之明。

「說說在上海看到些什麼？」爸爸感興趣地問。

「聽得懂上海話嗎？」不等小鋼回答，媽媽打著烏鎮官話插嘴問。

「幾個小朋友中，就數我聽懂得多。」小鋼得意起來，「因為我從小聽你們說南方話，雖然我不說，可是我能聽，沒想到這次去上海大起作用，買東西，問路，都是由我出面。」

「每天在哪裡吃飯？吃些什麼？」媽媽提出她最關心的問題。

「上海小吃多極了，什麼生煎包子、糍飯團、雞粥、蟹殼黃、咖哩牛肉湯……真好吃，我們整天不吃飯，光吃小吃。」

「姐姐，讓你帶我去，你不幹！」小寧在一旁羨慕起來。

「我們一到上海就被動員回家，說串連已截止了。」小鋼接著講她的見聞，「我們都沒有去過上海，不知道有什麼好玩的地方，就去了有名的復旦大學和同濟大學，校園很漂亮，建築很美，還去了城隍廟，以後就是逛大街，去了南京路……」

「姐姐，你看見趙大大了嗎？」小寧忽閃著調皮的眼睛問。頓時大家都大笑起來，爸爸一邊笑，一邊輕輕拍著小寧的腦袋，十分喜愛地撫摸著，覺得小寧淘氣得可愛。那年小寧九歲，還是個稚氣十足的孩子。當年電影《霓虹燈下的哨兵》放映後，主人公趙大大便成了孩子們心目中備受崇敬的英雄，而趙大大就是在上海南京路上值巡的戰士。

沉默也是抗議

　　一九六六年秋冬的北京，與紅衛兵上街橫掃一切「牛鬼蛇神」同步的，是鋪天蓋地的大字報，學校、工廠、機關、團體、街道，以及各軍兵種的機關和院校，室內室外，牆上牆下，都貼滿了大字報。起初內外有別，後來「對外開放」，再後來直接貼到通衢大道上。那時候，群眾組織像雨後春筍，紛紛建立，不過，尙未發展到爲爭奪「革命造反派」的頭銜而把打派仗當首要任

務的地步。大字報批判的對象，還是一致向各行業大大小小的「走資本主義道路的當權派」。文藝界主要是批判「四條漢子」以及「四條漢子」在各部門的「代理人」。

在這鋪天蓋地的大字報中有沒有點名批判爸爸的？我們到各大院校看大字報時注意尋找，沒有發現——學生們似乎對文藝界並不那麼關心。有一天一位朋友告訴：「文化部院內有批判沈部長的大字報。」我們趕去時已經被覆蓋了——那時一張大字報的壽命不會超過三天。後來又有朋友告訴我們，在東總布胡同二十二號中國作家協會院內有一張批判爸爸的大字報。我們去看到了，篇幅不短，在大門內的影壁上，佔了整整一面牆，標題是《徹底批判三十代文藝黑線的祖師爺》。看看內容，立刻使人聯想起一年前作協整理的那份批判爸爸資產階級文藝思想的內部文件。大字報上有不少讀者的批語，引起我們更大的注意。大部分的批語同意大字報的觀點，有的質疑，有的反駁；不少讀者還簽上了自己的名字。在那個年月，這樣做會惹來許多麻煩的，他們這份勇氣令人敬佩。小曼回到家就把這張大字報的內容和讀者的批語告訴了爸爸。爸爸靜靜地聽著，沒有說一句話，顯得非常平靜。

後來，在文藝界大大小小的批判會上，有時也捎帶一兩句批判三十年代文藝黑線的祖師爺，但專門針對爸爸的大字報卻不見。不知是因為我們的消息不靈通？還是因為總理在暗中保護？是因為各派群眾組織忙於打派仗去了？還是因為見到爸爸仍出現在天安門城樓上的緣故？就不得而知了。

爸爸那時深居簡出，除了去醫院，已足不出戶，沒有可能上街看大字報，也沒有可能親身去體驗社會上那狂熱的氣氛。他只能通過觀察。幾十年的文學生涯，使他養成了冷靜、銳敏地觀察社會的習慣。他仔細閱讀我們買回來的各種小報，他從臥室的窗口觀察隔壁情報所大院內遊鬥戴著高帽子的「走資派」的情景，他通過高音喇叭瞭解前院文化部兩派組織的奪權鬥爭，他細心地分析我們帶回來的各種互相矛盾的小道消息，他也注意研讀兩報一刊上的社論和新發表的「最高指示」。不過，他不寫捧場文章。當時有一種風氣，只要毛主席的「最新指示」一發表，緊跟著就有一批堅決擁護的表態文章出現。韋韜在閒談中曾問爸爸：「為何不寫這樣的表態文章？」爸爸搖搖頭說：「我是不寫這種文章的。一個人的信仰，要看他一生的言行，最後要由歷史來作結論。我不喜歡趕浪頭，何況我對『最新指示』有的還理解不了。」

毛主席發動文化大革命，起初爸爸也是贊成的，認為毛主席是從反修防

修的角度來考慮的，他也擔心中國步蘇聯的後塵——變修。但很快爸爸就對許多事物感到不可理解了。例如中學的紅衛兵成立了一個全市性的組織「聯動」，其成員主要是高幹子弟，他們成為紅衛兵打砸搶的先鋒。他們宣傳一個口號：「老子英雄兒好漢，老子反動兒混蛋。」這口號卻得到中央文革小組組長陳伯達的支持，說「基本如此」。爸爸對此大不以為然，對小曼說：「這完全是封建的血統論。你還記得五十年代在全國放映的印度電影《流浪者》嗎？那部電影對血統論尚且持批判的態度，而我們社會主義國家現在倒來大肆宣傳血統論，真使人無法理解！」這樣的使爸爸無法理解的「新鮮事物」，在當時真是層出不窮。

爸爸看著周圍群眾的狂熱，不免感到自己的「落伍」與孤獨，直到有一次邂逅了謝覺哉。一天，在天安門城樓上檢閱紅衛兵，站了兩個小時以後爸爸到大廳休息，正好謝老也在那裡。兩人寒暄過後就默默地相對而坐，似乎都有話說卻又不知從何說起。終於還是謝老打破了沉寂，意味深長地會：「看來，又要有半年不能讀書了！」爸爸立刻心領神會，知道謝老是指文化大革命這動亂一時還結束不了，正斟酌如何回答，陪伴謝老的一位工作人員已藉故把謝老扶出了大廳，看來是怕謝老說出什麼過頭的話。不過爸爸倒感到一些安慰，似乎遇到了知音，顯然謝老和爸爸一樣，也對文化大革命很不理解。後來，大家都知道，絕大多數的老革命、老幹部、老同志對文化大革命都感到很不理解。

爸爸不寫捧場文章，卻寫著另一種「文章」——外調材料，而且十分認真地寫。自從全國上下掀起大揪「走資派」，大抓「叛徒」「特務」的高潮之後，專案組紛紛冒了出來，其工作內容之一就是外調搜羅罪證。於是自一九六六年九月開始，就有全國各地的外調人員絡繹不絕地來敲爸爸的門。初步統計，從一九六七年七月至一九六九年七月兩年間，爸爸共接待了一百三十多批外調人員，寫了近百份證明材料。查證的內容，頭幾個月多為三十年代上海文藝界以及「四條漢子」的情況，後來就以調查個人的歷史為主，對象主要是二三十年代爸爸的熟人，如陳望道、王一知、李達、胡愈之、金仲華、張仲實、范志超等等。因為這些調查關係到一個同志的政治生命，爸爸極其慎重，他不放心外調人員的記錄，總是提出自己來寫書面證明材料。他斟字酌句地寫，有的材料甚至寫了兩三天。

從爸爸的日記，可以證實他對外調查證的重視和負責。爸爸的日記是流

水賬式的生活日記，很少在日記裡發議論。「文革」前還不明顯，有時還能讀到他對文藝問題的感想。「文革」開始後，爸爸的日記裡就幾乎嗅不到政治氣息，所有社會上驚天動地的事，如「打倒」劉少奇、「二月逆流」、「砸爛公檢法」、「一月奪權」風暴等等，在日記上沒有一字的記載，似乎爸爸是個與世隔絕的局外人。當然也有例外，他對我國成功發射了洲際導彈，成功爆炸了第一顆氫彈，在日記裡就有詳細的記述，而且充分表露了自己的欣喜。但對於文化大革命，他卻不著一筆。也許這就是爸爸對「文革」的態度：我懷疑，我不理解，我需要觀察，所以我沉默。

然而，在日記中卻詳細記載了來外調的情形：外調人員的姓名、性別，持哪個單位的介紹信，調查的問題，談話的時間……一一記錄在案。有時還為了忘記詢問對方的姓名而自責。爸爸的用心是顯而易見的，他是對被調查的同志負責，對自己寫的材料負責，以防萬一有人篡改他寫的證明材料而加害被調查的對象時，他能有據可查。

在日記中，爸爸有時也相當詳細地記載調查的內容，這多半是對一些年代久遠的歷史片段的回憶，顯然那些歷史往事的調查，打開了爸爸腦海中塵封已久的記憶的閘門。正是這些回憶，促使爸爸萌發了晚年撰寫回憶錄的意念。

爸爸對外調人員始終採取誠懇的、平易近人的態度。雖然外調人員都抱有搜羅罪證的目的，但大多數人還是通情達理、尊重事實的，對爸爸也是尊敬的。有的外調人員甚至與爸爸一起為所調查的對象的命運嘆息，如對爸爸的內弟孔令傑的一生，如對姐夫蕭逸的不幸犧牲。有時，外調的是爸爸關心的事，爸爸就會分外地熱心，譬如有一次外調人員告訴爸爸，殺害杜重遠的兇手已在東北被抓獲，爸爸就特別興奮。那天正是爸爸煤氣中毒的第二天，頭還發暈，雙腿還發軟，可是聽說是來調查杜重遠被害經過的，便不顧媽媽的勸阻，堅持下樓去接待來訪者。那次煤氣中毒十分危險，也可算是爸爸「文革」中經歷的一難吧。中毒經過爸爸在日記中是這樣記載的：

> 六八年十一月十日……昨晚因冷，把炭火盆移到臥室內，且加生炭，今晨一時醒來，又加生炭，其時已覺胸口飽脹，但不悟為炭氣之故，只服銀翹二片。三時許醒，思下床小便，不料兩腿軟癱，下床即倒在地下，此時已悟為炭氣之故，欲走向門邊，但此三步路竟不能行，扶牆而前，跌倒數次，及門邊又倒，不知頭碰在何處，

碰傷出血甚多，但竟不知痛，以手帕掩傷處，努力伸手開門，呼德

沚；待她來時血已止，且凝結，但雙腿仍不能立，扶至床上睡下，

以後又嘔吐少許………

　　從這段日記，也可以想見爸爸在「文革」中的生活。

　　來外調的人員中，也有個別人十分主觀，態度生硬。如山東某醫院有人來調查他們的院長魯某人，硬要爸爸證明一九四五年姐姐在延安不幸早逝，是魯某人故意加害的。爸爸不同意，他說：「女兒沈霞的死魯某人有責任，是他玩忽職守不負責任的結果，是嚴重的醫療事故，但魯某人當時已受了嚴屬的處分，事情早已了結。絕不是故意害人。」又有一次，某外調人員硬要爸爸證明曹靖華同志在重慶期間與蘇聯大使館過從甚密，因而有蘇修特務之嫌。爸爸也堅決拒絕：「我不知道，我沒有看見，我不能證明。」對方惱羞成怒，竟拍起桌子來。爸爸站了起來，義正詞嚴地反問：「毛主席說『要實事求是』，你是怎樣理解的？我對一切調查所抱定的態度就是『知之為知之，不知為不知』，這條原則我決不會改變。」那人無奈，只得悻悻而去。

一九六三年秋，茅盾夫婦與張琴秋（左二）等合影。

　　通過外調人員的頻繁來訪，爸爸發現他們的工作與當時席捲全國的「抓

叛徒」活動密切相關。原先爸爸也像謝老那樣，希望「半年不能讀書」之後，文化大革命就能「勝利結束」，現在看到要把眾多老幹部的已經作了結論的歷史問題重新翻出來硬往「叛徒」上扣，就深感這場風暴的結束還遙遙無期。

在這不知盡頭的等待中如果還存有一線希望的話，那麼當一九六八年四月底爸爸聽到了張琴秋嬸嬸慘死的噩耗時，這希望就徹底地破滅了。

琴秋嬸嬸是澤民叔叔的妻子，她和她女兒一家是我們親戚中關係最親密的。琴秋嬸嬸早年參加革命，留學蘇聯，有光榮的革命經歷，是長征中著名的女英雄，至今在川陝民間還流傳著她傳奇式的英雄故事。新中國誕生後，她一直擔任紡織工業部副部長，是深得人心的好領導。「文革」初期，她由於擔任了劉少奇派出的工作組組長而受到衝擊。爸爸媽媽帶領我們全家去看望她，那時她還相當樂觀，說工作組犯了「鎮壓學生運動的錯誤」，但我們都是不自覺，是套用於過去工作組的老經驗老辦法，檢討一下，總結一下教訓就沒事了。可是不久，就聽說她的問題升級了，天天去紡織工業部接受群眾的批鬥。我們全家第二次去看望她。這一次，她明顯地憔悴了，多年的失眠症和高血壓此時完全失去了控制。她告訴爸爸媽媽：現在造反派把她算作「劉少奇黑線」上的「幹將」，不僅因為她擔任了工作組組長，還因為她過去給少奇同志寫過一封信談自己的歷史問題，而少奇同志的回信表示理解和同情。另外，又把她在西路軍失敗被俘的歷史重新翻出來，要把她打成「叛徒」。長征中，西路軍失敗時，琴秋嬸嬸被馬步芳部下俘虜，她化裝成伙夫繼續鬥爭，後被叛徒告密，投入監獄，又轉移到蘇州反省院，始終堅貞不屈。抗戰開始，周總理指名把她營救出來，去了延安。這段歷史早在一九四二年延安整風時就審查清楚，並作了結論。此外，他們又羅織了一條新的罪狀，說琴秋嬸嬸「反對偉大領袖毛主席」。原來造反派抄家時，從她的一個筆記本裡印有毛主席像的扉頁上，發現了「胡理教」三個字，就說她誣蔑偉大領袖毛主席是「狐狸叫」。琴秋嬸嬸告訴他們，胡理教是一位老革命的名字，現在還健在，可以去調查。但造反派根本不聽她的解釋，咬定她是別有用心。琴秋嬸嬸苦笑道：「這聽起來很可笑，但欲加之罪，何患無辭！」媽媽氣憤地問：「這樣豈有此理的事，為什麼不報告毛主席？」嬸嬸搖了搖頭，半響才說：「看來我的問題一時半刻不會解決，可能還會繼續升級。現在他們白天批鬥我，晚上還讓我回家，也許有一天就不讓回家了。我倒不在乎，心中

坦然，相信問題總有澄清的一天，只是瑪婭，我不放心。」她看了一眼在客廳的另一頭正和小曼談話的女兒，「她從小生長在蘇聯，對中國的國情、中國的政治鬥爭，很不瞭解，現在又帶著三個孩子，孩子又小……」爸爸已明白她的意思，就說：「你放心吧，萬一你被集中到單位，回不了家，我們會盡力照顧瑪婭他們的，何況這事也許還不會發生。」

瑪婭是韋韜的堂妹，是澤民叔叔和琴秋嬸嬸唯一的女兒，也是姐姐沈霞去世後沈家長門唯一的孫女。她出生在蘇聯，大學畢業後才回國，從頭開始學習中文。文化大革命開始時，雖然在國內已生活了十幾年，也結了婚，有了孩子，但她的生活習慣、思維方式仍是外國式的。在歷次運動中她都不是批判對象，所以也沒有這方面的經驗和親身體會。所以嬸嬸為她擔心是很自然的，怕她不能理解和適應這樣大的動亂。

一九四七年春，在莫斯科，茅盾見到了侄女——沈澤民唯一的遺孤瑪婭。瑪婭從小在蘇聯國際兒童院長大，這時已上大學。這是茅盾夫婦與瑪婭在莫斯科的合影。

不久，琴秋嬸嬸果然被隔離審查，從此再也沒有見到她，也沒有聽到關於她的任何消息。瑪婭妹妹一家也被迫搬出了嬸嬸的宅院。

　　琴秋嬸嬸死亡的消息是在她家工作的阿姨告訴我們的，說八月二十八日夜間，張部長身穿睡衣，從被隔離的紡織工業部四樓窗戶摔下來，慘死在東長安街上。紡織工業部的造反派宣稱她是「畏罪自殺」。媽媽叫道：「不可能，琴秋不會自殺的！」爸爸也認為：「琴秋性格堅強，當年再艱難的環境都挺過來了，怎麼會想不開而自殺呢？這裡肯定有文章！」但當時公檢法已被砸爛，能向誰去申訴？！

　　爸爸媽媽叔叔嬸嬸的老朋友，建黨初期的老革命家徐梅坤同志，聽到這噩耗，也不相信琴秋嬸嬸會自殺，就私下去察看了出事現場，並作了調查。他把調查結果告訴了爸爸。據他分析，絕不可能是自殺，理由是：琴秋嬸嬸是重點審查對象，晝夜二十四小時都有兩個人在她身邊看守，她沒有自殺的機會；她是從四樓男廁所「跳樓」的，如果是自殺就應該從女廁所「跳樓」，她「跳樓」時穿的是睡衣，這不合乎一般自殺者的心理，他們通常都是穿著整齊的。然而，在那個年月這些理由向誰去申訴？有誰會理睬你呢？！

　　由此，爸爸更加沉默了。這是爸爸唯一能採取的抗議的方式！

含飴弄孫

　　爸爸是個淡泊名利的人，他的憂患和歡樂多半與國家的命運和前途相連接；但在「文革」中，當他以沉默為武器來迎接狂飆時，我們看到他的憂患與觀樂更多地轉移到了孫兒孫女們的身上，表現在對孫兒孫女們的非凡鍾愛。

　　韋韜記得，小時候，爸爸寫作時，他和姐姐都不敢吵鬧，一聽見雞毛撢敲桌子的聲音，就乖乖地閉上了嘴——其實爸爸從來沒有打過他們，敲雞毛

揮只是要他們小聲點，不要影響他寫作。三十年代，爸爸遭蔣介石通緝，無法謀到公開的職業，只能鬻文爲生，需要不停地寫作。爸爸沒有時間和孩子們遊戲，也沒有時間過問他們的學習。韋韜和姐姐的啓蒙老師是知書達理的奶奶。他們從五六歲起就開始聽奶奶講《西遊記》。雖然爸爸素來關心青少年的教育，二十年代爲兒童編過《兔娶婦》等童話，三十年代又爲青少年寫過反映舊社會學徒工生活的《少年印刷工》等小說，然而卻沒有時間關心自己孩子的學習。

爸爸很愛孩子。姐姐的不幸早逝，使他萬分悲痛、萬分歉疚，他很想把這遺憾在隔輩的孫兒孫女身上彌補過來。可是他實在太忙，文化部的工作、作家協會的工作，以及大量的外事活動和社會活動，佔據了他的全部時間和精力，他沒有喘息的機會。「文革」開始後，一切工作都停頓了，他賦閒在家，除了寫證明材料，無事可做，正好孩子們也在家無學可上，他常說：「現在倒有時間和孩子們玩玩了。」

「文革」開始時，小寧上小學二年級，正是「七歲八歲狗都嫌」的年紀。無學可上，他就在院子裡瘋跑，養金魚，鬥蟋蟀，在沙堆上做遊戲，爬到五層樓頂上放鴿子⋯⋯玩得十分開心。其時社會上派仗愈打愈激烈，我們擔心小寧到處瘋跑不安全，更怕他惹禍，就讓他呆在家裡，不許亂跑。起初他很乖，還能安心在家和姐姐一起看書。他七遍八遍地看《林海雪原》中的「百雞宴」和小人書《孫悟空大鬧天宮》等，終於這些書看厭了，他也不安分了，經常鬧點小亂子。我們要小鋼管好弟弟，她很負責。小曼下班回家，常常聽見小鋼告狀：「媽媽，小寧在屋裡逗鴿子把燈泡打碎了！」「媽媽，小寧把相框上的玻璃全拿下來做了魚缸！」「媽媽，小寧和隔壁大小子、二小子爬到五樓房頂上玩，我說危險，不許他們去，他們不理！」有一天下午，小鋼慌慌張張地來到小曼辦公室，說弟弟不見了。原來那天她怕弟弟又和大小子、二小子爬到五樓房頂上玩，就把他鎖在家裡，讓他在外屋玩，自己在裡屋看書。五點鐘光景，她發覺外屋裡好久沒有動靜，就開門進去，只見飯桌移到了氣窗下面，氣窗已經打開，桌子上有張字條，上面赫然寫著「造反有理」四個大字。顯然，小寧是從氣窗爬出去跑掉的。小曼一聽，兩腿發軟，立刻四處尋找，沒有找到，鄰居家的孩子說沒有看見他。天色漸漸昏暗下來，我們開始發慌，萬一找不到怎麼辦？小曼開始自責，不該對孩子如此苛求。「小寧也許去爺爺奶奶家了。」小鋼忽然提醒。真的，我們怎麼沒有想到呢，我們急

忙趕到爸爸媽媽家。「小寧沒有來過！」這一下我們都急壞了，媽媽馬上想去報告派出所，還是爸爸冷靜沉著，他分析道：「小寧還是個孩子，正是貪玩的年齡，你們把他圈在家裡，他當然要『造反』；等到他玩夠了，肚子餓了，自然會回來的。」爸爸的分析使我們稍稍放心了一點。可是晚飯過後，天色已昏暗，還不見小寧的影子，大家再也沉不住氣了。那時天氣已經有點寒意，特別是夜裡，露宿在外面是會生病的。而且，萬一小寧被壞人拐走了呢！大家愈想愈覺得可怕。忽然小曼想起，小寧在文化部宿舍大院裡還有幾個小玩伴。我們找到這些孩子的家中，小寧不在那裡，但其中有一個孩子說，下午小寧在院裡玩過，一小時前，在禮堂前邊看見一個小孩一閃而過，進了禮堂，好像是小寧。我們趕忙到禮堂找。禮堂的地下室已經住上了外地來串連的紅衛兵。在一塊草墊上，我們看見小寧蜷縮在上面，已經睡著了。我們驚喜地撲過去把他抱起來，激動地流下快樂的眼淚，那時我們才真正體驗到什麼叫幸福。

一九五五年八月，茅盾和孫女小鋼在上海。

爸爸媽媽見到小寧也是又驚又喜，心疼地摟著他。誰都沒有說一句責備的話。事後，爸爸狠狠地教訓我們。他說：「遊戲、貪玩是孩子的天性，正確

地引導，孩子在遊戲中能增長知識，增長智慧。你們把他禁錮起來，不許他玩，扼殺他的童心，會影響他的個性發展。現在學校也搞政治運動，孩子有一點不對，就給他們上綱上線扣帽子，使這些天真爛漫的孩子過早地喪失童心、童趣，這對兒童的健康成長不利。八九歲的孩子本來應該到學校接受正規的教育，同時也應該有一定的時間遊戲。現在學校沒有了，供孩子閱讀的圖書沒有了，供孩子看的電影也沒有了。他們不能學習，沒有娛樂，是很可憐的。有的孩子學壞了，小寧很乖，沒有幹壞事，你們卻把他禁錮起來，他能不反抗嗎？小寧是個聰明的孩子，聰明的孩子精力更旺盛，更要好好地引導，使他的精力有地方消耗。前一陣他玩蟋蟀，聽說阿桑（韋韜的小名）把他的蟋蟀倒進抽水馬桶抽掉了，這很不好；又聽說阿桑把小寧心愛的玩具汽車砸爛了，還打他，這太粗暴了。對孩子只能說服，不能體罰。……」爸爸越說越激動，終於「新賬老賬」一起算。這是他過去從來沒有過的。他向來不干預我們對子女的教育，這是第一次，也是惟一的一次。「一個人的教育來自三方面，」停頓片刻之後，爸爸接著說：「家庭教育、學校教育和社會教育。現在由於社會動盪，良好的學校教育和社會教育都談不上了，只剩下家庭教育。你們整天在外面忙，和孩子在一起的時間本來就不多，晚上回到家還不跟他們玩玩，跟他們一起討論討論他們感興趣的事，設身處地想想，孩子難道不苦悶嗎？對孩子不能溺愛，但也不能粗暴，孩子畢竟是孩子，不能脫離實際地要求他們。」這次小寧的「造反」，給了我們很大的觸動，爸爸的訓誨也使我們終生難忘。我們開始意識到我們對孩子太粗暴了，缺乏民主精神。

從此以後，爸爸媽媽讓兩個孩子白天到他們那裡，晚上再回家。文化部大院裡孩子不少，有的也和小鋼小寧一樣，父母白天忙，自己跟著爺爺奶奶。其中有幾個玩伴，會畫畫，畫得還很不錯，小寧也跟著他們學起畫來。孩子的精力有了正當消耗的途徑，就不會去學社會上的壞事，父親也感到放心了。

有一天，小寧抱回一隻小花貓。「爺爺，奶奶，小朋友說要對著實物寫生，畫畫才能長進。」他理直氣壯地說，其實他是為養貓找藉口，因為我們沒有時間，也怕麻煩，從來不養貓。小寧等到貓睡著，果真畫了一隻睡覺的貓，雖畫得稚氣，但爸爸很讚賞，就說：「那就把貓留下吧。」小寧喜出望外。從此，這祖孫二人就共同侍養起小花貓來：給貓找窩，訓練貓在簸箕裡排便，餵貓，給貓洗澡，等等。準備貓食則是媽媽的事。小寧常常丟一隻皮球引貓追逐嬉戲，爸爸在一旁也看得饒有興味。後來，小花貓長大了，要產

小貓了。爸爸張羅著給貓布置「產房」：找出一隻木箱，一條小被和一些棉絮，對小寧說：「花貓要坐月子了，要給她鋪得軟一點，蓋得暖一點，吃得好一點，就像人一樣，她要做媽媽了。」不久，花貓生下四隻小貓，爸爸又每天和小寧一起，無數遍地掀開棉絮觀賞新生的小貓。

　　由養貓，父親想起了一九三九年在新疆養的兩隻狗，就告訴小寧：「你爸爸和姑姑小時候也喜歡動物，他們養過兩隻狗，很好玩，我爲這兩隻狗寫過一個短篇。」「叫什麼題目？」小寧急切地問。「《列那和吉地》，就是兩隻狗的名字。」「爺爺，你有這書嗎？」「有的。」於是祖孫倆在書房翻出了一九六二年版的《茅盾選集》。小寧蜷縮在爸爸書房中的搖椅上入神地讀起來。忽然小寧抬頭問：「爺爺，《十萬個爲什麼》裡說，狗是不出汗的，熱的時候伸長舌頭，就是爲了散發熱量，這裡怎麼寫著『吉地在車旁跑，渾身出汗，似乎很累』？」爸爸聽他一問，就接過書，讀了起來，讀完拍拍小寧的腦袋道：「眞乖，你發現了爺爺的一大疏忽，這是個常識性的錯誤，將來如果有再版的可能，一定要改過來。」一面順手在筆記本上記了下來。「小寧，你看書這樣仔細是個好習慣！」爸爸滿意地注視著小寧，讚許地說。

一九六八年冬，茅盾與孫兒小寧在寓所院內小憩。

　　《十萬個爲什麼》是當時還允許孩子們閱讀的叢書，小鋼和小寧都喜歡讀，而且會「活學活用」。譬如吃菠菜的時候，他們就會說：「媽媽，菠菜不能多吃，《十萬個爲什麼》裡說，菠菜含鐵，多吃會破壞鈣的吸收，時間長了會貧血！」有一次小鋼發燒，渾身滾燙，爸爸媽媽很擔心，不斷給她的額頭換敷冷毛巾。小鋼安慰道：「爺爺奶奶別擔心，《十萬個爲什麼》上說，發燒可以殺死身體裡的細菌，偶爾發一次燒是有好處的。」父親笑道：「偶爾發一次燒是不要緊，不過你不是偶爾發燒，而是經常發燒呢！」《十萬個爲什麼》的確給孩子們增長了不少知識，在那無書可讀的年代，這部書眞是沙漠裡的甘露。

　　小鋼性格好靜，愛看書，很少外出。小說被紅衛兵封存之後，她翻出《世界知識手冊》來看。這類一般孩子認爲枯燥的書，她也能很有興味地讀下去。看到這種情形，爸爸十分惋惜，對「停課鬧革命」十分不滿。他認爲文化大革命是大人的事，不該讓孩子們也捲進去。對孩子來說，荒廢學業是最大的損失。他時時感慨萬端地說：「時光是不會倒流的，一經流失，就無法再追回來了。」

一九七〇年冬，茅盾與小孫女丹丹合影。

一九六八年初，中小學校終於「復課鬧革命」了，父親和我們一樣十分高興。可是孩子們從學校帶回來的消息卻使他瞠目結舌。因為按新規定，小寧再學半年就算小學畢業了，而他的實際學歷才小學二年級！小鋼只念完半學年的初一，卻算是畢業班的學生，暑假後就要分配工作了！那時高中尚未恢復，初中畢業生，除少數進工廠，絕大部分要上山下鄉。這個消息怎能讓爸爸平靜！他不滿地說：「太沒有道理了，實在太沒有道理了！停課兩年就應該把功課補上，怎麼可以把荒廢的兩年也計算在學歷之內？而且還不負責任地把孩子推給社會！」

兩個孩子都在景山學校，這是中宣部辦的一個實驗學校。「文革」開始後中宣部成了「閻王殿」，景山學校也順理成章地被視為培養修正主義苗子的黑學校，所有教學實驗的措施全被否定，原有的學生也以就近上學為由予以分散。這樣一來，小寧一「畢業」就不能繼續在本校升中學，而被分配到我們住家附近的一所質量不高的中學，這中學原來是所女子中學，現在臨時改成男女合校。據說在那裡將用一年的時間補學小學的課程。爸爸覺得，不管怎樣地「寅吃卯糧」，小寧總算有了個著落。然而小鋼卻不得不離開學校，過早地走上社會，她才十五歲呀！我們開始還寄希望於小鋼能分配到工廠，這樣在同一城市裡，我們多少還能照顧她。小鋼品學兼優，爸爸是革命幹部，爺爺又未被打倒，接當時的政策是夠資格進工廠的。「爭當工人階級，不當臭老九」，是當時的社會時尚，也是學生和家長們的共同願望。不料「政審」沒有通過，原因是韋韜在軍隊院校參加了林彪對立面的那一派的群眾組織，正被扣上莫須有的「五‧一六」罪名受審查。學校通知小鋼必須上山下鄉。瞧著小鋼那委屈而又強作鎮靜的樣子，媽媽直叫「作孽」。無可奈何，我們全家為小鋼準備下鄉的行裝，出主意最多的是媽媽，無微不至地叮嚀和檢查的是爸爸。爸爸對我們說：「去工廠或者上山下鄉，其實並無本質的差別，都是讓青年離開學校之後先到艱苦的環境中去磨煉。這是有好處的。歷史上凡是有作為的人，在青年時代都經歷過各種磨難，沒有聽說過在溫室中能培養出參天大樹的。不過小鋼還太小，書念得太少，基礎知識不夠。這樣的年齡正是在大人的關懷下求知識的年齡，這樣的文化素質還不具備走上社會的條件。雖然小鋼在同齡人中比較成熟老成，比較有主見，但畢竟尚未成年。現在驟然要放棄學業，離開親人，獨自去闖天下，確實是太早了點。！」若有所思後，爸爸又說：「我想中央這個政策也是權宜之計，國家不可能花錢培養了一批知

識分子，卻讓他們去當一輩子工人和農民，這太浪費了。我看這是目前工廠不招工、機關單位不進人的特殊情況下的過渡辦法，它可以緩解城市失業人口暴增的問題，又能讓青年學生到基層去經受鍛鍊，讓他們瞭解中國的現實。不過，這主要應該是針對大學生，在目前的情況下讓大學生下基層去鍛鍊是有好處的，給他們發熱的頭腦潑點冷水，使他們從前兩年在社會上衝衝殺殺的狂熱中清醒過來。但中學生，尤其是初中生就太小一點，當然鍛鍊一下也未嘗不可。你們也不必爲小鋼過分擔憂，中國的事瞬息萬變，三四年後又如何，誰能預料？」

一九四五年八月二十日，茅盾的愛女沈霞在延安因醫療事故不幸逝世。消息傳來，使茅盾夫婦陷入極度的悲痛之中。沈霞是茅盾唯一的女兒，也是他們最鍾愛的孩子。這是沈霞的遺照。

父親怕小鋼想不通，給她講了一些自學成才的故事，特別講到了華羅庚。他說：「不要迷信環境，環境固然重要，但也不是絕對的，最主要的是靠自己，所謂『行行出狀元』。華羅庚沒有受過正規的學校教育，很小就當了學徒，學

歷不高，然而他後來卻成了著名的數學家、大學教授，文學修養也很高，文章寫得很漂亮。他的學問完全是靠自學得來的。可以說，只要有信心有毅力，善於利用時間，靠自學也能成才的。」

爸爸的話語重心長，但內心是痛苦的，他實在不忍與孫女離別，也為自己無力改變孫女的命運而悲哀。那時，正值「文革」中的審幹階段，韋韜在單位受審查，小曼懷著孕卻集中住在辦公室裡，晚上睡在辦公桌上，不許回家，我們無法給小鋼更多的關心。爸爸媽媽就讓小鋼白天到他們那裡去，以便多給她一些愛撫。

學校第一批上山下鄉小鋼沒有去成，因為體檢時意外地發現她的轉氨酶指數高出常規甚多，這才允許她先治好病再下鄉。媽媽拍著她親手趕製出來的厚棉襪說：「不知鋼鋼什麼時候用得上它。」媽媽萬萬不會想到，這一天她永遠見不到了！

爸爸媽媽喜歡孩子，常常流露出他們的孩子太少，晚年太寂寞的意思。媽媽更常向韋韜絮叨：「你們只生兩個孩子太少了，將來會後悔的。我自己因為有病，只生了兩個，而你姐姐又年紀輕輕就去世了！」爸爸媽媽對小鋼小寧的愛，也使我們深信第三個孩子的誕生將會給他們帶來歡樂。但是「文革」之前，我們總是找不到恰當的時機，直到一九六八年，和許多人一樣，經過「文革」初期的狂熱之後，漸漸對「文革」的種種做法產生了懷疑和厭倦，又看不見「文革」結束的跡象，思想和行動都開始逍遙起來。「反正沒事可幹，不如趁現在再要個孩子。」——我們的小女兒就是在這種特定的形勢下，來到了人間。後來我們為此付出了痛苦的代價，尤其小曼吃盡了苦頭。

一九六九年七月十一日，我們的小女兒誕生了。小女兒的出世給爸爸媽媽帶來很大的快樂，他們不辭辛苦地多次來到我們所住的宿舍樓，氣喘吁吁地爬上四層，來看新生兒。並建議等小曼身體復原之後，每逢晴天，就推上「小毛毛」的嬰兒車，到爸爸寓所的院子裡去曬太陽，呼吸新鮮空氣。

我們請爸爸給新生兒起名。小鋼小寧的名字都是爸爸起的。小鋼叫邁衡，小寧叫學衡。記得我們當時在南京，寫信請爸爸為我們的第一個孩子起名，爸爸很快回信說：「我想給毛毛起名邁衡。東漢時發明渾天儀的張衡，是一位傑出的科學家，又是一位傑出的文學家。除了創製世界上最早利用水力帶動的渾天儀，還發明了地動儀，在天文方面正確解釋了月蝕的成因；在文學方面，他的《兩都賦》寫得非常出色，被收進了文學集子中，他還是當時著名

的畫家。他是相當全面的，在科學文化的許多領域中都有傑出的貢獻。我給小毛毛起名邁衡，是希望她將來能超過張衡。這聽起來未免狂妄，不過這是中國人起名的習慣，盼望孩子能為某種遠大目標或崇高理想而奮鬥。它凝鑄了長輩的理想、希望和追求。」四年後，爸爸又為我們的兒子起名學衡，爸爸希望孫子以張衡為楷模，向張衡學習。

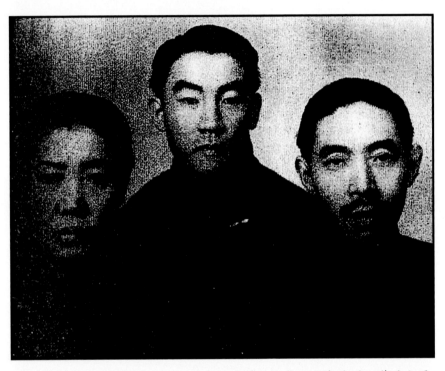

為了減輕茅盾夫婦因愛女之死帶來的痛苦，一九四五年十月，茅盾之子沈霜（韋韜）從延安來到重慶。這是一九四六年一月沈霜回解放區之前，茅盾夫婦與兒子在重慶的合影。

爸爸雖然畢生從事文學創作，但非常重視科學技術。他常說，一個國家的興旺發達是靠科學水平決定的。近一百年來，尤其是二戰以後，科技的發展日新月異，今後發展的速度肯定越來越快，只有科技才能興國。所以他希望孩子們長大學科學技術，把文學作為業餘愛好，他認為這是最理想的。他非常尊重錢學森、錢三強、華羅庚等科學家，「文革」中每當聽到有成就的科學家遭迫害，他總是搖頭嘆息。

然而，當我們照例請爸爸給小女兒起名時，父親卻說：「我給小鋼、小寧起名邁衡、學衡，是希望他們長大學科學，搞點實際的事業，不曾想到現在

連上學的機會都沒有了，更不用說學科學了！小毛毛的名字你們就自己起吧。」沉思片刻，又不無遺憾地說：「我們沈家幾輩人夢想學科學，都成了泡影。我的父親崇尚新學，自學聲光化電，想為富國強民效力，卻不幸早逝，留下遺言要我和澤民──你們的叔叔學科學。我從小不通數理，弄上了文學，辜負了父親的遺願；澤民的數理化一直是班上最突出的，進了河海工程學校也是高材生，卻偏偏迷上了政治，參加了革命，又過早地犧牲了。阿桑小時候數學很好，和我不一樣，有數學頭腦，他原希望學理工，我也打算讓他學理工，可是抗戰爆發，他去了延安，學科學的夢想又落了空。現在這第四代學科學的願望，看來又要落空了！」

後來我們給小女兒起名「丹燕」，小名丹丹，意思是：爺爺是大雁，她是小燕，長大了要學爺爺。

後來，爸爸經常無限惋惜地說：「三個孩子都不錯，都很聰明，可惜兩個大孩子碰上了文化大革命，耽誤了學業，白白浪費了整整十年寶貴的光陰，弄得『稂不稂，莠不莠』！丹丹小，但願她能碰上好時光。」

痛失患難與共的老伴

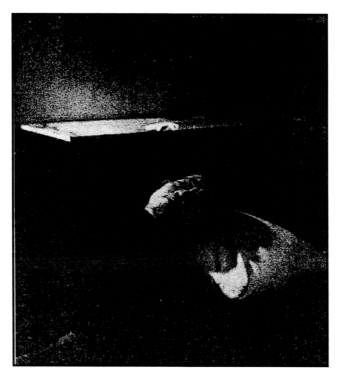

一九六九年九月三日胡志明主席逝世。九月六日晨爸爸接到通知：先到人民大會堂江蘇廳集合，再去越南大使館吊唁。在江蘇廳爸爸見到了宋慶齡、陳毅、徐向前、聶榮臻、李富春、鄧子恢、郭沫若、傅作義、許德珩和李四光。他們是赴越南大使館吊唁的第二批黨領導人，他們中間大多數人已遭到「文革」的衝擊，但尚未被打倒，還能在公開場合露面。不過這次吊唁活動

卻是「文革」高潮中爸爸最後一次公開露面。

　　半個多月後──一九六九年的國慶節，爸爸沒有接到照例都有的去天安門參加慶典的通知。媽媽讓警衛員給政協打電話詢問，回答是「不知道」。從此，爸爸的名字就從報紙上參加重大活動的一長串國家領導人名單中消失了。因為什麼？沒有說明，沒有解釋，沒有通知，連暗示也沒有，這位蜚聲海內外文壇的作家，前文化部長，就此銷聲匿跡了！不久，警衛員撤走了，專車取消了，每天兩大本《參考資料》也停送了。媽媽開始惴惴不安，生怕哪一天會衝進一伙人把爸爸抓走。爸爸卻釋然，勸媽媽放心。他不無幽默地說：「現在群眾組織要打倒某個人物，都得聽中央文革小組的。『靠邊站』的人很多，並不個個都挨鬥，挨鬥都是中央文革小組點了名的。我被莫名其妙地『靠邊站』之後，卻一直不見公開點名，可見我也屬於不挨鬥之列。你就放心吧。」可是媽媽是個神經質的人，她聽不進爸爸的勸慰，她受不了這樣的打擊，從此就在惶惶不安中度日。我們曾向爸爸建議：「何不向有關部門詢問『靠邊』的原因，也好有個申辯的機會，難道就這樣不明不白地下去？」爸爸說：「這還用得著問嗎？你們太天眞了。」

一九六九年夏季，茅盾夫人孔德沚在寓所樓上的書房內。

　　媽媽的身體一向不錯，生活有規律，幾十年的勤儉持家養成了勤勞的習慣，解放後雖當了部長夫人，仍舊自己操持家務。五十年代開始患高血壓，後來又誘發了糖尿病，但並不嚴重。「文革」前她和爸爸同在北京醫院高幹診室看病，「文革」開始，醫院「破四舊」，取消了爸爸的「特權」，被指定到北大醫院看病；媽媽因為是家庭婦女，仍允許在北京醫院看病，只是轉到了普通診室，和普通市民一樣。一九六六年，媽媽患過一次急性腎炎，經過治療，恢復了正常。以後，媽媽的慢性病仍是高血壓和糖尿病。糖尿病需要經常驗血糖和打胰島素針劑，爸爸看病轉到北大醫院後，媽媽去醫院不能再搭爸爸的便車，而乘公共汽車，這對於疾病纏身的媽媽是很困難的事情。為減少媽媽看病的勞累，爸爸買來了注射器、消毒盒和化驗尿糖的玻璃試管。媽媽學會了自己驗尿糖，爸爸則硬著頭皮學著給媽媽打針，慢慢地竟成了媽媽很不錯的護理員。

　　一九六九年十月，韋韜的所謂「五・一六」審查已結束，被派到中關村中國科學院某研究所支左，充當軍代表，工作極忙，已有幾個星期未去看望爸爸媽媽了。一個週末，韋韜去爸爸媽媽家，只見媽媽滿臉病容地躺在床上，明顯地消瘦了。韋韜忙問得了什麼病，媽媽說：「我也不知道，只覺渾身沒有力氣，腿腫，尿多，不想動。」爸爸在旁說：「醫生講腿腫是高血壓心臟病引起的，尿頻是糖尿病的緣故，現在已加大了藥量。不過你媽媽不聽勸，還要抽煙。」媽媽說：「我也想戒，可是戒不掉，一天到晚躺在床上太氣悶了，只好抽點煙。」

　　小曼告訴韋韜：「自從爸爸的名字從報紙上的長串名單中消失之後，媽媽就開始惶遽不安，最近變得十分抑鬱，體力日益衰竭，家務做不動了，人也日漸消瘦。醫生說不出所以然，只說仍舊是糖尿病和高血壓。我想，大概是媽媽長期心情鬱結的緣故吧？」確實如此，「文革」以來，媽媽的心情就沒有舒暢過，紅衛兵抄家，琴秋嬸嬸的含冤去世，韋韜受審查，小鋼尚未成年硬要她上山下鄉，這些都不同程度地給了她刺激。她想不通，看不慣，可又沒法說，一直壓在心頭。現在爸爸又莫明其妙地靠了邊，她的神經再也支持不住了，身體就突然垮了下來。

　　當時我們都只注意了媽媽生病的精神因素，忽略了其他原因，並過分信任了醫生。很快，媽媽病得愈來愈嚴重了，兩腿浮腫加重，小便失禁，情緒煩躁，有時神志不清，茶飯不思，繼續消瘦，體重由一百三十多斤降到七十

多斤，但仍舊不肯戒煙，因此夜間兩次燒著了被褥。這時，我們都不在身邊，只好由爸爸擔負起媽媽的護理工作，一夜數次起床照看媽媽。但醫生對病情這樣急劇的惡化，仍咬定是心臟病、糖尿病所致。爸爸完全信賴醫生。我們又都缺乏醫學常識，雖有疑惑，但因那時林彪的一號命令下達不久，無法脫身回家看望。

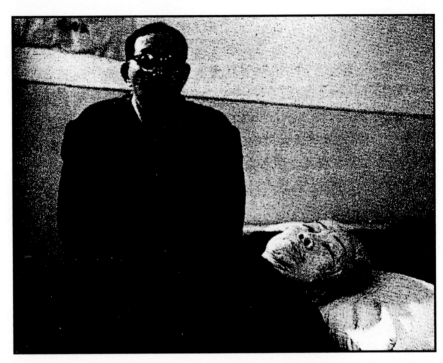

一九七〇年一月二十九日凌晨，夫人孔德沚因腎炎被誤診未能得到應有的治療而不幸逝世，終年七十三歲。茅盾失去了白首相依的老伴。孔德沚的後事冷冷清清，除家人外，僅葉聖陶老友同去八寶山火葬場向遺體默哀告別。兒媳在幹校勞動，請假不准，未能參加葬禮。這是在醫院的太平間內茅盾與夫人的最後一次合影。

珍寶島事件之後，中蘇關係緊張，林彪的一號命令就是藉口蘇聯可能搞突然襲擊而發佈的戰備命令，其中心是要把北京的所有「閒雜人員」、「危險分子」統統疏散到內地去「監護」；把業務已停專事鬥批改的機關單位，統統遷往農村，或辦「五七幹校」，或插隊落戶；把各部門各單位的重要檔案、文件、珍貴資料，集中裝箱運往「三線」保存。我們全家都受到了一號命令的影響。韋韜支左的研究所計劃遷往川滇交界的攀枝花礦區，他整天忙於研究

討論其可行性，同時心中也在考慮萬一自己隨研究所去四川，是否要帶家屬同去？爸爸屬於被「監護」之列，韋韜問他怎麼辦？爸爸斬釘截鐵地說：「倘若他們來動員，我的答覆是『不去』！德沚病得這麼重，已不能走動，我必須陪著她，照看她。」

讓爸爸媽媽懸心的還有小曼和小丹丹。小曼的單位是屬於「砸爛」的單位，除挑選了十幾名「響噹噹」的造反派留守外，全部「一鍋端」，到湖北咸寧「五七幹校」。小丹丹才四個月，按照當時的政策，產婦在嬰兒十個月之內暫緩下放，以便讓嬰兒能吃上母乳。可惜這項人道主義的政策，執行起來就因人而異了。小曼向工宣隊打報告，要求晚幾個月再去幹校，誰料被一口回絕，說：「不行，一律都要去，十二月底是最後一批，你可以把孩子帶去。」小曼嘗過下放農村的滋味，知道帶一個哺乳的嬰兒參加勞動是不可能的，奶水會沒有，孩子將挨餓。那時還有一個規定：不去幹校也行，但得辦理離職手續，回老家去插隊落戶。為了不讓小丹丹受苦，能吃足母乳，小曼決心帶著老保姆一起回韋韜浙江的老家──桐鄉烏鎮，因為她自己的老家廣東寶安已沒有親人。爸爸同意我們的決定，認為現在世事千變萬化，將來還會變，小曼暫時帶丹丹去烏鎮住一段時間，也是個沒有辦法的辦法，等孩子大些了，再想辦法回來。至於工作會不會丟掉，只好先不作考慮了。他還說：「周建人是浙江省副省長，我這就給他寫封信，請他幫忙讓小曼在烏鎮落戶，能找份工作更好。」可是信寄出後，沒有回音。小曼又想，不如帶了丹丹到老保姆的老家江蘇吳江去安家，老保姆也同意，但韋韜不贊成。韋韜去找了一個小曼單位的軍代表，希望以軍人對軍人的坦誠，說服他為了孩子通融幾個月，可是這個軍代表「左」得出奇，毫無人性！在萬般無奈下，小曼只得下決心給孩子斷奶，準備在十二月三十日去幹校。

媽媽在病床上一直關心著這件事，在聽說小曼還是決定去幹校後，把小曼叫到床前，拉著她的手哽咽道：「小曼，我恐怕不行了，我已經照顧不了小丹丹了，你再去求求工宣隊吧，就說，等我咽了氣你再走。」聽了這話，小曼的鼻子一陣發酸。媽媽是從不叫苦、從不求人的，這是她最後的願望了。小曼硬著頭皮再去找工宣隊，講到媽媽病危及她的願望。可是工宣隊長竟說：「你又不是醫生，陪著病人有什麼用？」小曼只好去醫院請大夫打了回奶針，扔下五個月嗷嗷待哺的嬰兒和病危的媽媽，去了幹校。二十幾天後，媽媽就溘然長逝了。

茅盾與兒孫們在醫院太平間與夫人告別。

　　媽媽去世前三天，已經滴水不進，精神萎靡，白天昏睡，夜間輾轉反側。一月二十七日上半夜尚呻吟不斷，下半夜卻安靜了。二十八日晨，媽媽仍昏睡不醒，喚之僅喘粗氣。爸爸感到不妙，急忙叫來汽車，代她穿衣，抬她下樓，她都任人擺佈。到北京醫院即送急診室，此時媽媽已不能說話，只是呻吟。醫生初步斷爲尿中毒，是腎炎晚期引起的！這怎麼可能？這幾年醫生從來沒有說媽媽有腎炎，一直作爲糖尿病和高血壓在治療。但那時已顧不上追究這些了，救人要緊！醫生採用了種種急救措施，但到中午仍未見好轉。爸爸緊急通知韋韜。待韋韜趕到醫院，媽媽已不認得自己的兒子了，而且再也沒有清醒過來。二十九日凌晨二時二十七分，她終於在兒子的守護下停止了呼吸。媽媽是在急診室裡去世的，白天雖多次交涉，希望能夠移到病房治療，都沒有結果。

　　凌晨三時二十分，爸爸帶了媽媽的衣服趕到醫院時，媽媽的遺體已被移到了太平間。看到媽媽孤零零地躺在空蕩蕩、冷冰冰、陰慘慘的太平間裡，爸爸失聲痛哭起來。這是韋韜第一次見到爸爸哭泣。阿姨替媽媽換了衣服——綢短衫褲和結夾旗袍，這是媽媽比較喜歡而在平日不捨得穿的衣服。韋韜

擔心爸爸過分傷心，就勸他先回家休息，天亮以後再帶孩子們來和奶奶告別。上午八時，爸爸給剛去幹校不到一個月的小曼打了電報，要她趕回來參加葬禮，同時通知了機關事務管理局。管理局問後事怎麼辦？爸爸說：「從簡辦理，但要等兒媳回來再辦。」九時，我們帶了三個孩子來到醫院，讓孩子們與奶奶見最後一面。小鋼哭了，爸爸又流了淚。我們在媽媽的遺體前照了相，這是媽媽留下的和我們在一起的最後的照片。

在八寶山骨灰堂前茅盾捧著夫人的骨灰匣。五年後，茅盾從骨灰堂取回
夫人的骨灰匣放在臥室內，以便朝夕相處。

媽媽冥然歸西，爸爸的小樓驟然變得空寂而無生氣了，韋韜因工作纏身，就讓小鋼搬去陪伴爺爺。最初的日子，爸爸常獨自躺在床上呆滯地望著天花板出神，後來知道，爸爸是在自責自己沒有照顧好媽媽，過多地注意了媽媽性格執拗的一面，卻沒有察覺媽媽病情的可疑變化。醫生誤診使媽媽過早地離開了我們，這是一起明顯的醫療事故，但在那個沒有法制的年代控告是徒勞的。況且人已去，是不能復活的。

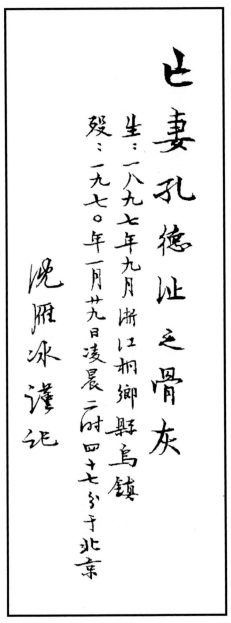

亡妻孔德沚之骨灰

生：一八九七年九月浙江桐鄉縣烏鎮

歿：一九七〇年一月廿九日凌晨二時四十七分于北京

沈雁冰謹誌

茅盾為夫人孔德沚題字手跡。

　　爸爸和媽媽是典型的包辦婚姻，結婚前雙方不曾見過面。結婚那年媽媽還是個只認識孔子和沈字，不知道北京、上海在那裡的單純天真的姑娘。但是她有志氣，要求進步，在結婚後的三朝內，就要爸爸教她識字，給她講關於中國歷史和國內外的常識。結婚十天後爸爸回上海工作，她留在烏鎮就由

祖母教她識字、讀書。她努力學習，進步很快。後來媽媽和祖母從烏鎮遷到上海定居，生下了亞男姐姐和韋韜。在上海，媽媽眼界開闊了，參加了革命，入了黨，朋友也多了。她工作很有魄力，參加婦女運動很積極，活動範圍也廣，除了女學生、家庭婦女，還與高級知識分子和革命前輩如孫夫人、廖夫人等交往。孫夫人很賞識她，所以魯迅逝世時，治喪委員會派她專門照顧孫夫人。後來媽媽為了能讓爸爸安心寫作，就不工作了，毅然回家當了家庭主婦，這在當時是要承受黨內同志的譴責的。幾十年來，媽媽專心照顧爸爸和兩個孩子的生活，養成了勤儉持家的習慣。解放前，她的持家儉樸，在親朋好友中是聞名的，很得讚揚。解放後當了部長夫人，她那勤勞節儉的習慣依舊，對保姆在這方面的要求也極嚴。爸爸勸她對保姆不要太嚴格了，她不聽，因此和保姆時時發生矛盾，遭到保姆們的非議。作為部長夫人，媽媽經常出席各種外交宴會，不得不做些質地較好的服裝，平時卻不捨得穿著，仍舊穿家常便服，甚至還有打了補丁的下廚房衣服。其實爸爸也自奉甚儉，飯後的水果，他們歷來都是兩人分吃一個蘋果或其他水果，幾十年如一日。作為部長，爸爸是可以配備廚師的，但他不肯要，他和媽媽都說，只有兩口人，何必那麼排場！爸爸的辦公用紙豐裕得很，但他的許多文章底稿卻寫在廢紙的背面。他們幾十年養成的節約習慣，並不因收入增加而改變。

媽媽去世之後，爸爸常對陪伴在身邊的小鋼講到奶奶，他說：「想想真叫人難過，你奶奶一生辛辛苦苦，克勤克儉，卻因為個性太強，太執拗，不能隨形勢而改變自己的思想習慣和生活方式，所以解放後的二十年，她自己百不如意，而別人也不能理解她。其實，你奶奶的一生，就是為他人而做出犧牲，為了我們一家人而奉獻自己！先是為了我，後來加上你爸爸和姑姑，現在又加上你和小寧、丹丹。奶奶是十分愛你們的，直到瞑目她都在惦記你們！依照奶奶年輕時的工能力和上進心，她是能夠幹出一番事業的，但她放棄了，為了我們這個家而放棄了，這是無私的奉獻，是一種崇高的精神！爺爺和奶奶雖然是包辦婚姻，但是我們有共同的信念和追求，我們是互敬互愛的！」

三十日下午收到了小曼的回電：「請假未准！」見到這樣有悖情理的答覆，爸爸憤怒了，他拿起電話撥通統戰部表示了抗議！爸爸又決定第二天去八寶山火葬場為媽媽火化，不舉行任何儀式，只通知少數親友。

一九一八年二月，茅盾與孔德沚結婚。這是茅盾孩提時由祖父訂下的婚事，女方沒有文化。但茅盾不願讓母親為難，也不願傷害女方，同意了這門婚事。婚後，孔德沚在婆婆的教導下，努力學習文化，又在丈夫的影響下，參加了革命工作。在以後漫長的五十年共同的生活中，孔德沚不僅是茅盾生活中最忠誠的伴侶，也是茅盾事業上最得力的助手。這張照片是茅盾婚後在上海所攝。

　　去火葬場送葬的有堂妹瑪婭，表姐慧英，媽媽的老友陸綴文，爸爸的老友葉聖陶及其長媳滿子。「文革」開始後，爸爸幾乎斷絕了與所有親友的往來，媽媽的去世，親友們來吊唁，使隔斷了幾年的友情得以悄悄地恢復，葉老就是與爸爸重新交往的第一人。我們先到北京醫院太平間，向遺體默哀三分鐘，與媽媽作最後訣別，然後隨靈車同赴八寶山火葬場。我們將遺體置於火葬場的內室，輪流上前鞠躬，看了媽媽最後一眼，便退出內室。媽媽就這樣簡樸這樣淒涼地離開我們走了！韋韜去選購了骨灰盒，說定第二天來取骨灰。

一九一八年茅盾母親陳愛珠和兒媳孔德沚攝於烏鎮家中。

　　二月一日，爸爸和我們再去火葬場，取了骨灰，裝入骨灰盒，送到一公里外一座小山上的普通公民的骨灰存放處，媽媽不能享受進八寶山革命公墓

的待遇，雖然她曾是早期的共產黨員，為中國革命的勝利做出過貢獻。

二月四日下午，小曼突然從幹校回來了，假期十天。為何又准假了？原來經過是這樣的：一月二十九日傍晚收工回營地的路上，有個同志悄悄對小曼說：「你不知道吧，隊部壓了你的一封從北京來的電報。」小曼心裡一驚，明白了八九，急忙趕到隊部追問。軍宣隊長並不否認，卻說：「你們知識分子耍的那套花招我清楚，來個病危的電報，好回北京去玩幾天。」對小曼的辯解置之不理。小曼非常憤怒，但也無可奈何，只得在第二天回電說明「請假未准」。誰料二月三日下午小曼正在地裡勞動，組長突然來通知說：「你婆婆去世了，隊部讓你立刻回北京。」幹校距咸寧火車站有二十幾里路，小曼擔心趕不上傍晚那趟火車，要求第二天一早再走。組長不准，非要小曼在十五分鐘內離隊，並塞給小曼一張通行證。小曼只得急急忙忙帶上隨身用品，穿過方圓十幾里不見人煙的沼澤地，在蒼茫的暮色中翻山越嶺，好不容易在開車前跳上了火車，來不及買票，只得在車上補票了。哪知補票時才發現通行證上沒有蓋公章，小曼拿出電報證明自己是回北京奔喪的，列車長又發現通行證上寫的是出公差，不是辦私事，於是認定這裡有問題，圍觀的群眾也拿出紅寶書念起毛主席關於「凡是反動的東西，你不打，它就不倒」那段語錄來。當火車到達第一個小站時，列車長命令小曼下車。這時夜幕已臨降臨，站台上除了一塊站牌，一無所子，子身一人被拋在這陌生荒涼的小站上如何辦？連住宿的地方都沒有！小曼急得差點哭出來。幸而這時有一位文化部的幹部站了出來勇敢地說：「我認識她，她是咸寧文化部幹校的！」列車長總算開恩，允許小曼到達武漢再下車。到了武漢，小曼又遭到車站公安幹警的嚴厲盤問，追問這張通行證是哪裡弄來的？審問之中，又進來一位幹警，看來比第一位高明不少，他還知道沈雁冰其人，而且「警惕性」更高，問小曼和沈雁冰是什麼關係，小曼說明後，他竟厲聲訓斥道：「你竟敢冒充全國政協副主席的兒媳！」看樣子真要把小曼定為現行反革命分子了。小曼趕緊說，你們可以給咸寧文化部幹校或者北京全國政協打電話詢問。他們交頭接耳了一陣，讓小曼到門外等著。小曼在門外焦急地等了很久很久，終於其中一個人出來了，只簡單地說了聲「走吧」，既沒有說明小曼的身份已得到了澄清，也沒有對剛才無理審查小曼表示任何歉意。小曼很惱怒，但急於奔喪，沒有時間跟他們理論，只好換乘了另一次列車，於二月四日下午趕到了北京。到了家才知道，幹校軍宣隊之所以突然改變態度，是爸爸給統戰部打的那個電話

起了作用，統戰部向文化部提了意見，文化部又向咸寧幹校下命令，小曼所在連隊才急急忙忙要小曼立刻回北京，從而使小曼在途中差點被人當作不良分子，演出了那一齣悲喜劇。

聽完小曼的敘述，爸爸非常氣憤，但也無奈，只得安慰說：「雖然你沒有趕上最後見你媽媽一面，向她的遺體告別，但能回來總是幸事。明天是陰曆除夕，春節恐怕骨灰堂不開放，你們抓緊時間明天去八寶山看看媽媽的骨灰盒吧。我看到別的骨灰盒前都擺了些小花籃、小花圈、小燭台之類的祭奠物，你也帶個小花圈去送給你媽媽吧。至於你路上的遭遇，從另一面想，它讓你親身領略了當前社會的眾生相，也不無益處。」

一九二一年春茅盾與孔德沚在上海寓所。

媽媽的去世是爸爸在「文革」中遇到的種種打擊中最沉重的一擊，他把這悲痛強壓在心底；為了操辦媽媽那簡樸的後事，他勞累過度。在心力交瘁

之下，爸爸終於病倒了。二月七日爸爸因感冒去北大醫院看病，醫生讓爸爸做胸部透視，當時因燃料不足，春節放假期間醫院不供暖氣，爸爸不得不在冰冷的暗室中脫掉上衣，凍了十來分鐘。結果回到家病情立刻加重，第二天高燒達四十度，口吐囈語，時時驚厥，身體異常衰弱。他閉著眼喃喃地說：「想不到這麼快就要和你們分手了。」小鋼哭了，小曼急得一面打電話通知韋韜，一面聯繫去北大醫院的汽車。正在這時，胡子嬰來了，她是得知媽媽去世的消息前來吊唁的。聽說爸爸得了急病正要送北大醫院，就問為什麼不去北京醫院？現在有了新規定，像你爸爸這樣級別的幹部又可以去北京醫院看病了。我們忙和北京醫院聯繫，果然有此新規定。於是爸爸重新住進了北京醫院的高幹病房，並確診是急性肺炎。那裡設備好，及時控制了病情，很快就退了燒。醫生說：「老年人得肺炎是十分危險的，這次幸虧你們送得及時。」

我們十分慶幸爸爸的病得以轉危為安。在我們的記憶中，這是爸爸病史中最危險的一次，因為這次病是在爸爸心力交瘁的情況下發生的。我們也感激胡子嬰及時的幫助。胡子嬰是爸爸媽媽幾十年的老朋友，當時她是「靠邊站」的商業部副部長，為了看望爸爸，吊唁媽媽，她是乘公共汽車來的。

小曼十天的假期轉眼就要到期了，可是爸爸還躺在醫院的病床上。小曼找單位工宣隊長請求續假，未獲准，小曼又提出十天假中有四天是春節，照規矩應當扣除，也未獲准。爸爸對小曼說：「不要再去求他們了，求這種人是沒有用的。你還是回幹校去吧，好在我的高燒已經退下來，不會再有危險了，平時有小鋼陪我，小寧也常來看我，我就很滿足了。你放心去吧。」二月十三日，小曼只得憂心忡忡地別了病床上的爸爸，回咸寧去了。從此，小鋼就挑起照顧爸爸的擔子，每天騎車去醫院給爺爺送菜、送水果、送報紙和《參考消息》；而每天能見到小鋼，更是爸爸最大的慰藉。

二月二十八日，爸爸出院回到家裡。三月二日，韋韜把我們那套單元房交還給公家，帶了三個孩子和老保姆，搬到了爸爸的小樓裡，和爸爸同住，陪伴他度過動蕩的晚年。

消沉中思念親人

　　爸爸自從突然「靠邊站」，又目睹媽媽病情的急劇惡化，心情便日益抑鬱、消沉。他不願自己的情緒引起媽媽的恐慌，加重她的病情，便竭力掩飾著。可是媽媽仍舊沒有拖過半年。爸爸這掩飾起來的消極情緒，在媽媽去世前夕他寫的一封信中，第一次暴露了出來，這是「文革」以來爸爸寫的第一封信，也是「文革」中唯一的一封自咎自責的信。信是寫給一個素不相識的讀者的，

那位讀者寄來一份書稿，請爸爸提意見。「文革」開始後，也有讀者寄來稿件，爸爸都轉給政協退回；現在爸爸的名字已經從報紙上消失，卻有人寄來了稿件，爸爸感到很為難。他破天荒用了標準的「文革語言」給這位陌生讀者回了信。信是以當時流行的格式開頭的：「首先讓我們共同敬祝我們偉大的領袖毛主席萬壽無疆，萬壽無疆！」這一句套話是從別人的來信中學來的。那時，在早請示、晚匯報之外還有一大創造，就是打電話必須先互相說一句「毛主席萬壽無疆」，或念一句毛主席語錄。寫信也必須先頌揚毛主席。這樣的信是爸爸一生中絕無僅有的一封。信中寫道：「我雖然年逾七十，過去也寫過小說，但是我的思想沒有改造好，舊作錯誤極多極嚴重，言之汗顏。我沒有資格給你看稿或提意見。一個人年紀老了，吸收接受新事物的能力便衰退，最近十年來我主觀上是努力學習毛主席思想，但實際上進步極少。我誠懇地接受任何批評，也請你給我批評，幫助我！」最後也用了當時的套話：「致無產階級文化大革命的敬禮！」

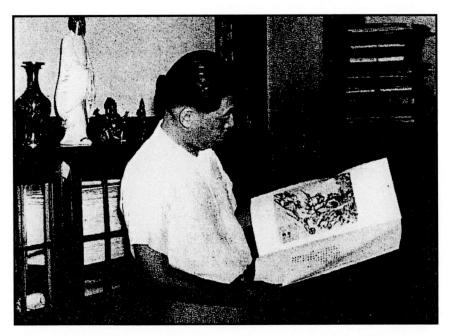

一九五七年夏季反右派鬥爭擴大化，使「百花齊放，百家爭鳴」的方針受到了干擾和損害。一批正直的作家被錯劃為「右派分子」。茅盾作為文化部長和作家協會主席，當時也奉命寫了《明辨大是大非，繼續改造思想》等幾篇「左」的文章。這是一九五七年七月茅盾在家中的工作室內。

　　一個在文壇馳騁一生的老作家，爲什麼向一個陌生人寫了這些言不由衷的話？是憤懣，是鬱悒，是牢騷，抑或是極度失望的發泄？但有一點可以肯定：這些都是違心之言，是在說反話。只有一個信息是眞實的，即爸爸已有十來年學不進「毛澤東思想」了，雖然主觀上想學通它。

茅盾在寫作。

　　這使韋韜想起十二年前一件往事。那是在一九五七年夏季，「反右」運動正在展開，暑假韋韜從南京回北京探親，察覺媽媽心緒不寧。他知道媽媽心裡有事擱不住，不是告訴爸爸，就是向兒子訴說。果然，一天周圍無人，媽媽悄悄對韋韜說：「我總勸你爸爸不要亂講話，他不聽，好，這一次就差點犯了錯誤！」韋韜追問出了什麼事。原來毛主席作了《關於正確處理人民內部矛盾問題》的報告之後，就號召各民主黨派和無黨派民主人士向共產黨提意見，幫助共產黨整風。於是統戰部召開了民主黨派座談會，會上大家躍躍發言，提意見，爸爸也發了言。「別人的發言，一般都登了報，只有你爸爸的沒有登。」媽媽說：「我就懷疑出了問題。果然，不久有關方面向你爸爸暗示：你那個發言有錯誤，現在不公開發表是對你的愛護，你要吸取教訓。所以你爸爸近來心情不好，一直稱病在家，其實他心裡是不服的。」

　　爸爸那次發言不到三千字，題目叫《我的看法》，是對黨內的宗派主義、教條主義、官僚主義提意見。他認爲一些黨的領導幹部不熟悉本部門的專業，不懂裝懂，卻又念念不忘自己的威信，聽不得不同意見，只憑教條和命令來推動工作，又用各種帽子來壓服持不同意見的人，結果是強迫下級也成爲唯唯諾諾的教條主義者和官僚主義者。爸爸認爲這一切的根源是缺乏民主，開展民主是消除這三個壞東西的對症良藥。

　　爸爸這些意見當然沒有錯，切中時弊。不過那時反右運動已經大張旗鼓地展開，報紙上公佈了「要解散共產黨」「要輪流執政」等等典型的右派言論。對這種言論爸爸當然不同意，但是把許多善意向共產黨提出批評的同志任意扣上政治帽子打成「右派」，爸爸是反對的，尤其不贊成所謂「引蛇出洞」的做法，認爲這是共產黨不得人心的一大失誤。現在有關方面指出爸爸的發言有錯誤，卻又「網開一面」，顯然是要爸爸「提高認識」，「輕裝上陣」，積極投入反右鬥爭。作爲文化部長和作家協會主席，在這樣激烈的政治運動中是必須表態的，於是爸爸不得不奉命加入了反右鬥爭，寫了幾篇文章批駁在雙百方針、寫眞實、公式化和概念化等問題上的右派言論。當時作協書記處正在召開批判「丁陳反黨集團」的會議，爸爸不得不參加，並作了表態性的發言。

　　但是，隨著運動的擴大和深入，報刊的約稿「標準」也隨之提高，要求指名道姓地批判文藝界的「右派分子」，而且不停地來電話催稿，使爸爸十分痛苦。爲了躲避這種「糾纏」，爸爸不得已採取了一次「組織措施」。他給作協黨組書記邵荃麟寫了一封「訴苦」信，信中寫道：「最近幾次的丁陳問題擴大會我都沒有參加，原因是『腦子病』。病情是：用腦『開會、看書、寫作——包括寫信』過了半小時，就頭暈目眩。」「我今天向你訴苦，就是要請你轉告《人民日報》八版和《中國青年》編輯部，我現在不能爲他們寫文章。他們幾乎天天來電話催，我告以病了，他們好像不相信。……請您便中轉告：不要來催了，一旦我腦病好了，能寫，自然會寫。」

　　這封信起了作用，使爸爸清靜了一陣。不過，「腦子病」不能一直生下去，一直生下去是會「穿幫」的，爸爸不得已後來還是參加了兩次批判會，並發了言，也寫了點名批評一位青年作家的文章。在文章中爸爸上綱上線，卻又語重心長地指出：這位作家很有才華，他還年輕，「中毒」不深，只要能吸取教訓，是會有光明前途的。

現在重讀這些文章，我們覺得爸爸那些「上綱上線」的話是言不由衷的，因為他批判的某些觀點，正是他自己一貫提倡的。從這些文章中可以看出，爸爸也染上了當時的時代病。不過他的批評始終抓住一個中心環節，即立場問題，他的論點是：立場錯了，其他一切也都跟著錯了。這個觀點恐怕是爸爸當時真實的思想，雖然現在看來，這也是一種形而上學──太絕對化了。

「反右」第二年，接著又掀起了大躍進運動。開始爸爸也大受鼓舞，相信了報紙上的宣傳。但到了一九五九年，就清醒過來了。他充分肯定大躍進中人民群眾衝天的革命熱情，但也明白，黨的指導思想的失誤使得這種熱情是建築在虛幻的基礎上的，一旦幻想破滅，國家和人民將為之付出高昂的代價！一九六二年的七千人大會上，毛主席作了自我批評，一九六三年周總理和陳老總在廣州向知識分子道歉，使爸爸心中又充滿了希望，因為他看到了中國共產黨力量之所在──勇於自我批評。因此，那時爸爸十分強調在文藝作品中反映黨的失誤時要注意「投鼠忌器」。可是不久，毛主席又高舉起了階級鬥爭的旗幟，把大量的人民內部矛盾推向了敵我矛盾，爸爸的思想又跟不上了，於是就有了在大連會議上主張寫中間狀態人物的所謂「錯誤」，就有了毛主席指責的把文化部變成「帝王將相部、才子佳人部和外國死人部」的「錯誤」，等等。

所以說，一九七○年初爸爸給那位陌生讀者的信中所寫的「最近十年來我主觀上是努力學習毛澤東思想，但實際上進步極少」這句話，正道出了他十多年來想跟上毛主席的步伐，卻又總是跟不上，覺得合不上拍的事實。

在爸爸的一生中，有兩次思想上大的波動和消沉。第一次是一九二七年大革命失敗之後，當時他很悲觀，看不清楚中國革命的道路究竟該怎樣走。第二次就是「文革」中一九七○年前後，這一次是眼看中國這條社會主義巨輪將被引向礁石，自己卻無能為力。這兩次消沉，「文革」對爸爸的精神打擊，顯然比大革命失敗對爸爸的打擊要大，因為在一九二八年，當創造社、太陽社攻擊爸爸是「小資產階級代言人」時，爸爸還可以寫文章反駁、辯論；而在「文革」中，他只能沉默。

這種沉默終於在一九七○年初媽媽病危之時由這封信來打破了！緊接著媽媽去世，爸爸自己也大病一場。這一切都加重了他的消沉情緒，並且持續了相當長一段時間，正如他後來在給親戚的信中所寫的：「德沚去世後，有一個時期精神消沉，自念恐亦不久於人世。」這種情緒爸爸在那場大病期間已有流露。後來康復了，兒孫們又搬來同住，這多少減輕了他的憂傷，但消沉

仍主宰著爸爸。

在消沉期間，爸爸有兩個明顯的變化，一是一反過去的沉默，對「文革」中發生的種種事情開始在親人中發表議論，他多次在小曼或韋韜的面前，表示對文化大革命的憤激，在聽到流傳的各種新聞後，常常痛心疾首地重複這樣一句話：「天怒人怨！天怒人怨！」二是緬懷親人。

茅盾的母親陳愛珠（1875～1940）

陳愛珠出生於世代名醫之家，從小受到良好的教養，知書識禮，通曉文史，辦事幹練，爲人淳樸而勤儉。受其夫影響，思想開明，經常閱讀報刊，議論國家大事。她性格堅強而有遠見，教子有方，丈夫去世後，她力排眾議，含辛茹苦，撫育兩個兒子成才。在得知兩個兒子是革命黨後，她深明大義，積極支持兒子們的革命活動。她是茅盾的第一個啟蒙老師，對茅盾的影響很大，茅盾對母親的感情也特別深厚。

一九七〇年四月十七日是祖母逝世三十週年忌辰，爸爸悄悄地寫了一首悼念祖母的七言律詩，又悄悄地把它收藏在書篋中——這是爸爸三十年來所寫的第一篇懷念祖母的文字，也是爸爸「文革」以來的第一篇「創作」。爸爸就

是用這種方式，在那個年代，表達了自己對母親的深切懷念。

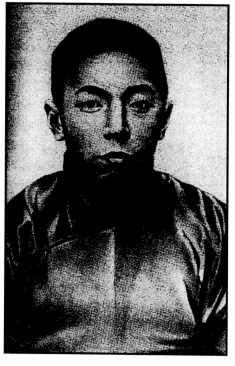

茅盾的父親沈永錫（1872～1905）
沈永錫，字伯蕃，十六歲中秀才，後隨岳父名醫陳我如學習中醫。一八
九四年中日戰爭爆發，受「維新運動」的影響，擁護變法維新，贊成「西
學爲用，中學爲體」。他自修「新學」，積極閱讀新出版的科學和政治書
籍，以「新學」教育孩子們。他勉勵少年茅盾：「大丈夫要以天下爲己
任。」一九○五年夏，因患骨癆不治而逝世，終年三十四歲。臨終前給
孩子們立下遺囑：學好實科，振興實業。

　　祖母在爸爸的心目中是神聖的、偉大的，是他一生中最敬最愛的人。倘
若爸爸沒有這樣一位母親，也許中國就不會有作家茅盾。爸爸性格內向，從
不輕易流露感情，然而他對自己母親的愛卻溢於言表。祖母在世時，他從不
違拗祖母的意願，是個出名的孝子；祖母去世後，他常常以崇敬的心情向我
們講述祖母的爲人。抗戰時在重慶，張治中在讀了我們的舅舅孔另境寫的
《一個作家的母親——記沈老太太》一文之後，曾親口向爸爸讚揚祖母：「沈
老太太是一位偉大的母親，也是舊中國的一位了不起的女性！」爸爸認爲這
是對祖母的公允評價。

一九三三年十一月二十日，茅盾的胞弟沈澤民在鄂豫皖蘇區病逝，終年三十三歲。沈澤民在茅盾的影響下，於一九二一年一月加入文學研究會，同年又參加了中國共產黨。他懂英、日、俄三種語言，留下不少政治和文學的著述和譯作。一九二四年與鄧中夏、惲代英一起，首先倡導革命文學。一九二六年去蘇聯學習。一九三〇年秋回國，任中共中央宣傳部長。一九三一年五月去鄂豫皖蘇區，任中央分局委員和省委書記。一九三二年夏張國燾率紅四方面軍主力西去，沈澤民留在鄂豫皖領導和繼續堅持鬥爭。在頻繁的艱苦卓絕的戰鬥中，因患嚴重的肺病和虐疾得不到及時的治療吐血不止而死。圖為一九三〇年的沈澤民。

　　祖母出身於書香門第，是江浙一帶的名醫陳我如的獨生女，家境殷實，自幼誦讀詩書，知書達理，又做得一手女紅，燒得一手好菜。因她的母親有病，弟弟年幼，十四歲即擔起了當家理財的重任，是烏鎮出名的有才幹有見識的姑娘。十九歲嫁給我們的祖父，為沈家的長房長媳。可是結婚才十年，祖父就病故了，留下遺囑要她撫育兩個兒子（我們的爸爸和澤民叔叔）成為實業救國的人才。當時沈家已開始敗落，一個大家庭就靠一爿紙店維持生計。擺在兩個孩子面前的出路，就是小學畢業後去當學徒；這也是沈家老一輩人曾祖父他們的希望。祖母恪守祖父的遺言，排除了一切阻攔，用自己結婚時的陪嫁銀子，毅然將孩子送到外地去上中學、讀大學。那時烏鎮人到外地讀

書的極少，出外上大學的只有他們兄弟倆，所以祖母的作爲，在當地人看來是驚世駭俗之舉，不免議論紛紛。但祖母不爲所動，我行我素，顯示了她的倔強的性格和非凡的遠見。在祖母注滿愛心的嚴格教導下，爸爸和叔叔從少年時代起就能正確選擇人生道路。後來兒子們長大了，學有專長，且相繼參加了革命運動，未能遵照祖父的遺願學理工，走實業救國之路，而是學了文學，搞了政治。祖母又能不固執己見，充分理解和信任兒子們的選擇，並且更從兒輩的身上汲取新的思想和信念，進而支持兒子們的思想和事業。她目睹兒子們經歷的種種艱險，從未有半句阻攔之言，相反更有意識地暗中幫助。澤民叔叔一九三三年在鄂豫皖蘇區不幸犧牲，年僅三十三歲！祖母在得知這噩耗後，偷偷地痛哭了好幾次，然而當著爸爸媽媽舅舅的面，她卻抑制住心頭的悲痛，說：「像澤民那樣的死是值得的，他總算做了一點對國家有好處的事。只可惜死得太早了一點。」在祖母身邊一直珍藏著一包叔叔和嬸嬸來往的書信，這是一九三一年他們去鄂豫皖蘇區前交給祖母保存的。叔叔去世後，這包書信就成爲祖母對叔叔思念的寄託，每年梅雨過後，祖母都要拿出來小心地晾曬。

　　祖母不僅是爸爸步入人生的引路人，也是媽媽的啓蒙老師。媽媽在世時常說：「要不是因爲自己有福氣，遇到了這樣一位賢明的婆婆，恐怕這一生就將在愚昧中度過，也不可能建立起這樣一個幸福的家庭。」媽媽的娘家是個篤信「女子無才便是德」的封建家庭，媽媽長到十八歲，還目不識丁，針線活也沒有正經學過。結婚後，爸爸雖有教媽媽讀書的心願，卻沒有時間，是祖母代爸爸教會了媽媽識字讀書，又送媽媽去上學，還手把手地教會媽媽燒菜做飯、理家、做針線、帶孩子。在媽媽參加革命工作後，她又從媽媽手裡接過了撫養和管教兩個孫兒孫女的擔子。在韋韜的記憶中，最早使他進入童話世界的，是祖母講的《西遊記》。她不是照本宣科，而是用五歲兒童能理解的語言講述的。韋韜還記得，祖母總是戴著老花鏡坐在藤椅裡看報紙，還時時拿著報紙問爸爸自己不懂的問題。有一次在祖母洗腳時，韋韜看見祖母變了形的腳，就問怎麼會這樣？祖母說：「這是小時候纏足的結果，把骨頭纏斷了。」又說：「纏足是很痛苦的，這是舊社會的壞習慣，男女不平等，壓迫女人，讓女人纏足。你媽媽小時候也纏了足，我知道後給她娘家送了口信，不讓他們繼續給她纏足。現在男女平等了，你姐姐就不纏足了，這是社會的進步。」在韋韜的印象中，才五十多歲的祖母看上去已經很衰老，牙齒幾乎脫光，只能吃軟食，稍微硬點的就只能用牙床勉強嚼一嚼吞下去。爸爸媽媽要

為祖母鑲一副假牙，祖母執意不肯，說自己習慣了，裝了假牙反倒不舒服，而軟食中的豆腐就很有營養。後來，只要祖母從烏鎮到上海來和我們同住，媽媽總是多做些魚、雞蛋和豆腐。祖母長年的勞累，還落下了嚴重的支氣管炎和哮喘病，每天清晨就能聽見祖母房內的咳嗽聲，持續約半個多小時。爸爸媽媽找了好幾個熟悉的醫生為祖母治療，效果都不佳。在三十年代，這種老年慢性病尚無治療的良策。祖母說，這是老毛病了，治也無用，我已經習慣，你們不用著急，反正這點咳嗽是不會送命的。可是，正是這點咳嗽和哮喘，終於使祖母永遠離開了我們。

　　一九四○年四月十七日清晨，祖母在照例的劇咳中，突然有一口痰湧上來堵住了喉嚨，噎了氣，就沒有再醒過來，陪伴祖母的女傭當時正好不在場。祖母去世時，我們全家正在萬里之外的新疆。抗日戰爭爆發後，爸爸決定全家遷往內地，徵求祖母同行，祖母不願拖累兒輩，決定留在家鄉，等待抗戰的勝利。祖母對抗日戰爭的必勝，對新中國的一定來臨，是充滿信心的，她相信那一天將與兒孫們團聚。遺憾的是她沒有等到這一天！

一九四○年四月十七日，茅盾母親在家鄉烏鎮逝世，享年六十五歲。

祖母去世後，爸爸常常夢見她，然而卻沒有寫過一篇悼念祖母的文章。為什麼爸爸手中的筆會突然變得猶豫了？因為爸爸覺得，短短的一篇悼念文章遠不能把祖母偉大的形象完整地描繪出來，他要尋找一種更完美的方法，他要把祖母作為中國的理想女性的化身寫進自己的小說中去。兩年之後，爸爸創作了《霜葉紅似二月花》，書中的女主人公張婉卿（婉小姐）是舊中國的一位高尚、完美、有遠見卓識的女性，這位婉小姐便是爸爸心目中祖母形象的再現。一九七四年，爸爸在「文革」中悄悄續寫《霜葉紅似二月花》時，這一點又得到了證實。爸爸把他最敬愛的母親的形象，通過自己的小說讓她永世長存，這實在是對祖母的最好的紀念。

祖母逝世三十年後，一九七〇年初夏，爸爸在家庭迭遭變故，情緒消沉而憂傷的時刻，終於寫出了第一篇懷念祖母的文字——舊體詩《七律》。這首詩寫於爸爸又一次夢見自己的母親之後，詩如下：

> 鄉黨群稱女丈夫，含辛茹苦撫雙雛。
> 力排眾議遵遺囑，敢犯家規走險途。
> 午夜短檠憂國是，秋風落葉哭黃壚。
> 平生意氣多自許，不教兒曹作陋儒。

這是一首既是悼念，又是明志的詩。它讚美了祖母的品德、才幹、理想和抱負，也含有爸爸對慈訓從未怠忽的表白。而且「午夜短檠憂國是，秋風落葉哭黃壚」兩句，不正是爸爸當時心境的寫照嗎？

爸爸在那個時期中唯一的安慰是膝下的孫兒孫女。可是不滿週歲的丹丹，因她媽媽去了幹校，阿姨缺乏衛生常識，致使大腸桿菌感染而得了腎盂腎炎，這是一種治療不當便會轉成慢性腎炎的病，經兒童醫院、協和醫院兩個月的住院治療，病情才得以控制。小鋼的學校又三番兩次來催促她復查肝功，以便趕上下一批的上山下鄉。兩個孫女的健康和處境，爸爸都非常擔心，但又束手無策。

上山下鄉政策在「文革」中牽動著千家萬戶。未成年的初中生能分配到工廠，這是當時最被羨慕的，其次就是參軍，也是學生嚮往的。軍人子女參軍有「優先權」，軍隊各單位或個人能通過各種渠道為自己的子弟找到參軍的名額。一九七〇年底小鋼得到一個去東北鐵道兵的名額，比起其他兵種來，鐵道兵是條件最艱苦的，但我們，尤其是爸爸認為比去插隊放心多了，因為在解放軍這個集體中孩子會得到組織的教育和保護，同時在嚴格的紀律下孩子

會得到更好的鍛鍊。

　　小鋼去東北以後，爸爸很孤單。每天必讀的兩本「大參考」已經停送，可看的東西只剩下了線裝書。一九七一年夏韋韜去了幹校，小曼雖從幹校調回，又天天要上班搞鬥批改。白天，家中只有爸爸和丹丹，一老一小，過分清靜。寂寞時，爸爸便常常獨自躺在床上冥思遐想。

一九三七年九月，沈霞在上海大廈大學附中校園內。

　　一九七一年冬小曼因手術後遺症在家養病，醫生囑咐雖要靜養，但多少也要活動活動，於是每天下午小曼就整理爸爸的小書庫，並做些卡片。爸爸挺高興，說沒有人幫忙，他自己又總沒有工夫，從來沒有整理過。小書庫就在爸爸臥室的外面，臥室是套間，外間原來是媽媽住的，爸爸住在裡面比較小的一間。一天下午，小曼正在整理圖書，忽然聽見一陣陣讀書聲，抑揚頓挫，忽而高昂激奮，忽而低沉悲愴，聽起來十分淒涼。小曼嚇了一跳，不知

聲音從何處來,仔細聆聽,才知道是爸爸在讀姐姐沈霞的作文,知道爸爸又在思念姐姐了。以後就經常聽到爸爸這種朗誦聲。

爸爸朗誦的是姐姐高中一年級時的作文。姐姐有兩冊作文與她的其他遺物一起包在一個小包袱中。這些遺物原來由姐夫蕭逸保存著,姐夫犧牲後,他的戰友把這包遺物交給了爸爸,爸爸媽媽一直珍藏在身邊。姐姐的作文,每篇都有老師的評語,如「錦心繡口,咳吐成珠,是有目共賞之文」。「理直氣壯,大有怒髮衝冠之勢,民氣如此,何患強梁。」「寫來如繪,文中有畫,閱者亦幾疑置身其中矣。」等等。這些評語使人想起爸爸少年時代的兩冊作文,上面的每一篇也都有老師的評語,如「慷慨而談,旁若無人,氣勢雄偉,筆鋒銳利,正有王郎拔劍斫地之慨」!「筆意得宋唐文胎息,詞旨近歐蘇兩家,非致力於古文辭者不辦。」「好筆力,好見地,讀史有眼,立論有識,小子可造。其竭力用功,勉成大器。」父女二人的作文,相隔了一個時代,然而老師們的評語,卻又何其相似!也許,爸爸從姐姐這兩冊作文裡,從姐姐身上,看見了自己的過去,勾起他特別的回憶和感懷,以及對女兒的思念!

姐姐是爸爸最鍾愛的孩子。姐姐少年老成,天資聰慧,才華橫溢,肯努力,有毅力。一九四○年她進了延安女子大學,在那裡加入了共產黨,後又轉入軍委俄語班,是學校的高材生。她與蕭逸相愛結婚。日本投降時她正懷孕兩個月,為了能盡早去新解放區工作,她忍痛墮胎。可是,這簡單的手術卻因醫生的玩忽職守造成了嚴重的醫療事故而奪去了姐姐年輕的生命,當時他僅僅二十四歲!姐姐的不幸早逝,是埋在爸爸心底最大的創傷。姐姐去世後不久,爸爸在為女作家蕭紅的《呼蘭河傳》寫的序文中,藉題發揮,這樣表達了他對姐姐早逝的悲痛:「二十多年來,我也經歷了一些人生的甜酸苦辣,如果有使我憤怒也不是,悲痛也不是,沉甸甸地老壓在心上,因而願意忘卻,但又不忍輕易忘卻的,莫過於太早的死和叔寞的死。為了追求真理而犧牲了童年的歡樂,為了要把自己造成一個對民族對社會有用的人而其願苦苦地學習,可是正當學習完成的時候卻忽然死了,像一顆未出膛的槍彈,這比在戰鬥中倒下,給人以不知如何的感慨,似乎不是單純的悲痛或惋惜所可形容的。這種太早的死,曾經成為我的感情上的一種沉重的負擔,我願意忘卻,但又不能且不忍輕易忘卻……」現在,又過了二十五個春秋,爸爸感情上這沉甸甸的重負並未減輕,相反,在媽媽去世之後,他對姐姐的思念變得更加深沉了。有一次,爸爸對小曼說:「亞男是非常聰明的,她的文筆很不錯,俄文又

學得好，可惜死得太早了！也許是名字起壞了，『霞』雖然絢麗燦爛，但多出現日出日落的時候，短暫而容易消散，不像『霜』，能凍結成冰。當然，這可能有點迷信，但我總覺得是我把她的名字起壞了……」

一九三八年十月，茅盾全家攝於九龍太子道寓所。

　　媽媽在世時，也時常想念姐姐，常常恍惚中把小鋼錯叫成亞男。記得一九五六年的某一天，小曼陪媽媽去第六醫院看病，突然她鄭重其事地對小曼說：「走，上樓去，我們去找殺死亞男的醫生，他現在是這裡的院長，我們找他算賬去！」其實給姐姐做手術出了事故的醫生並不在這個醫院裡。小曼覺得媽媽的精神有點異常，很緊張，好不容易才把她勸回家。這可能是當年姐姐的突然死亡，給她留下的刺激太深的緣故。在姐姐的遺物中，有一頁媽媽寫的悼念文，這是媽媽一生中寫的唯一的一篇「文章」。媽媽知道自己的文化低，雖然大半生都在接觸文稿，卻從未動過寫文章的念頭。可是女兒的慘遭

不幸，竟給了她拿起筆的勇氣，她覺得慟哭已不足宣泄自己的悲哀，只有用筆才能喊出心中的痛苦和憤懣。這篇悼文有不少錯別字，但卻眞實地展示了媽媽的一顆愛心。她恨那「殺」了女兒的醫生，更恨那侵略中國的「好戰的敵人」，正是這場戰爭間接地奪去了女兒的生命。她詰問：「爲什麼好人總是這樣死去哪？」「不是死得太冤枉了嗎？」

現在媽媽也離開我們了。媽媽是目睹那「好戰的敵人」的潰敗和投降的，她也看到了新中國的誕生。但她和姐姐一樣也是懷著委屈離開人世的！爸爸在吟誦姐姐的作文時，是否也想到了媽媽的話：「爲什麼好人總是這樣死去呢？」

與舊體詩詞的「姻緣」

　　「文革」十年是爸爸六十年創作生涯中的一段空白，沒有發表過一篇文章，不過，這並不意味他沒有寫過東西，他寫過，這就是媽媽去世後開始寫的那些感懷的舊體詩詞。同樣，在「文革」十年的前五年中，爸爸沒有與任何人通信（那封給陌生讀者的信是唯一的例外），直到媽媽去世，為了報喪，才與陳瑜清表叔及其他親戚朋友們逐漸有了通信聯繫。

　　這兩者——寫舊體詩詞和親友通信，到一九七一年「九‧一三」事件後，開始有了較大的變化。

　　一九七一年九月十三日，林彪摔死在蒙古的溫都爾汗。最早聽到這個消息的是韋韜，他剛好從幹校回來辦事，聽到了這驚人的新聞，當天就告訴了爸爸。我們都是又驚又喜，驚的是毛主席親自指定的接班人竟會幹出這樣大逆不道的事來。喜的是：爸爸認為林彪的死必將引起毛主席的深刻反思，中國的政局可能由此向好的方面變化；韋韜則慶幸自己頭上那頂「反林副主席」的帽子將不摘自落，並且立即與幹校的難友們採取「造反」行動，自行離開幹校，回到了北京。

　　九月下旬，林彪叛國事件向全民公佈了，並通知當年的國慶節將不舉行慶祝遊行。國慶節後，又逐級向全民傳達了「九‧一三」事件的經過，連家庭主婦也通過街道居委會聽到了傳達，只有劃為「敵我矛盾」的人，才被剝奪聽這個傳達的權利。然而，爸爸卻沒有接到聽傳達的通知，這使我們非常驚訝。爸爸自從突然「靠邊站」之後，兩年來始終沒有人向他宣布任何罪名，想不到現在竟用這種方式宣告了爸爸問題的性質。不過爸爸很坦然，他更關心林彪一伙覆滅之後國家的前途，對自己戴什麼帽子並不放在心上。他說：「帽子是人戴上去的，能戴上也能脫下，它與階級屬性不同。林彪原來戴的是毛主席接班人的帽子，還寫進了黨章，可是現在這頂帽子不是換了嗎？」

　　到了十二月，全國展開了批林整風運動。周總理提出，要把批判林彪反革命集團的罪行和批判極左思潮結合起來。與此同時，毛主席給「二月逆流」平了反，一大批老幹部老同志陸續恢復了名譽，有的重新回到了領導崗位。大家都覺得有了盼頭。可是時隔不久，毛主席否定了周總理關於批判林彪極左思潮的提法，改成了批判林彪的「形左實右」。爸爸聽到之後嘆息道：「積重難返啊！」

　　那時，爸爸在筆記本上寫下了兩首舊體詩，一為七絕《偶成》：「蟬蛹餐露非高潔，蜣螂轉丸豈貪痴？由來物性難理說，有不為焉有為之。」另一為半闋《西江月‧無題》：「誰見雪中送炭？萬般錦上添花。朝三暮四莫驚嘩，『辯證』用之有法。」這是爸爸第一次對「文革」以來的種種做法，以及林彪之流的陰謀家、野心家，表示了公開的蔑視和嘲諷。

　　林彪自我爆炸後，雖然左傾錯誤路線未能得到糾正，但在落實幹部政策上和經濟工作的調整上仍有一定程度的進展。尤其在解放軍內，葉劍英主持

軍委工作後，大力肅清林彪黨羽的影響，又阻止了江青一伙插手軍隊，使得解放軍真正起到了穩定社會主義江山的柱石的作用。因此，人們開始有了一點輕鬆感，彼此之間的交往也漸漸多起來，爸爸開始經常收到親朋好友的來信。

「文革」以來，爸爸一直處於與世隔絕的狀態，所以很盼望能多多瞭解外界的情形。原來他是靠兩大本《參考資料》來瞭解國際大事，又從每天的報紙和新聞廣播來瞭解國內的形勢。但是「靠邊站」之後，《參考資料》就停送了，當時內部發行的《參考消息》又不讓訂，這使爸爸大為苦惱；後來韋韜把自己訂的一份《參考消息》轉給了爸爸，才得到一些彌補。至於報紙和廣播只能提供清一色的「官方消息」，想瞭解非官方消息，就靠我們從四面八方聽來的小道消息。不過這些消息多半限於北京地區，因此，當爸爸從親朋友好友的來信中偶爾得到一點外地訊息時，便很高興，常在覆信中說：「盼常來信，消磨寂寞。」那時候，他有信必覆，不論是熟人還是並不熟悉的人。

一九七二年春在陽台改建的工作室內小憩。

在來信逐漸增多的同時，也開始有多年不見的老友登門拜訪了。這些交往，使爸爸漸漸擺脫了「文革」以來的孤獨感，也使他得以從媽媽去世後的悒鬱中慢慢解脫出來。

最早與爸爸建立通信聯繫的是杭州的瑜清表叔。表叔在浙江圖書館工

作，因爲不是當權派，也不是「反動學術權威」，沒有受到大的衝擊，那時正在家中「逍遙」。他有七個子女，除了按政策留下一個在身邊外，其餘都上山下鄉了。所以，他和爸爸通信，除了議論人的生老病死外，就離不開孩子們的事。此外表叔也向爸爸傳遞南方的種種小道消息。從表叔這個窗口，爸爸瞭解了「文革」中江南的情況，也知道了老友巴金的遭遇（爸爸托表叔向巴金致意），黃源的消息和陳學昭的近況。

另一位與爸爸有比較頻繁的書信往來的，是成都話劇院的編劇胡錫培。爸爸認識胡錫培是在抗戰時期的重慶。他們是在重慶至唐家沱的輪船上相識的，當時胡還是個愛好文學的高中生，在一個大學生組織的文學團體——突兀文藝社中活動。爸爸通過他對那個文藝社作過幫助和指導。一九四五年夏，重慶文藝界爲爸爸舉行五十壽辰慶賀，會後，將某工業家的一筆捐款作爲獎金，舉辦了一次茅盾文學獎，用來獎勵文學青年。胡錫培的一篇作品就獲了獎。在那一段時間裡，胡錫培是爸爸家的常客。可是全國解放後，就杳無音信了，直到一九七三年收到他的第一封信，才知道他在「反右」運動中受到衝擊。爸爸自然不相信他會是「右派分子」，便勸慰他，要他相信冤案終有昭雪之日，但目前需要耐心等待。爸爸向胡錫培詢問了沙汀、艾蕪的情況，請他轉達自己的問候。他希望胡錫培能多多介紹西南地區的消息。胡錫培果然不負囑託，每次寄來的信都是厚厚的一摞，詳細地報告他的所見所聞，大到真槍實彈的打派仗，小至道聽途說的奇聞趣事，還時時大發議論。爸爸對他的來信表現出濃厚的興趣，每次都拿著放大鏡仔細閱讀，有時還推薦給我們，對其中介紹的趣聞常捧腹大笑。然而，他在回信中對胡錫培的議論卻不作反應，仍舊堅持也的既定方針：「對外不議政。」

在給親友們的信中，也有不得不提到當前政治運動的時候，譬如有不少來信談到「批林批孔」，爸爸在回信中只好含糊地表個態，但絕不發表議論，因爲，萬一信落入歹人之手，就會給收信人帶來麻煩。當然學術性的議論除外。

還有一位與爸爸時常通信的是西安的沈楚。她是爸爸一位朋友的未亡人，也是抗戰時在重慶認識的。因爲在言談中知道她也是烏鎮人，而且也姓沈，就把她認作同姓的小輩。與她的通信，除了問寒問暖之外，很多是回答她詢問的關於爸爸著作中的問題，因爲她是中學的語文老師。

在通信者中，有兩位原來並不熟悉，他們都是爲了研究魯迅，寄信來向

爸爸討教才認識的。一位是西北大學的單演義，一位是晉東南師專的宋謀瑒。他們有膽量向「靠邊站」的爸爸請教，爸爸也就報之以李。那時中國的文藝園地一片荒蕪，只有八個樣板戲和一門魯迅研究，所以研究魯迅就成為沒事幹的大學中文系老師們唯一的熱門課題。單演義打算編一套《魯迅思想研究》叢書，第一輯是集各家的論文集，其中就選了爸爸的一篇。爸爸沒有同意，認為單演義收集的論文都是「文革」以前的，且作者又大多尚未「解放」，這樣的集子是不會准許出版的，相反會給作者和編者帶來麻煩，就連出版社也會受到牽連。可是單演義十分執拗，磨了爸爸好幾個月，顯示了他那天真的勇氣。後來，果然被爸爸言中，該叢書沒有出成，連計劃也被取消了。

宋謀瑒是來討教魯迅舊體詩中的問題的。爸爸為他提供了魯迅寫詩時的某些背景材料，也就他對魯迅詩的解釋表示了自己的看法，或贊成，或不敢苟同。爸爸認為當時魯迅研究的某些方法有偏，他說：「將魯迅作品片言隻語都認為有極大的政治意義，亦似太偏；魯迅曾說一個人不能一天到晚，一言一語都是政治，也有玩笑酬酢。」他很推崇楊霽雲對魯迅舊體詩的解釋，認為楊「實事求是，不作驚人語，是可貴的」。宋謀瑒的信經常談詩，這就引起了爸爸論詩的興頭，如對吳梅村就發過長篇議論。他認為宋謀瑒對吳梅村評價高了，「如謂梅村尚有故國之思，淒涼悲愴，不能自己，則可；但若竟許其有反滿思想，屬望於南明各偏局，則大不為然。縱觀吳集，我以為它的主導思想為：一、明朝氣數已盡，崇禎雖非荒淫之主，實無幹濟之才，南明自福王以下，自更不待言；二、對於新朝，他雖不像龔芝麓那樣靦然事仇，但絕無反抗之心，他本願隱居以全名，而在屢徵以後，又為全身而出仕。我們怒其不爭，哀其首鼠可也，再要提高，便為無立場了。」又說：「梅村對於明末時局之腐敗，痛心疾首，對於崇禎朝對外對內之失策與無能，亦腐肌切骨，但對於農民起義則切齒痛恨，此固為階級、時代所限制，雖不苛責，亦不必為之諱飾也。《行路難》十八首論世論史，牢騷有之，卓見則無。《王郎曲》及詠舊院名妓數首，藉他人酒杯，澆自己塊壘，身世之感，彌足同情，如此而已。我此諸論，尊見不以為太苛否乎？」

看到爸爸與不瞭解的人在書信中如此毫無顧忌地發議論，我們很擔心；但這些筆談使爸爸明顯地從幾年來的孤獨情緒中走了出來，又使我們感到高興。

在作家中，與爸爸陸續恢復通信聯繫的，就比較多了。他們多半是剛從

牛棚解放出來，或從幹校回來，輾轉聽到關於爸爸的消息，或聽說爸爸曾關心他們的近況，便來信問候。例如爸爸在給葛一虹的一封信中，嘆惜當年同遊西子湖的朋友中，竟有洪深、趙清閣兩位已不在人間；結果，健在的趙清閣就給爸爸來信「更正」，並就此建立了密切的聯繫。鴻雁傳友情，朋友們的書信給了爸爸很大的安慰，同時也帶來了尚在幹校或牛棚中的朋友們的消息──這是爸爸十分關心的。

徑直來到東四頭條文化部宿舍大院登門拜訪的朋友，那時候還比較少，只有胡愈之、沈茲九伉儷和葉聖陶、臧克家、黎丁等少數幾位朋友。臧老是從幹校回到北京後最早來看望爸爸的一位，那是在一九七二年冬。他的來訪，以及許多尚不能親自來訪的朋友們的關懷，使爸爸激動不已。臧老告辭後，爸爸欣然命筆寫下一首五言詩：「驚喜故人來，風霜添勞疾。何以報赤心？亦惟無戰栗。」短短四句，表白了爸爸對友人的真情。

黎丁是經我們的親戚伍禪的介紹和爸爸認識的。他交遊甚廣，文藝界的人士很少他不認識的。他又是《光明日報》的「在職」幹部，能常去外地走動，瞭解不少外地文藝界朋友的情況，例如豐子愷的死訊是誤傳，常香玉被鬥得差點咽氣，周鋼鳴已經「解放」並許願有機會來北京時，一定來看望爸爸（後來果真踐諾），等等。他還陪著剛「解放」的杜埃夫婦到爸爸的小樓來造訪。他可以稱得上是那幾年爸爸與文藝界的朋友們互相聯繫的引線人。

那時候，朋友間通信，大家心照不宣，都不談政治，問寒問暖之外，就只談文學，這也是文人的痼疾。他們談得最多的就是舊體詩詞──這是當時風險比較小的文學形式。臧克家和瑜清表叔常常將自己的近作或轉抄他人的詩作寄給爸爸欣賞、談論，有時還要求爸爸和一首。於是爸爸也被引誘得「舊病復發」，打破五年禁條，重新「舞文弄墨」起來，兩年間一共寫了十二首舊體詩詞。這些詩詞中，感懷詩佔了一半，如《讀〈稼軒集〉》、《一翦梅·感懷》、《感事》、《讀〈臨川集〉》等。也有與友人唱和的，如《壽瑜清表弟》、「奉答聖陶尊兄」的《菩薩蠻》，後者是記載一九七四年秋爲祝葉聖老的八十壽辰，十二老同遊香山的「壯舉」。也有應他人之請寫的，如《題〈西湖長春圖〉》、祝劉建華、朱關田兩同志百年之好的《一翦梅》。爸爸在這些詩詞中，尤其在感懷詩中，抒發了「文革」以來鬱結在胸的憤懣和焦慮，但又毫不頹喪。七言律詩《讀〈稼軒集〉》就比較集中地表露了這種心情。這是一首藉古人酒杯，澆自己塊壘的詩，詩如下：

浮沉湖海詞千首，老去牢騷豈偶然。

漫憶縱橫穿敵壘，劇憐容與過江船。

美芹蓋謀空傳世，京口壯猷僅匝年。

擾擾魚蝦豪傑盡，放翁同甫共嬋娟。

爸爸曾將這首詩題贈給許多朋友，由於詩中坦率地流露了對「文革」現實的不滿，朋友們擔心傳開去會給爸爸帶來麻煩，都珍藏起來，不輕易示人，直至「文革」結束。

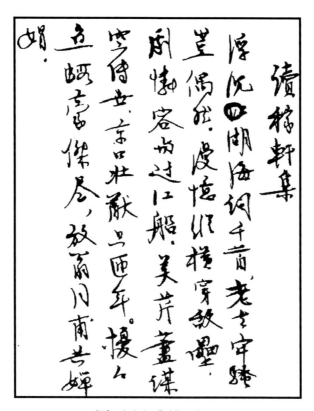

《讀〈稼軒集〉》手跡。

在寫詩的同時，爸爸也熱衷於論詩。他在與家人閒談時，常議論古代和當代的詩人。他偏愛辛棄疾的詞，也敬佩辛棄疾的為人。他認為辛棄疾的詞充滿了愛國主義的戰鬥激情，表現壯志難酬的情緒，詞風豪放，用典精當。《稼軒詞編年箋注》是他放在床頭櫃上經常翻閱的案頭卷，此外，床頭櫃上的《溫飛卿詩集》、《青邱詩集》、《宋詞三百首箋注》、《詞林紀事》、《佩文韻府》等，也是他經常翻閱的。

　　爸爸與臧克家論詩最多，從他們的書信中就可以看出。他們評論過程光銳、胡繩、馮至、張華來等的詩作，這些詩作都是臧老專門抄來寄給爸爸的。他們也互相交換近作，一九七四年在一封致臧老的信中爸爸寫道：「尊作三首，均拜讀；詩以寫懷，本貴天籟，鏤章琢句，已落下乘，據此以論，尊詩固不失天然風韻，勝於徐娘半面也。妄論如此，以為何如？」

　　爸爸對自己的舊體的評價是「皆不足觀」。爸爸從五四以來就提倡寫白話詩，認為舊體詩講究對仗，講究韻律，講究用典，年輕人不易掌握，不利於普及。他本人對於舊體詩詞只是作為業餘愛好，偶爾寫寫，多半只是自娛而已。抗戰時期在桂林遇到了柳亞子和田漢，在他們的影響下也唱和了幾首，且流傳開去，以後也就陸陸續續寫了一些，到「文革」前居然已寫了近七十首了。不過，爸爸始終認為自己成不了詩人，沒有詩人的氣質，缺乏爆發性的靈感。他在給友人的信中自我剖析道：「我於舊詩詞，淺嘗而已，實皆率爾命筆，抒一時之感興。生平務雜，閱覽雖廣，而都不深入。」又說：「因為自知所作，只是像舊體詩耳，意境仍然是雜文而已。寫過即算，初無意留底。六○年前寫過幾首，都是逼出來的……近來偶有所作，都未發表，也不求發表也。」

　　在現代詩人中，爸爸最推崇柳亞子，在閒談中不止一次談到他，稱讚他才氣橫溢，靈感快，詩意濃。在給臧老的一封信中也曾談到柳亞子：「竊謂清末民元以至解放，詩人如林，然可當此時代之殿軍，將垂不朽者，推亞子先生為第一人。毛主席與亞子先生信，有『尊詩慨當以慷，卑視陳亮陸游，讀之使人感發興起』云云，此為定評。」爸爸也很推崇田漢的舊體詩，有一次他在翻閱新寄來的《詩刊》時，聯想到田漢的一首詩，就和小曼閒談起來。他說：「有人以為詩中用典越多越好，其實不然，古人就認為詩中用典太多，不是高手。立意新奇，發前人所未發，才是高手。古人講究詩要寫得空靈，田漢有幾首詩寫得不錯，可以說是寫得靈的，柳亞子曾經對我誇過田漢的詩，認有的神妙之筆是別人想不出來的。的確如此。」沉吟片刻又說：「別看有的人詩寫得多，但寫得拙。」

　　與爸爸在書信中論詩的還有瑜清表叔。瑜清表叔不是詩人，但當時知識分子中「逍遙派」學寫舊體詩成風，他周圍的不少朋友都在私下裡吟哦，他也不免附「雅」。爸爸認為他的幾位朋友的詩還有點功力。

　　爸爸在那兩年與舊體詩詞結下「姻緣」，有其特殊的社會原因：林彪事件

之後，政治禁錮有了一絲鬆動，但極左勢力的壓制並未停止，且有反覆和加劇的徵候。人們鬱結了一肚子的話，在稍爲鬆動的氣候下，就曲折地通過舊體詩詞宣洩出來。從爸爸那兩年寫的詩詞中，就可以看出爸爸心情的變化，如果說寫於一九七三年夏季的《讀〈稼軒集〉》，基調還是一吐胸中的抑鬱，那麼寫於一九七四年末的《菩薩蠻》和《感事》就有了較多的樂觀和昂揚情緒。

茅盾夫婦在上海柳亞子寓所與柳亞子夫婦合影，時爲一九四六年十一月底茅盾夫婦訪蘇前夕。

就在這一年間，發生了一件對爸爸來說十分重要的事情。

胡愈之是爸爸家的常客，每次他總能帶來一些上層的消息。他很關心爸爸的政治境遇，想弄明白究竟什麼原因使爸爸一直「靠邊站」，爲何如今到處都在落實政策，爸爸這裡卻沒有動靜？終於有一天，大約在一九七三年四五月間，胡愈之瞭解到一個情況：有人檢舉爸爸在一九二八年去日本途中自首叛變了。聽到這話，從不疾言厲色的爸爸也禁不住怒斥起來：「胡說八道，完全是胡說八道！大家都知道，我是從上海乘輪船去日本的，在船上怎麼叛變？我也從來沒有被捕過，哪來的自首？」略一思索又說：「奇怪的是，既然有這樣的問題，爲什麼不來問問我，也讓我這個當事人有機會辯白幾句呀！」胡

老安慰道:「想必是『查無實據』,所以不便來打擾你。可是又做不了結論,只好掛起來。」爸爸平靜下來,說:「只是那個誣告的人,不知是何居心,竟要置我於死地!」胡老說:「那人肯定不是年輕人,也不會是中年人,恐怕還是我們的同輩人。」「這就奇怪了!」爸爸陷入了沉思。

與胡愈之在一起。

事後爸爸把這情況告訴韋韜。韋韜認為這事關係重大,必須認真對待,查個水落石出。爸爸說:「怎麼查?找誰去查?即使找到,他們也可以否認。這是個無頭案。」「可是,這件事實際上已使你莫明其妙地『靠邊站』了三年多了。」爸爸聳聳肩道:「歷史是客觀存在,是真是假總會弄明白的。」

過了兩個月,韋韜聽說又準備召開四屆人大了,各省市都在重新選舉代表。四屆人大原來定在一九七一年下半年召開的,各省市的代表都已經選出,可是發生了林彪事件,會期就推延下來。過去的歷屆人大,爸爸都是代表,但一九七一年選出的代表名單中爸爸的名字被取消了。現在聽說一九七一年選出的代表作廢,要重新選舉,韋韜認為應該趁這機會把爸爸的問題弄清楚,至少所謂的「叛徒」問題必須澄清。於是多次動員爸爸說:「思想問題、觀點問題不論扣上什麼政治帽子,將來總能說清楚的,你現在不理睬它也可以;可以歷史問題,尤其是政治誣陷,你不能聽之任之,應該主動申訴,要求澄清。這是不同性質的兩類問題,一個是思想認識問題,一個是政治品

質問題。」爸爸終於被說服了。韋韜建議爸爸給周總理寫申訴信，請鄧大姐轉交，這樣，信一定能送到周總理手中。於是在八月初，爸爸寫了「文革」以來的第一封申訴信。一星期後，在韋韜的敦促下又發出了第二封信，都沒有回音。我們只希望周總理能收到信，並不企望馬上有回音。

九月初，政協副秘書長李金德來看望爸爸，這是「文革」以來政協領導第一次家訪。寒暄之後，李金德說：「告訴您一個好消息，四屆人大將在年底召開，組織上讓我來正式通知您，您已經當選為四屆人大的代表了。」爸爸不覺一愣，馬上聯想到給總理的信，就問道：「那麼我的問題是怎樣解決的？據說我還有一個『叛徒』問題。」李金德略一沉吟道：「這個，我也不清楚，我剛剛調到政協工作，許多情況還不瞭解。不過，既然您已經當選為人大代表，說明那些問題已經不存在了，都解決了。」

一九七一年九月發生了林彪叛國事件。一九七三年秋在重新審定四屆人大代表名單時，由於周恩來的關注，茅盾重新被選為人大代表，處境也略有好轉。他開始與親友恢復通信和交往，急切詢問友人們的近況，給他們送去問候和溫暖。他在給巴金的信中寫道：「死者已矣，生者還是要活下去。」這是一九七四年一月七日茅盾給巴金的信。

　　李金德走後，爸爸把李的話告訴韋韜，韋韜說：「爸爸，你應該要求他們拿出個書面結論來，不然你這三年的『叛徒』之冤不是白受了嗎？」爸爸不置可否，只是說：「我這點冤算得了什麼。要說坐冷板凳的時間，又何止這三年！」就這樣，爸爸沒有去追究誣陷他爲「叛徒」的事，也沒有要求組織作出結論，就這樣不了了之了。誰能料到，爸爸的寬容卻爲他身後留下了麻煩。「文革」後，我們終於查明了那個陷害爸爸的卑鄙小人，對此，爸爸僅僅是嗤之以鼻，沒有去理會她。然而，爸爸去世後不久，所謂「叛徒」的謠言又死灰復燃，悄悄傳播開來，並且還加上了其他的中傷。

　　李金德來後不久，上海的朋友來信說，最近上海補選了五十五位四屆人大代表，其中有爸爸，還有葉聖陶、胡愈之等人。在各省市已經選出代表之後，中央又決定增加這樣五十五名代表，說明是毛主席親自下的決心，而向毛主席提出這個建議的，肯定是周總理。這次補選代表，是林彪事件後全國政治形勢向好的方面轉化的一個徵兆，它與鄧小平恢復副總理的職務，譚震林等一批被打倒的老同志重新選入中央委員會等事，共同預告了一個重要的信息──中國有希望了！

　　一九七三年十一月十二日，爸爸正式結束了三年「靠邊站」的歷史，重新在報紙上露面了。那一天是孫中山誕辰一百零七週年，爸爸應邀參加了在中山公園中山堂舉行的紀念儀式。第二天，《人民日報》作了報導，刊登了參加者的名單。在那個年代，誰的名字上了報，或者相反，誰的名字從報紙上消失，是人們窺測政治氣候的一個風向標。爸爸的名字重新上報，使所有關心爸爸的朋友由衷地高興，尤其是文藝界的朋友們，他們通過各種方式和渠道向爸爸表示祝賀。在他們看來，爸爸的亮相，預示了文藝界「解凍」的到來。

　　爸爸看到這種新的局面，心情是振奮的，他詠出了「雲散日當空，山川一脈紅」這樣的詩句。不過，對於現實社會，爸爸從未收斂他那冷靜觀察、理性判斷的目光。尤其是一九七四年初，郭沫若在工人體育館被江青點名當眾受辱之事，使他領悟到：中國的政治還會有大的反覆！

圓　夢

　　「九‧一三」事件之後，凍結了幾年的文學出版工作開始復蘇，社會上要求「多出書，出好書」呼聲越來越高。一些出版社最初是出內部書，主要是翻譯外國名人的傳記，如《邱吉爾傳》、《赫魯曉夫回憶錄》、《第三帝國的興亡》等等，後來才有選擇地出版一些公開發行的書籍。但是絕大多數有點

名氣的作家都受到衝擊，問題還沒有解決，都不能出書，於是轉向了工農兵作者，這正符合當時推行的「由工農兵佔領藝術殿堂」的口號。人民文學出版社現代文學編輯部也源源不斷地收到從全國各地寄來的工農兵創作的大批稿件，單靠現代文學編輯部的人力已招架不住。領導決定，將古典、外文等編輯部的同志都集中過來，突擊處理積稿。

「文革」中什麼都強調「破舊立新」，編輯工作中的審稿制度——歷來堅持的編輯—主任—總編三級分別審稿的方式，被「破」掉了，改成了大家坐在一起集體審稿：一人讀，大家聽，然後討論提意見。從稿件的質量看，雖也有些比較好的作品，但大量的文理欠通，在寫小說上還是門外漢的工農兵以及知青的習作。也有集體創作的，附有相應革命委員會的推薦信，意思是要出版社從政治上著眼支持工農兵創作的這個「新生事物」。

因為稿件積壓太多，編輯部只好加班，自然小曼也常常下班很晚，這就引起了爸爸的注意和關心。爸爸覺得新的審稿方式很奇特，常常詢問小曼稿件討論的過程。聽她介紹完，爸爸有時就發表一些看法，如說：「腦力勞動，形象思維，不同於其他工作，不能強調集體幹。五八年大躍進時，就有人提出文藝要放衛星，人人寫詩，人人作畫，搞集體創作；殊不知這樣創作出來的東西必然是臉譜化無個性的，往往只是政策的圖解。」又說：「你們審稿的小說，有讀到結尾還出現新人物的，這說明作者不懂得小說創作規律。人物必須貫串始終，結尾再出現新人物，和情節的發展脫了節，沒有意義。這是小說創作的大忌。」又說：「在人物描寫方面，要從人物的行動中表現人物的內心活動，而不是作者的議論。語言要個性化，不同的人物要能循聲得貌，各有特色。要能通過語言，使人物的性格、神態躍然紙上。這樣的小說讀起來才生動，才有趣味。這一切，靠集體創作，你一言我一語，就不可能做到。」

「文革」前爸爸忙著很，從來不跟我們談天，實在沒有時間。「文革」開始後，他與世隔絕，尤其媽媽去世後，他太空閒太寂寞了，和我們閒談才多起來。不過「九‧一三」事件以前，他主要還是以讀書——包括讀許多筆記小說——來消除寂寞。一九七三年下半年，他的所謂「叛徒」問題排除之後，他心情開朗了，與我們閒談的時間就明顯多起來，遇上他感興趣的話題，更是侃侃而談，因此，我們常常找些話題來引他談話，消除他的孤獨感。有一次，瑜清表叔在一封來信中問到《虹》的主人公梅女士是否有模特兒。爸爸回信告訴他是有一個模特兒，叫胡蘭畦，大革命時期是武漢中央軍事政治分

校的一名女生。事後，爸爸就和我們談起來，他說：「我與胡蘭畦其實只見過一兩面，並不熟悉，更不瞭解，只是聽別人介紹過她的經歷——主要是四川那一段經歷編爲故事。而人物的性格，則是從我接觸過、觀察過的眾多時代女性身上綜合而成的。也可以說，胡蘭畦這個模特兒，我主要是採用了她的外殼。作爲模特兒，她又是又不是。」爸爸又說：「我塑造的人物，從來不以某個具體對象爲模特兒，他們都是我概括了許多同類型的人物的性格特點綜合而成的，然後再根據人物及人物的發展來編故事。編故事則有時採用某個人的某一段現成而又生動的經歷，因爲有些個人的經歷，其奇妙往往是作者想像不出的。常常有人問我，《子夜》中的吳蓀甫的原型是不是盧鑒泉？我回答不是。不過吳蓀甫的身上的確有盧鑒泉的影子，因爲我對中國民族資本家的觀察和瞭解正是從盧鑒泉開始的。」說著說著他想起了一件趣事，興奮地笑出聲來：「四八年在香港的時候，有一天德沚上街購物，在百貨公司邂逅了大革命時期的老朋友，後來《上海譯報》的發行人黃慕蘭，便邀她到家中敘舊。一進門德沚就高叫：『來了一位老朋友，你猜是誰？』我一看是多年不見的黃慕蘭，就開玩笑說：『聽說你改了名字叫黃定慧了，爲什麼取了個尼姑的名字？』黃慕蘭馬上回擊道：『你還敢取笑我，我還要找你算賬呢！你說，你爲什麼拿我做模特兒？人家都說《蝕》三部曲中的幾個浪漫女性，原型都是我，逼得我只好改名定慧了。』其實，我寫的是大革命時期一種浪漫型的女性，這樣的女性在當時是很多的，我接觸和瞭解的就不少，黃慕蘭只是其中之一。我概括提煉她們的共同特點塑造出我的作品中的女性群像，有人可能從她們身上看到了自己的影子，就以爲自己是小說中的模特兒。這樣的誤解還真不少哩。」

大革命失敗後，由於國民黨政府下了通緝令，茅盾不得不在上海隱居起
來，離開了政治活動的中心，重新踏上文學的道路。大革命的失敗使他
痛心，也使他悲觀和迷茫，更迫使他停下來思索：中國革命的道路究竟
該怎樣走？在這樣的心情下，茅盾開始了文學創作。

一九二七年九月，茅盾發表了處女作《幻滅》，並第一次使用茅盾這個
筆名，接著又寫了續篇《動搖》和《追求》，即三部曲《蝕》。這是一部
以恢宏的氣勢和細膩的筆觸迅速地反映一九二七年大革命時代面貌的
作品，它描寫了大革命時期青年知識分子在革命浪潮中思想變化的歷
程：追求、動搖、幻滅又追求。由於作者當時的心境，作品的調子比較
低沉，但作者豐富的生活積累，真實的思想情感和塑造出的感人的藝術
形象，使得這部作品引起了強烈的反響，得到了巨大的成功。茅盾從此
作為著名的小說家奠定了在中國文壇上的地位。這是《幻滅》、《動搖》、
《追求》和《蝕》的初版本。

　　長篇小説《虹》寫於一九二九年四月至七月。小説圍繞著女性知識分子
梅行素在五四新思潮影響下，經過曲折的道路而成長起來的經歷，反映
了從五四到「五卅」這一時期中國社會生活的巨大變化，描繪了這一歷
史「壯劇」的某些偉大的場景。梅行素是個具有反抗精神的小資產階級
女性，她終於突破了個人奮鬥的「狹的籠」，接受革命風暴的考驗。通
過這個形象，小説揭示了現代知識分子的必由之路。這是《虹》的初版
本和《虹》的部分手稿。

解放後，葉淺予爲《子夜》所作的插圖之一。

一九三二年二月《子夜》出版後，就以它鮮明的政治傾向，真實展示的時代風雲，宏大縝密的藝術構思和出色的典型人物塑造，獲得了國內外進步文藝界和廣大讀者的普遍讚揚，認為「這是中國第一部寫實主義的成功的長篇小說」（瞿秋白），它奠定了長篇小說革命現實主義的基礎，是五四以來新文學發展的重要里程碑。《子夜》問世後三個月內，即重版四次，這在當時是罕見的。圖為《子夜》初版本的內封。

看到爸爸談論文學創時那種眉飛色舞、興奮激昂的樣子，我們萌發了一個念頭：何不動員爸爸在家中悄悄地「重操舊業」？也許這是一帖對爸爸最有效的袪病健身良藥。於是韋韜試探著建議：「爸爸，文化大革命還不知要搞到何年何月，與其這樣整天閒著，何不利用這空閒時間寫點東西，先保存起來，等將來有機會再發表？」爸爸居然沒有反對。韋韜又說：「不能寫現實題材，萬一泄露出去，有人就會藉此做文章。」爸爸說：「是呀，聽說艾蕪響應『作家要立新功』的號召，寫了一篇東西，結果又挨了批判。」韋韜說：「你有好幾部長篇沒有寫完，何不挑一部把它續完，這樣意義很大，風險又小，將來讀者也肯定歡迎。」爸爸想了一想，打開了話匣子：「《第一階段的故事》不值得續寫了，它原來就寫得不成功。《虹》雖說還有下篇，但不續下篇也能獨立成書。只有《霜葉紅似二月花》，故事只展開了前一半，主要人物的命運

也還沒有交代。還有一部《鍛煉》，是四八年在香港寫的，只在報上連載過，還沒有出過單行本，你們恐怕都不知道還有這部小說。這也是只寫了個頭的長篇，原計劃要寫五部，才寫完第一部全國就解放了，便再也沒有時間續寫，現在要續寫恐怕工程太大了。那是一部試圖反映抗戰全過程的長篇。」爸爸沉澱在回憶中。韋韜連忙說：「那就續寫《霜葉紅似二月花》吧，這部書許多人都喜歡，認爲它繼承了中國古典文學的傳統，而且從題材講，離當前的現實最遠，風險也最小。」爸爸同意了，他也比較滿意《霜葉紅似二月花》。我們要幫他找資料，他說不必，只需要一本《霜葉紅似二月花》的單行本，他要仔細讀一讀，因爲時間隔得太久了，一些細節都模糊了，書的風格也需要回顧和重新把握，以便續寫時能夠銜接。

《霜葉紅似二月花》是茅盾在一九四二年夏創作的又一部重要著作。它是作者未能完成的規模宏大的長篇小說的第一部，這部小說企圖反映五四運動前夕到大革命失敗後這一歷史時期的中國政治、社會、思想的大變動。在《霜葉紅似二月花》中，作者以深邃的構思和細膩的筆觸，描寫了五四前後江南水鄉的社會風情和城鄉新舊勢力錯綜複雜的矛盾和鬥爭，展示了時代風雲變幻前的躁動。作者有意識地借鑒和吸收中國古典文學的藝術技巧，創造性地用來表現現代生活，這是茅盾探索新的民族形式所取得的重要成果，也是這部書的一大特色，這是各種版本的《霜葉紅似二月花》。

　　就在這時候，爸爸收到了胡錫培的一封信，信中說，在成都流傳著關於爸爸的謠言，說爸爸裝病，閉門不出，卻偷偷地在寫一部「反黨小說」，要待身後，方肯問世。爸爸把信念給我們聽，縱聲笑道：「我還沒有動筆，謠言就先造出來了！這樣一來，我倒要認眞對待續寫《霜葉紅似二月花》的事了，一定要把它寫好！」

　　從此以後，爸爸一有空就坐到原來媽媽臥室中靠窗的那張二屜桌前，這裡成了他的工作台。爸爸先畫出一張地圖給我們看。這是一幅縣城的平面圖，《霜葉紅似二月花》的故事大部分發生在那裡，圖上畫出了書中幾個重要人物的宅第，以及縣署、警察局、善堂、輪船公司、城隍廟等等，還有街道、城牆，通往錢家莊的河道和城外的桑林、稻田等。爸爸說：「有了這張圖，書中的一些細節描寫就有了依據，不至於產生矛盾。」這張圖很快被孩子們看到了。已經是高中生的小寧聽說爺爺要續寫《霜葉紅似二月花》，就搶著把小說饒有興味地讀了一遍，讀完，一本正經地發表意見說：「爺爺續寫這本書，現在不能發表，一定要保密，否則被人知道了，準會扣上美化地主的帽子。」

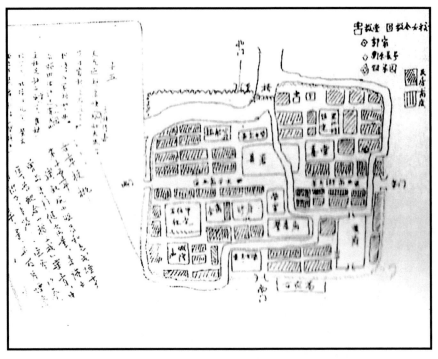

這是茅盾在「文革」中悄悄地續寫的《霜葉紅似二月花》第二部的場景示意圖和部分手稿。

　　爸爸創作長篇小說有一個習慣，就是先寫出詳細的大綱，然後依據大綱，一氣呵成。由於許多重要的情節乃至一些細節的描寫，在寫大綱時已經反覆推敲過，胸有成竹，所以一口氣寫下來的原稿很少塗改，十分整潔。現在保存下來的幾百頁的《子夜》原稿，字跡工整娟秀，往往連續十多頁沒有一處塗改，這樣乾淨整潔的名著原稿，實在彌足珍貴。

　　如今爸爸續寫《霜葉紅似二月花》，仍舊採取先寫大綱的方式：先寫出提要，把續篇的故事大致理出個脈絡，再列出人物表，注明他們之間的關係和矛盾，然後再回過頭來正式寫大綱。也許是擱筆多年未寫長篇小說的緣故，這次爸爸寫大綱，有時好像掌握不住節奏，遇到文思洶湧時，某些段落越寫越細，情致入微，簡直與初稿差不多；而另一些也很重要的情節，卻只是簡短地交代個過程，幾筆略過。統觀全部續篇的大綱，一九二七年大革命失敗之前的章節，描寫得相當周密完整，有的段落十分細膩；但是大革命失敗後故事的發展，卻尚未寫出大綱，只有部分提要。因為爸爸以後又忙別的事了，而這一耽擱就再也沒能續寫下去。

　　爸爸這次續寫，約佔了一九七四年半年的時間。在續篇大綱中，爸爸著重刻畫了正面人物，如張婉卿、錢良材等，以及一位新出場的女主角張今覺。這位張女士最終成為錢良材的終身伴侶，在續篇中大展風采。對於反面人物，大綱中著墨較少，顯然爸爸尚未顧及對他們細加推敲，僅僅留下了不少可以展開這些反面人物活動的線索，如北伐軍入城前後的活動，以及「四‧一二」事變後他們對革命力量的反撲等等。

　　續篇的故事梗概如下：北代戰爭前夕，錢良材離家去上海等地遊歷，尋訪真理；張婉卿則在家為丈夫黃和光戒煙忙碌，同時幫助朱行健對付曾百行的排擠。北代開始後，東路軍直逼縣城，一支孫傳芳敗兵逃入城內。良材潛回家鄉，乘機收繳鄉間潰兵的槍支組織民團；婉卿則設計商會出面穩住向地方勒索鉅款的孫軍潰兵，一面聯絡北伐軍攻城，孫軍潰逃。北伐軍進城，趙守義等乘亂組織各種「民眾團體」，並誣告錢良才為鄉間土豪劣紳，擁有武裝，又誣黃和光為同黨。駐軍負責人為師政治部主任嚴無忌，夫人張今覺，都是國民黨左派，張之父乃國民黨元老，被右派暗殺。嚴與黃和光原是同學，通過黃結識了錢良材，於是嚴無忌、張今覺與黃和光、張婉卿、錢良材結為知己。錢良材參加了國民黨，並被嚴無忌委為縣黨部籌備主任，趙守義聞風逃

走。不久，蔣介石在上海反共，形勢突變，嚴無忌奉調南昌，趙守義等反水，誣錢良材爲赤黨。錢良材隱匿於婉卿家。這時今覺也暫住婉家，將轉道上海去南昌，約婉卿夫婦同行。婉卿陪乃設計讓良材化裝爲女佣，四人同赴上海。抵上海後，今覺赴南昌，婉卿陪和光去日本治病，良材同行。三個月後，和光病治癒，婉卿終於懷孕。忽得今覺信，說嚴無忌在南昌爲蔣介石所殺，她死裡逃生，孑然一身，欲尋婉卿相依。於是四人又在上海相聚。今覺欲赴北京尋弟，良材挺身護送。到北京後未找到弟弟，卻發現了暗殺今覺父親的仇人，今覺決心報仇。良材協助今覺擊殺了仇人，今覺負傷，傷癒後，兩人乃結秦晉之好，且決意歸隱田舍。

爸爸對《霜葉紅似二月花》這個書名的含義曾作過如下解釋：這部書是寫一群具有民主主義思想的青年知識分子，他們有反封建的鬥爭性和堅決性，但他們不是徹底的革命者，他們只是霜葉而不是紅花。續篇大綱中錢良材、張婉卿、張今覺等人物的結局，也證明了這一點；他們是中國民主革命運動早期的佼佼者，是一群可敬可愛的人，但當革命繼續向前時，他們悄悄地退出了。不過，我們可以相信，十年之後，他們一定會重新站到抗日救亡和爭取民主自由的行列中來。

遺憾的是，爸爸沒有把續篇完成，續篇的後半部只留下了提要。那時爸爸身體虛弱，常常頭暈腿軟，爬樓困難，急於搬往平房；從看房、修房、準備搬遷到遷入新居，前後忙亂了好幾個月。搬家後先忙於別事，後又從上海來了親戚長住，就把續寫《霜葉紅似二月花》的事耽擱下來。從主觀上說，上篇和續篇寫作時間相隔太久——三十多年，要找回當年創作上篇時的激情相當困難，特別是在「文革」這樣的環境中。爸爸的寫作態度一向嚴肅認眞，他認爲續篇必須保持上篇的風格，前後必須渾然一體，要做到這一點就要有充分的準備和慢慢地「磨合」，不能草率從事。所以爸爸不想急於求成，凡有其他事要辦，總是把續寫的事擱下，爲別的事讓路。不過爸爸心中一直惦記著這件事。「文革」後，四川人民出版社重印《霜葉紅似二月花》時，爸爸特地把其中一段文字作了修改，便是爲了能與尚未完成的續篇的內容相銜接。這說明，「文革」以後爸爸仍堅信總有一天能重新把續篇完成。

爸爸續寫《霜葉紅似二月花》，是在圓一個夢，一個多年的夢，他的創作夢。

一九四八年下半年，茅盾完成了長篇小說《鍛煉》。這是作者醞釀已久的描繪抗日戰爭全貌的五部連續的長篇小說中的第一部。小說以上海戰爭爲背景，反映了抗日戰爭初期社會各方面的動態，描寫了廣大工人、學生、知識階層、民族資本家乃至國民黨官兵的抗日熱情和同仇敵愾，以及他們在種種阻撓面前的憤怒、抗爭和困惑、猶豫；揭露了國民黨政府的被迫抗戰和虛假抗戰，以及漢奸、親日派、官僚買辦、黨棍和工賊的種種破壞抗戰的活動。小說連載於香港《文匯報》上。一九四九年初，茅盾離開香港到解放區，由於情況的變化，後面各部未能續完，僅留下了提綱。因此，《鍛煉》成了茅盾最後的一部長篇小說。這是《鍛煉》的手稿。

　　大家都知道，自從中華人民共和國成立之後，爸爸再沒有創作小說。他的最後一部長篇小說和最後一篇短篇小說都寫於一九四八年的香港。許多人對此感到惋惜，而痛苦最甚的是爸爸自己。在香港，他正雄心勃勃地寫著一部反映抗日戰爭全景的歷史長卷——連續五卷的長篇小說《鍛煉》，且已完成了第一卷。他原計劃北上解放區後繼續完成它，因爲抗戰剛剛結束，需要在文學上及時反映這個民族覺醒的偉大時代。可是新中國需要他擔任文化部

長，他只得壓下自己創作的慾望，強迫自己去學習原來不熟悉的東西——做官。而且新社會也給文學創作帶來了新問題：過去的生活積累已經不夠用了，需要重新深入工農兵的生活，可是當了文化部長又如何能深入呢？！

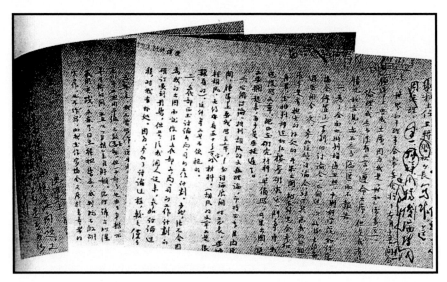

從一九五二年起，茅盾作爲世界和平理事會常務委員，頻繁出國，平均每年兩三次，而在國內又有大量的行政工作和外事活動，這使茅盾深感苦惱，因爲身爲作家協會主席卻無創作時間。一九五五年一月六日，茅盾給周恩來總理寫信，請求另擇能者擔任世界和平理事會的工作，並希望給他一個創作假。周總理沒有同意他辭職，但減少了他的出國任務，並批示：「擬給沈部長一個假期專心寫作。」這是茅盾給周總理的信及總理的批示。

擔任文化部長之初，爸爸還企圖做到當官與創作兩不誤，而且在羅瑞卿的鼓勵下，眞的在一九五三年寫出了一個反映鎮反運動的電影劇本。不過，這次創作是作爲一個政治任務來完成的。一九五一年底，全國的鎮壓反革命運動取得了偉大的勝利，當時的公安部長羅瑞卿懇請爸爸寫一部反映鎮反運動的作品，最好是電影劇本，並答應提供一切方便，包括查閱重大反革命案件的全部檔案。開始爸爸推辭了，因爲他既不熟悉這方面的生活，又沒有寫過電影劇本；後來拗不過羅瑞卿的盛情，就答應試一試。爸爸是這樣想的：當文化部長兩三年了，一直沒有機會搞創作，想下基層去熟悉工農兵，又不能如願。寫自己原來熟悉的生活，又不合適：身爲文化部長，天天號召作家寫工農兵，自己怎能反而去寫非工農兵的題材？寫鎮反運動不同，沒有這些

顧慮，而且自己過去也寫過一本《腐蝕》，有一些這方面的生活積累，如果有豐富的材料，是可以一試的。當時上海鎮反的材料最豐富，爸爸就在一九五二年兩次去上海搜集資料，並且在第二年完成了初稿。羅瑞卿讀完初稿基本滿意，可是蔡楚生、袁牧之卻認爲太小說化了，拍電影有困難，而且太長，可以拍上中下三集，必須改寫和大大壓縮。那時如果有位搞電影的行家來幫助爸爸修改壓縮，也許就拍成電影了，可是爸爸的名望和地位，使人不便提出這樣的建議，而爸爸又從未想到能採用這種辦法（這種方法是後來才流行的），他的習慣是自己的作品自己來完成。結果就拖延下來，拖到後來，事過境遷，也就沒有再拍電影的必要了。「鎮反」劇本之所以能夠順利完成，是因爲新中國成立初期爸爸的工作還比較單純，各種會議和外事活動也沒有後來多，另外還有羅瑞卿部長的大力支持。但一九五三年之後，爸爸就在文山會海之中愈陷愈深，不能自拔了。

　　對於那個電影劇本，爸爸是不滿意的，因爲它不是來源於生活的積累和創作的激情。因此，爸爸希望有一個眞正的創作機會，能按照他熟悉的創作方法來進行創作。終於在一九五五年一月六日，爸爸給周總理寫了一封信，提出可否減少他出國的任務，可否不再擔任世界和平理事會中國方面的常委，以及要求總理給他一次創作假。爸爸寫道：「五年來，我不曾寫作，這是由於我文思遲鈍，政策水平思想水平低，不敢妄動，但一小部分也由於事雜，不善於擠時間，並且以『事雜』來自我解嘲。總理號召加強藝術實踐，文藝界同志積極響應，我則既不做研究工作，也不寫作，而我在作家協會又居於負責者的地位，既不能以身作則，而每當開會，我這個自己沒有藝術實踐的人卻又不得不鼓勵人家去實踐，精神上實在既慚愧又痛苦。雖然自己也知道，自己能力不強，精力就衰，寫出來的未必能用，但如果寫了，總可以略略減輕內疚吧？年來工作餘暇，也常常以此爲念，亦稍稍有點計劃，陸續記下了些。如果總理以爲還值得讓我一試，我打算最近在將來請一個短時期的寫作假，先把過去陸續記下來的整理出來，寫成大綱，先拿出來請領導審查。如果大綱可用，那時再請給假（這就需要較多的日子），以便專心寫作。」爸爸這封信婉轉地道出了自己擔任文化部長的內心痛苦。五年來，幾乎全部時間都被無止無休的送往迎來，赴宴看戲，參加會議，接待賓客等等所佔據，一年還要出國兩三次之多，他實在不習慣這樣的生活，眞是苦不堪言。爸爸是個十分顧全大局的理智型的人，這封信卻是他少有的衝動式的發泄。對爸爸

的這封信，認理的批語是：「擬給沈部長一個假期專心寫作。」但沒有同意爸爸卸去世界和平理事會常委的請求。

總理的批示使爸爸得到了三個月的創作假。怎樣使用這三個月？寫什麼？續寫《鍛煉》或《霜葉紅似二月花》都不合適，雖然這是爸爸最熟悉的題材，因為無法向人解釋為何請假三個月卻去續寫舊作。只有創作現實的題材。當時對資本主義工商業的社會主義改造，已經進行了兩年，中央確定的經過國家資本主義完成對私營工商業的社會主義改造的方針和辦法，已從加工訂貨這種初級形式發展到了公私合營這種高級形式，並取得了很大進展。爸爸對民族資產階級是比較熟悉的，平時也注意收集了不少這方面的素材，所以決定創作一部反映資本主義工商業社會主義改造的長篇小說，並且去了一次上海搜集和補充新的材料。但三個月的創作假一眨眼就過去了，爸爸只寫出了小說的大綱和部分初稿，就不得不回到繁忙的行政工作中來，每天的時間被切割得零零碎碎，無法定下心來寫作。

這樣拖延了一年，因一件偶然的事情，爸爸終於按捺不住而發了一通牢騷。

一九五六年三月間，作協的創作委員會發來一份公函，內容如下：「茅盾同志：去年十一月間中國作家協會所制訂的關於少年兒童文學創作計劃中規定，您應在一九五六年六月以前，寫出或翻譯出一篇（部）少年兒童文學作品（或一九五六年年底前至少寫出一篇有關少年兒童文學的有研究性的文章）。不知這項工作您完成得怎樣，如果已經完成，請您告訴我們，您在哪些報刊上發表了哪些作品，如果沒有完成，您準備在什麼時候完成什麼作品，如果有困難，也請告訴我們。……」這封例行的公函正好觸動了爸爸的痛處，他當即在打印的來函上寫了一封回信：「復創作委員會：我確有困難。自去年四月後，我有過大小兩計劃，大的計劃是寫長篇，小的計劃是寫短篇及短文，兩者擬同時進行（本來是只有一個大的計劃，可是後來鑒於有些短文是非寫不可，逃不了的，故又加上一個小的計劃）。不料至今將一年，自己一檢查，大、小計劃都未貫徹。原因不在我懶，——而是臨時雜差（這些雜差包括計劃以外的寫作），打亂了我的計劃。我每天伏案（或看公文，或看書，或寫作，或開會－全都伏案）在十小時以上，星期天也從不出去遊山觀水，從不逛公園，然而還是忙亂，真是天曉得！這些雜差少則三五天可畢，多則須半個月一個月。這是我的困難所在，我自己無法克服，不知你們有無辦法幫助我克服它？如能幫助，不勝感激。」一位上級領導竟向一個下屬單位發牢騷，在

那個年代恐怕絕無僅有，這說明爸爸雖然當了七年文化部長，但在心靈深處依舊是一個書生，他有滿腔苦惱，無法向上訴說，就向下宣泄。

但是牢騷解決不了實際問題，在給總理的信中提到的，等大綱寫出後，再請長假潛心寫作的計劃，終於成了泡影。一九五七年開始了「反右」鬥爭，接著是「三面紅旗」、「大躍進」，整個國家陷於狂熱中，生活緊張得透不過氣來，自然更談不上請長假創作了。於是在一九五八年三月間，爸爸又藉機向作家協會辦公室發了另一次更大的牢騷。

這牢騷也是用覆信的方式發泄出來的，全文如下：

作家協會辦公室：

收到三月十五日的通知了。現在寫一點我個人的規劃，可是，規劃是訂下來了，能不能完成，要看有沒有時間。這就希望領導上的幫助。幫助我什麼呢？

一、幫助我解除文化部部長的兼職，政協常委的兼職；

二、幫助我解除《中國文學》和《譯文》兩個兼職；

三、幫助我今年沒有出國任務。

要有點說明：上面一、二條，是我不眠症的原因。因為，幾年來我對於文化部長、政協常委、《中國文學》和《譯文》主編，實在荒棄職守，掛名不辦事，夜裡一想到，就很難過，就睡不著覺。我幾次請求解除，尚未蒙批准。而且，儘管掛名不辦事，會議還總得出席，外交宴會也不能不去，結果，人家看來我荒廢職守，而我在三種「會」上花的時間，平均佔每星期時間的五分之二。我從來不去公園，很少出門（除了開會、看病），只看了要我去看的戲、電影的三分之一，每天晚上看書到十一時，可是總覺得時間不夠，有許多要看的書都沒有看。我自己也不明白到底是怎麼一回事（最近請了一個月病假，倒看了不少書）。

如果照上面所說，一面掛名兼職這樣多，一面又不得不把每星期（七天算，我向來沒有星期天）的五分之二時間用在三種「會」上（三種會即會議、酒會、晚會），那麼，我只能作下列的計劃（一九五八年的）：

A. 不寫小說了，只寫論文：篇數、長短、性質不一定，但字數可以約計為五萬到七萬（從四月份算起，到年底）。

這也要有點說明：爲什麼不能寫小說呢？因爲在上述掛名兼職、三「會」多的情況下，時間都被切得零零碎碎，寫論文尚可，寫小說則我這人太笨，實在辦不到。

B.整理舊作（即所謂《茅盾文集》），共計一二百萬字吧。這是人民文學出版社催著辦的。

這也要有點說明：我本來不同意把舊作全部重印，出什麼《文集》，我認爲這是浪費；可是，人民文學出版社樓適夷同志再三來說，重印是使讀者看到一個作家的發展；於是我想，我若再不同意出《文集》，就成爲有意隱藏過去寫得很壞的東西，在人面前充好漢了。因此勉強答應。現在整理，並不是要將舊稿修改，而校改排印上的錯誤，及編排次序（此指短篇小說及散文而言），這就要花時間。

以上是我今年（一九五八年）的計劃。

長期計劃，我不敢訂，因爲怕開空頭支票；因爲我不知道明後年我還能不能拿筆。這不是我瞎想，因爲最近病後醫生（中醫、西醫）都已明白告訴我：「你衰老了，年齡到了，藥石不能奏功，只能養，慢慢地養吧！」換言之，這就是說：「你這人可以報廢了，而且也只能報廢了！」

對不起，我說了許多廢話；而且是怪話！但是實際情況如此，我覺得不說便是欺騙你們，所以還是直說吧！

請將此信交書記處同志傳閱。

在這封信中，爸爸雖然表示今年「不寫小說，只寫論文」，但實際上他一刻也沒有忘懷那個已經開了頭的長篇小說，——他要圓他的創作夢。在切割得零零碎碎的時間中，爸爸斷斷續續地寫著這部小說。到一九五八年秋，在一次與《中國青年報》社的同志的談話中，無意間透露了這個消息，又在報社同志的懇求下，表示小說完成之後，可以在《中國青年報》上摘登或連載。可是到了一九五九年三月，在《中國青年報》的一再催問下，爸爸卻回信道：「講起來非常慚愧，我的小說稿子還是去秋和你社一位同志說過的那種情況，擱在那裡，未曾編寫，也沒有加以修改，原因是去年秋冬有些事情（例如其中一件是出國），同時身體又不好……一直鬧病，神經衰弱，多用腦即失眠，天氣稍有變化就感冒（而且感冒後一定患嚴重失眠），等等，使我深以爲苦，我現在是在半休狀態。何時能編寫，以了此文債，自己沒有把握，同時也十分

焦灼。不過，始終老想完成這個『計劃』的。」這是爸爸談到這部小說的最後一封信，後來，這個「計劃」終於沒有完成，爸爸的創作夢也終於破滅了。

這是茅盾於一九五九年三月二日致《中國青年報》編輯部的一封信。一九五五年初茅盾向周恩來總理請准創作假之後，曾赴上海搜集素材準備創作一部反映黨對資本主義工商業進行社會主義改造的小說。但是由於繁忙的行政工作和外事活動，使得這部構思已久的的小說終於中途輟筆而未能完成。在這封信中，茅盾流露了因不能安心創作的焦灼心情。

　　這部小說手稿爸爸沒有給第二個人看過，連媽媽也沒有，就被爸爸「封存」了起來，一起封存的還有那個電影劇本，直到文化大革命的一九七○年。
　　一九七○年四五月間，在爸爸情緒最為消沉的時候，這兩份手稿被他親手

銷毀了！

　　唯一讀過這兩份手稿的是我們的大女兒小鋼。媽媽去世後，我們雖搬來與爸爸同住，但那時小曼在幹校，韋韜在「支左」，小寧白天上學，日常陪伴爸爸的就只有小鋼和不到周歲的丹丹。小鋼因肝功能不正常，在家休養。為了讓小鋼多學點知識，爸爸與小鋼共同擬了個自學計劃：讀中國歷史，學古文，複習數學，記日記，練手風琴。爸爸親自瀏覽了郭沫若主編的《中國史稿》和范文瀾編的《中國通史簡編》，並讓小鋼先讀郭編再讀范編，因郭編較淺近。他選了蘇東坡的一些詩，並從名家注釋中摘選了適合小鋼的注釋，讓她自修。練手風琴是小鋼自己加的，她喜歡音樂，從小學鋼琴，「文革」開始不能學鋼琴了，所以她想轉學手風琴。

　　每天自學的課程完畢，小鋼就在爸爸的書房和小書庫裡亂翻亂看。一天，在書房的一書櫃下面的抽屜裡，小鋼發現了兩包塵封已久的手稿，打開一看，竟是十卷本《茅盾文集》中沒有的作品，就貪婪地讀起來。爸爸看見孫女在讀這手稿，沒有干涉，只是說：「這是兩部沒有完成的作品。」小鋼讀完把手稿放回了原處，爸爸就默默地拿出來銷毀了。幾年後，韋韜遍找這手稿不見，問到爸爸，他淡淡地說：「已經撕了，當作廢紙用了。」又補充道：「這兩部作品寫得都不成功，留之無用。」爸爸這話顯然不是毀稿的真正原因，因為殘存的手稿甚多，為何只銷毀這兩部？為何在「文革」初期的急風暴雨中沒有把它們燒毀，卻要等到一九七〇年呢？這只能從媽媽的去世給爸爸精神上的打擊來解釋。爸爸好像有點看破了一切，他大概不相信自己再有機會來圓創作夢了，他決心毀掉這兩部解放後寫的書稿，也許就是出於這樣的心理。

　　如今，到了一九七四年，爸爸終於從消沉中走了出來，心情比較開朗了，又有安靜的不受干擾的環境和完整的時間，這是爸爸二十多年來夢寐以求的搞創作的好條件。所以說，爸爸續寫《霜葉紅似二月花》也是在感情上圓他的創作夢！雖然這個夢是在保密的狀態下圓的，而且終於未能圓完，留下了無法彌補的遺憾。但爸爸的精神是愉快的，因為他終於從「三會」中解脫出來，找回了原來的自己——作家茅盾。

鍛煉・中秋節・遊公園

　　小丹丹長大了，能代替姐姐來陪伴爸爸了。在爸爸給友人的信中，經常能看到這樣的內容：「因小孫女患病，心緒不寧。」「我與幼孫女（兩歲半）同過春節，頗亦陶然；幼女甚慧。」「我的小孫女今已三歲半，活潑可愛，頗解人意，常日弄孫，亦一樂也。」「小孫女僅四歲，幸甚明慧。」「幼孫女再一個月便是五歲，很明慧，所以我也不寂寞。」下面就說一個丹丹使爸爸不寂寞的故事。

　　爸爸身體素來屢弱，明知體育鍛煉對健康有利，但他自青少年時代起就不熱衷運動，年紀大了，公務繁忙，便更不運動了，對醫生和親友的勸告亦不理會，反而強調自己的特殊性，找出種種理由來證明運動也不見得能長壽。譬如說：「對於學習太極拳，我全無興趣，一分鐘也不想試。說不出理由，只是不喜歡，連散步也不喜歡……如果我不是前三十年忙於寫作，後二十年坐辦公室，出席宴會，一年在飛機、汽車裡過四五個月，那麼，我可能對運動、太極拳之類會有興趣。現在呢，行將就木，所求者是安靜、有秩序的、不緊張的生活。」又說：「疾病可戰而勝之，此就一般論，自爲確論。然而現代科學尚未能戰勝自然規律，返老還童尚屬空想。人壽長短，看具體情況而定，人稟賦有弱有強，後天條件千差萬別，故同樣保健方法不是對一切人都發生一樣效果，我少年體弱，青年時刻苦讀書，未嘗注意保健運動，三十歲後伏案時太多，早患目疾、神經衰弱、消化不良等症，但因生性樂觀達觀，又不做傷身之事（如飲酒縱慾），乃得活到七十八歲，尚何奢求。」他還說：「人，不能不受自然規律的制約。古代專制皇帝求不死藥者，一個個都死了，或者爲藥所誤，死得更早。生死如此，名利亦然。我早年體弱多病，但因於名利極淡泊，故活到近八十，眞出意外。」他還常舉衛生部長爲例證明運動未必長壽：「李德全每次見到我一定勸我運動，還介紹她自己的鍛鍊方法──每天上班不坐車，堅持步行。可是她還是比我先去了。民間有個傳說：人的一生要走多少路是閻王預定好的，當你把路走完了，閻王就招你去了。所以我不用走路來鍛煉。」說罷就開懷大笑，笑得那麼開心。不過，據我們觀察，「文革」前，爸爸不進行體育鍛煉，是因公務繁忙，日理萬機，身體和精神都處於緊張狀態，沒有閒暇的時間從容鍛煉；況且，他每天還得擠出早晨半小時來打掃衛生。所以說，爸爸的不肯運動既有主觀原因，也還有客觀環境的限制。但「文革」開始後，情況變了，他除了增加每天的家務勞動外，「三會」沒有了，即使想出門走動走動也不方便和不可能了。我們勸他到樓下小院散散步，學學太極拳，他仍舊不同意，照樣舉李德全爲例，充分表現了老年人的固執。

　　媽媽去世後爸爸大病一場，他自己也感到身體日益衰弱了，在醫生的再三勸說下，他終於答應試一試做些運動。但那時爸爸上下樓已感困難，到小院去鍛煉已不方便，在房裡學太極拳又嫌太複雜。正好，我們得到一份上海傳來的介紹「甩手運動」的傳單，上面介紹了它的種種好處，且簡單易練。我們就動員爸爸練「甩手」，這運動只需站立不動，兩手前後甩動，每天兩三

次，每次若干下即可，對爸爸是最合適不過的。果然爸爸就每天甩起手來，我們有時也陪著爸爸甩手。這樣甩了一段時間，甩手運動也像「文革」中興起的其他「新事物」如雞血療法、紅茶菌等一樣，刮了一陣風就銷聲匿跡了。爸爸也就自行停止了甩手。

　　大約到了一九七四年，爸爸再次聽從醫生的建議，每天在房間裡散步，這樣可以不必下樓。散步的路線是：臥室－起居室－工作室，再倒回來，連續走十五個來回，早晚各一次。為了計算次數，爸爸找出一副麻將牌的籌碼（這還是解放前的東西，那時爸爸媽媽偶爾也搓搓麻將消遣，解放後就不摸了，牌也丟失了，只剩下了這副籌碼），每走一個來回就放一枚在窗台上。顏色鮮艷的圓形塑料籌碼，引起了五歲的丹丹的極大好奇，每天從幼兒園回來，第一句話就問：「爺爺散步了嗎？」接著擠在爺爺的身邊陪爺爺散步，每走一圈就搶著把籌碼放在窗台上，而且執法嚴格，不許少走一圈。有時爸爸實在累了，就對丹丹說：「丹丹，爺爺要討饒了！」由於有小丹丹跟在身邊監督，爸爸感到很有趣，散步居然一直堅持到搬家。

　　這就是說，爸爸在續寫《霜葉紅似二月花》的時候，還堅持了「體育鍛煉」，這功勞有小丹丹的一份。

　　那年的暑假，十七歲的小寧也面臨分配問題。小寧在一九七三年夏季就高中畢業了，只讀了一年半的高中，因為學制忽而改為春季始業，忽而又改回秋季始業，結果兩年制的高中就少學了半年；而且這一年半又有半年是在批判所謂「右傾回潮」的氣氛中度過的，實際上認認真真學習的時間只有一年。按照那一年的政策，老大去了外地，老二可以留在身邊照顧父母。小寧符合這條件，所以就在家待業，等待分配。小寧和我們焦急地等了一年，終於分配方案下來了。有一天，小寧從學校回來說，已經談過話了，分配到二商局扛豬肉。我們聽得莫名其妙，追問之下，才知道今天二商局的一位幹部到學校找畢業生談了話，說二商局系統的職工一般文化水平較低，今年第一次招收高中畢業生來充實二商局的第一線，問小寧：「讓你去冷藏庫裝卸凍豬肉、啤酒、罐頭什麼的，你願意嗎？你扛得動嗎？」小寧點點頭。於是就叫他回家等通知。

　　小曼聽了憂心忡忡，因為小寧比同屆同學小兩歲，身材也比他們矮小瘦弱，要去扛整扇凍豬肉如何吃得消！爸爸安慰小曼道：「你要達觀一點，凡事都不是一成不變的，也許經過鍛煉，小寧會成長得更好，譬如身體結實了，懂得了知識的可貴，學會了思考問題……」沉思片刻又說：「大人要表現得高

興，才不會影響孩子的情緒，孩子需要的是鼓勵。要讓他懂得『行行出狀元』的道理，不要迷信工作環境，最主要的是靠自己的奮鬥。」其實爸爸也並非不憂慮，這一天，他在書桌前坐了很久，好像在思考什麼，終於站起身來，自言自語地說：「學得其上，則得其中，學得其中，則得其下。」

一九七三年夏，小寧高中畢業，等待分配。

晚飯後，小寧坐在爸爸書房的搖椅上看書，爸爸把他叫到跟前，從抽屜裡拿出一張紙和一支鉛筆，邊問邊計算著：「小寧，一箱啤酒多少瓶？」「一瓶啤酒多重？」「二十四瓶啤酒加在一起大約有五十斤，你扛得動嗎？」小寧點點頭。「凍豬肉大概是半隻半隻的吧？也許也有四五十斤重，一天扛下來倒也不輕鬆呢。」爸爸又說：「幹工作既要盡力，也要量力，這一點你要記牢。也不要以為幹這種活又髒又累沒有出息，對年輕人來說，這是一種考驗，是對意志的磨煉。俗話說：『吃得苦中苦，方為人上人。』換句話也可以說：『刀在石上磨，人在苦中練。』歷史上有成就的人沒有從溫室中培養出來的，多半在青年時代歷經磨礪，才能脫穎而出。你從小就是個小運動員，游泳、溜冰、籃球樣樣都行，不像爺爺從小不注意鍛煉身體，上中學時連單槓都上不去，要我去扛半扇豬肉就難了。」少頃又說：「二商局不是說這次招高中生是為了充實基層嗎？我猜想讓你們去當裝卸工是先去第一線鍛煉鍛煉，否則幹這些體力活又何必招高中生呢？所以，事情不會永遠不變的。」果然，事情

很快就變了，比爸爸預料的還要快，三個星期後，等到二商局發來錄用通知時，已經變成分配到二商局所屬的食品研究所了。送通知來的同志說，這次二商局招來的八名高中生，食品研究所全部留下了。雖然小寧去食品研究所還是幹些雜活，包括體力活，但我們仍感到意外的高興。

就在小寧準備走上工作崗位時，小鋼也從部隊回來探親了，我們全家又團聚了。小鋼參軍之後當上了班長。這次她是奉命護送某戰士的遺屬回山東，連隊領導批准她歸隊前順道探親十天。小鋼離家四年了，還從未回家探過親，這是第一次。看到孫女長大了，成熟了，身體也結實了，爸爸十分高興，拉著她問長問短。小鋼這次回來剛好趕上中秋節，我們闔家吃了一次難得的團圓飯。

飯後，大家坐在電視機前閒談，屏幕上正放映是有關日本的新聞。小寧問：「爺爺，日本人也過中秋節嗎？」「不，他們過櫻花節，是在春天。櫻花樹就像我國的桃樹，在春天開花，櫻花是白色的，也有粉色的，花朵大，花期也長，有點香味。櫻花盛開的時候很好看，所以觀賞櫻花成了日本人的傳統活動。」「爺爺，你在日本看過櫻花嗎？」「去過一次，是在嵐山，實在是朋友硬拉我去的，我就看過這一次。」「在日本你還去過什麼好玩的地方？」「除了去過嵐山和奈良，沒有去過別的地方，整天在屋裡寫作。我去日本是為了避難。日本的特務很厲害，我不能多走動，免得引起他們的注意而惹麻煩。我的日語又不好，無法跟人交往。說實話，除了看書，我對什麼都興趣不大，從年輕時起就這樣，我覺得還是看書最有意思。」接著爸爸給孩子們講了遊嵐山和奈良的故事。

爸爸生性好靜，也不喜歡交際，在北京住了三十二年，除了國慶、「五一」的遊園活動作為任務去完成，或因公陪外賓觀光外，從未主動逛過公園。可是，在他的一生中，卻又幾乎走遍了祖國的山山水水，也遊歷了異國的許多名勝古蹟。這是一種被動的「旅遊」，但正是這種被動的「旅遊」為爸爸提供了觀察世界、理解人生、體驗生活的良好機會。然而，作為私生活的一部分——與親人們共同遊樂，卻稀少得屈指可數。

三十年代在上海，韋韜還是小學生的時候，記得爸爸帶他去過一次虹口公園。抗戰中，一九三九年在新疆時，爸爸、媽媽、亞男姐和韋韜一起去遊覽過一次白楊溝，那是迪化（今烏魯木齊）郊區的一個避暑地。不過嚴格地講，那也不是一次純私家性質的郊遊，而是有組織的集體活動。全國解放後，

我們全家同逛公園，好像也只有一次，那是在三年困難時期的一九六一年，也是在中秋節，這一天正好是韋韜和小曼結婚的十週年。

那是個動盪的艱難的年代。一九五七年「反右」，一九五八年刮共產風，一九五九年又反「右傾機會主義」，到了一九六〇年農村開始鬧飢荒。小曼那年下放河北豐潤縣農村勞動，青黃不接時吃的是榆樹葉、野菜和磨碎的玉米芯摻上白薯麵。一年下來由於極度營養不良，全身浮腫，小便失禁，肝大四指。在城市，糧食定量減少了，肉每人每月二兩，食品店的貨架上空空如洗，只剩下憑票供應的幾種東西。

一九五〇年春，茅盾夫婦與楊之華（左二）、張琴秋（左三）在頤和園。

爸爸的供應標準也與一般市民一樣。我們擔心爸爸媽媽營養不足，韋韜就把部隊上偶爾分配到的黃羊肉帶回家中。可是爸爸說：「我們的營養夠了，我們的飯量向來小，又不喜油膩，現在吃清淡些正合我意；況且我常參加宴會，葷腥是不缺的。你媽媽患糖尿病，憑醫生的證明每月有十斤肉，小鋼和我們住在一起，可以勻出一些給她。我最擔心的是小寧，他才三歲，正需要營養，在幼兒園一個月二兩肉是斷乎不夠的。小曼偏偏在這時候下放農村，那裡連一星肉也見不到，上次回北京看病，已經全身浮腫了！」於是爸爸媽媽反過來琢磨著為我們增加營養。開始，在每個週末為我們準備一個葷菜，

肉就從媽媽的病號肉中勻出來。到了一九六一年，飯店對外供應高價飯菜了，爸爸就每個星期日帶我們全家，加上司機，有時也有秘書，去飯店打一次牙祭。

一九六一年的中秋節正好是星期日，爸爸記得這一天是我們結婚十週年紀念日，就決定攜全家老小和司機、秘書共八人同遊頤和園，中午到聽鸝館打牙祭，也算是為我們祝賀。

我們的結婚紀念日家裡從來沒有慶祝過，因為爸爸媽媽從不慶祝自己的結婚紀念日和生日。我們結婚時也只是領了一張結婚證書，沒有舉行儀式，也沒有請客吃飯。唯一的一件珍貴禮品，是爸爸為我們特意寫的一首詩。詩用小楷寫在一張粉紅色的宣紙上。當時我們在南京工作，禮物是從北京用快信寄給我們的。全詩如下：

> 祝韋韜小曼結婚之喜。
>
> 我們為你倆祝福：開始共同的快樂的生活，建立新的美滿的家庭；
>
> 我們為你倆祝福：在生活上，學習上，工作上，互相幫助，互相督促，相敬相親；
>
> 我們為你倆祝福：在新中國的建設中，服從祖國的號召，恭恭敬敬，誠誠懇懇，老老實實，努力做一雙有用的螺絲釘；
>
> 我們為你倆祝福：在偉大的毛澤東時代，在偉大的黨的教育下，有無限光明燦爛的前程！
>
> 你倆的爸爸和媽媽：沈雁冰
> 孔德沚

這是爸爸唯一的一篇不供發表的「作品」。很幸運，它伴隨我們歷經十年浩劫之後，仍完好無損。

我們遊園那天，天氣晴朗，風和日麗，頤和園裡遊人不多。小鋼和小寧第一次跟著爺爺奶奶逛公園，格外高興，盡情追逐嬉戲，爸爸媽媽也遊興勃勃。我們遊了諧趣園、長廊、石舫，又在排雲殿前拍了照。吃罷飯，爸爸提議，我們在聽鸝館門前拍一張全家福，這是我們唯一的一張包括媽媽在內的全家福。十五年後，爸爸八十壽辰時，我們照了第二張全家福，但那時媽媽已經去世六年了。

一九六一年，茅盾夫婦與兒子、兒媳、孫女、孫兒同遊頤和園。

回到家，爸爸拿出一隻銀色小盒送給我們作紀念。小盒的蓋子上是兩只大象，象背上各有一悠閒自得的牧人，小盒四週是九名神態各異的農夫在田裡耕作，構圖嚴謹，栩栩如生，盒子底部刻有一行英文，贈文化部長沈雁冰，沒有落款。爸爸說這是一九五五年率中國作家代表團訪問印度時主人送的紀念品，「就給你們作紀念吧。」外賓送的禮品，照例都交公，只有小禮物或刻有爸爸名字的禮品，才自己保存。這是唯一的一件從外國友人的禮物中轉送給我們的東西。大概因為三年困難時期物資匱乏，無處購禮物，就送了這個小盒吧。

轉眼十多年過去了，如今又逢中秋佳節，然而由於世事的變遷，爸爸已經沒有奢望再闔家同遊公園了，只能滿足於在家中吃團圓飯。不久，小鋼回部隊了，小寧也上班了，家中又恢復了昔日的寧靜和冷清。可是丹丹聽了爺爺遊嵐山的故事，就常纏著要爺爺帶她去逛公園。丹丹的童年是可憐的，不像姐姐和哥哥，在童年就玩遍了北京的公園，還坐過火車，乘過大輪船，到過大連。丹丹只去過動物園。爸爸認為確實滿足丹丹的要求，他也想趁去公園的機會到大街上走走，近距離瞧瞧這個城市，他已經有十年只是從車窗裡觀察北京了。爸爸這個計劃我們不贊成，我們認為如今街上很亂，爸爸上街不安全。爸爸不以為然，說：我走在街上不會有人認出來的。那時爸爸重新

配備了警衛員,他也不贊成。最終爸爸妥協了,同意只去公園,不上街。我們選擇了中山公園,因為從那裡可以望見天安門城樓。

茅盾愛讀書,難得逛公園。天發七四年夏,茅盾自文化大革命以來第一次去公園散心,並與小孫女丹丹在中山公園攝影留念。

那一天秋高氣爽,爸爸特地換上一套灰色的中山裝,雖持手杖,但腰桿挺直,顯得格外精神。韋韜和警衛員帶著丹丹陪爸爸同去。我們的汽車從公園後門開進內部停車場,下車後由韋韜領路,從後園沿護城河往西繞向中山堂,經社稷壇,看了五色土,然後往南遊覽了唐花塢、四宜軒和水榭。一路上,爸爸看得比別人都仔細,興致甚濃。韋韜問:「爸爸,你不是常來中山公園開會嗎,難道這些景點你都沒有看過?」爸爸笑道:「那是汽車來汽車去,戒備森嚴,沒有遊覽的時間,只到過中山堂和音樂廳,其他景點只在報紙上

見過。」經過兒童遊樂場時，丹丹盯住了不肯走，玩了一項又一項，韋韜拉住她問：「今天是你陪爺爺來玩，還是爺爺陪你來玩？」丹丹說：「是爺爺陪我來玩，也是我陪爺爺來玩。」說完，眼珠一轉又乖巧地說：「好吧，我們走吧，我要陪爺爺去玩囉。」

我們在中山堂前留了影，又在公園的東南角以天安門城樓爲背景，爲爸爸拍了照。爸爸原想出公園南門到天安門廣場去拍照的，被我們勸阻了，因爲天安門廣場前車多人雜，而且爸爸那天走的路已太多了，我們擔心他過於疲勞。

從這次以後，爸爸再也沒有機會與家人同享遊公園的樂趣了，雖然他幾次計劃要去，終於未能如願。

「批林批孔」

　　一九七四年二月的一天下午，小曼剛上班就接到通知去後院食堂集中，聽「中央首長指示」的緊急傳達。傳達的內容是：「四機部有一考察團赴美考察期間，代表團成員每人接受了美國某公司贈送的玻璃蝸牛禮品一件。四機部某設計院一幹部寫信向江青告發，說這是美國公司對我國的侮辱，影射我們中國是蝸牛，是爬行主義。江青對此十分惱火，親自到四機部去講話，認

為這是一起極其嚴重的政治事件，要求立即傳達，揭露帝國主義的猙獰面目，徹底批判「崇洋媚外」思想。

下班後，小曼把聽到的傳達告訴爸爸。爸爸聽完沉思良久說：「這事不合乎情理，美國的公司既要和我們做生意，怎麼能幹這種蠢事呢？」這就是當時鬧得沸沸揚揚的「蝸牛事件」。

不久，事情就調查清楚了，果然贈送蝸牛禮品在國外是一種禮遇，並無惡意。爸爸聽說之後，冷笑一聲道：「這才真是丟盡國格的大笑話！現在有些人的聯想也太豐富了，居然能把中國的孔夫子和外國的蝸牛連在一起。」他見小曼一臉茫然，便解釋道：「你看不出這個『蝸牛事件』與報紙上批判林彪的『克己復禮』有關係嗎？毛主席去年提出要批孔，要重新評價秦始皇，要研究中國歷史上的儒法鬥爭，這都是很有意義的，它打破了史學界多年來的沉悶，指出了一條史學研究的新品。毛主席批評郭老的《十批判書》不是好文章，我也找來讀過。學術上的不同觀點只是經過爭論，才能更接近真理。可從今年起，把批判孔子與批判林彪聯繫起來，就有點走樣了，好像所有我們要批判的人和事，都與孔夫子有關係，這就太絕對了。我想毛主席的本意也不該是這樣的。」

一九七四年夏，茅盾與前來拜訪的駱賓基（右）、秦似（左）合影於文化部宿舍院內。

這是我們第一次聽到爸爸議論「批林批孔」。爸爸對「文革」中發生的政治事件向來是不表態的，只有這次「批林批孔」例外，而且明顯地對「評法批儒」很感興趣，找來有關的書籍和資料仔細閱讀。他贊成「批孔」，五四時期他就是「打倒孔家店」的積極份子，他也認為當年的「反孔」並不徹底，很需要補課。但「批孔」進展到一九七四年變成了「批林批孔」之後，他開始產生了懷疑，他發現學術批評愈來愈變成了政治批判，有些文章更是露骨的影射和政治攻訐。

毛主席提出「批孔」的本意，我們是後來才領悟的。林彪的叛變，對毛主席的震動極大，痛切反省之下，他默認了周總理提出的批判林彪的極左思潮，並同意解放大批領導幹部和抓國民經濟的整頓和恢復。顯然他心裡明白，以周總理為首的一大批老幹部，是安邦治國的棟樑，離開他們，國將不國；而江青這班人只是些耍嘴皮搖筆桿的「秀才」。然而，當他察覺繼續深入批判林彪的極左思潮，將導致對文化大革命的否定，危及他幾年來為之奮鬥的根本時，他就猶豫了，轉而支持江青一伙提出的批判林彪的「形左實右」，認定林彪的實質是「極右」。毛主席後來說過，他的一生辦了兩件大事，一件是推翻蔣家王朝，建立了中華人民共和國；另一件事就是發動了文化大革命。可見文化大革命在他心目中的地位，他絕不容許貶低乃至否定！他認為反對文化大革命的人，或者對文化大革命不理解的人，都是因循守舊，主張中庸之道，缺乏「造反精神」的人，他歸根結底是受了中國幾千年的儒家思想的影響。這是他提出批判孔子，企圖從根本上來解決廣大幹部對文化大革命不理解的思想問題。這就是毛主席提出「批孔」的本意。至於江青一伙利用「批林批孔」大搞影射史學，大批當代大儒，企圖打倒周總理，自己取而代之，這一切則是毛主席不願看到並且反對的，所以才有後來的對「四人幫」的指責和批評。

不過，爸爸在一九七四年初還認識不到這些。他只看到了一些怪現象，例如「白卷英雄」張鐵生的「崛起」，北京、上海的「考教授」，小學生黃帥的「造反」等場，看出這些「事件」都是針對一九七二年以來周總理對教育戰線的整頓的。後來江青瞞著總理，在工人體育館召開「批林批孔」的萬人動員大會，在會上當眾點名侮辱郭沫若，在知識界引起了巨大的震動，爸爸才預感到將有新的風暴來臨。

那時候，爸爸從「靠邊站」解脫出來還不到半年，多年養成的謹言愼行的習慣，使他採取了自我保護措施：他通過給親友們的信，對外「宣傳」自己的病，如說：「年來屢患大小各樣病，而氣喘、支氣管炎糾纏不已，血管硬化則見端於步履蹣跚，面部皮膚時感繃緊，以故極少出門。」「目疾是老年盤狀變形，三尺外不辨五指，這是不治之症。」爸爸在那時的確查出了右眼有失明的可能，又常有頭暈、手顫、腿軟、蹣跚、寫字歪扭等症狀，加上原有的心血管病、氣喘、失眠、腸胃不調等各種老年病。這樣的內容一經書信傳布，便營造出了一則「茅公體衰多病，避不見客」的小道新聞。其實，爸爸雖然身體不好，但並未嚴重到不能見客的程度。實際上，爸爸是想避客而悄悄地在家中寫他的《霜葉紅似二月花》的續篇。他的頭暈、腿軟、手抖，多半與安眠藥吃得太多有關。

爸爸在寫作閒暇，常和我們談論「儒法鬥爭」。他關心報刊上的爭論，看了不少文章和專著，包括楊榮國和馮友蘭的；但對江青的寫作班子寫的那些影射文章則不屑一顧。他認爲「儒法鬥爭」的確是研究中國封建社會演變的一條線索，是中國歷代階級鬥爭的一種表現形態，他甚至建議姚雪垠在寫《李自成》時，也應適度表現當時的「儒法鬥爭」。但是把「儒法鬥爭」絕對化，把它說成是推動中國社會發展的主要形態和動力，甚至用它來解釋民主革命和社會主義革命的階級鬥爭，他就覺得十分可笑了。

他反對把一切政治思想上的矛盾衝突，都往「儒法鬥爭」或「尊孔反孔」上聯繫。所以當西北大學的單演義教授來信詢問《子夜》中吳蓀甫兩代父子之間的衝突是否表現了尊孔與反孔的衝突，《子夜》是否反映和批判了當時蔣介石的尊孔醜劇時，爸爸強烈地予以否定，指出《子夜》中「吳老太爺作爲封建頑固思想之一代表，古老僵屍，到了買辦資產階級之典型環境立即風化，當時爲了行文之俏麗故如此云云，其實有違於歷史眞實，蓋因當時十里洋場中如吳老太爺之流實繁有徒，並未風化也。如此則萬萬聯繫不上目前之批林批孔，強爲聯繫，我看是不對的」。寫《子夜》時「實在沒有聯繫到當時反動派的尊孔醜劇。現在如勉強拉扯上去，必致弄巧成拙」。

爸爸關於「儒法鬥爭」的觀點，後來在與姚雪垠的通信中，有比較詳細的闡述。他說：「先秦的儒法鬥爭，儒家確是倒退（儒家復古，保護行將消滅的奴隸制，反對新興的封建地主進入歷史的政治舞臺）；而法家則反之。但在漢武以後的儒法鬥爭，不能不說是在支持封建制度的大前提下的封建階級的

內部鬥爭。……王安石敢說『天變不足畏，祖宗不足法，人言不足恤』，對儒家治國平天下的三大支柱都否定了；但是他的新法仍是在穩定封建制度的基礎上力求緩和當時的階級鬥爭，此乃當時封建地主階級的內部矛盾。至於李卓吾，他批判的是漢以後儒家的愈來愈說不通的各種反動論點，他也沒有提出他的哪怕是合乎馬克思主義百萬分之一的社會發展思想——歷史觀。我們不能由此責備李卓吾，因為他是逃不脫階級和時代的限制的；但我們仍然給李卓吾在中國思想史上的應有的地位，因為列寧說過：評價一個古人，不是把他同我們現在的思想立場作比較，而是要看他比他的前輩們的思想立場有多少進步。」

一九七四年夏，茅盾與小孫女丹丹在寓所院內小憩。

當時文藝界的「批林批孔」，主要表現在批判「文藝黑線回潮」上。有不少從「牛棚」出來的文藝家，在「立新功」的號召下重新拿起了筆，結果是作品剛寫出來，甚至還沒有發表，就遭到了第二次的批判，罪名就是「黑線

回潮」，「克己復禮」！

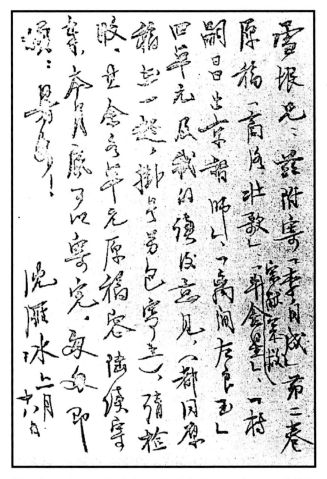

一九七四年，在給姚雪垠的信中，茅盾熱情地肯定了姚的長篇小說《李自成》第一卷和第二卷初稿，並對第二卷各章節的構思、人物描寫、語言運用等方面提出了詳細而精闢的意見。這是其中的一封信。

　　有一個「黑畫事件」集中表現了文藝界所謂「黑線回潮」的荒謬。大約在一九七四年三月間，中國美術館舉辦了一個所謂「黑畫展覽」，指定革命群眾必須去接受反面教育，說這個「黑畫展」是江青親自審定舉辦的。「黑畫」共展出二百多幅，每幅畫下面有一句批判文字，如果不讀這些文字，人們很難猜出這些畫究竟「黑」在哪裡。爸爸是從我們口中瞭解到這次「黑畫展覽」的內容的。有一幅黃永玉畫的貓頭鷹，站在樹枝上，睜一隻眼，閉一隻眼。批判的文字說：這表現了畫家對社會主義的刻骨仇恨。又有李苦禪的一幅池

塘中的荷花，有的含苞，有的怒放，也有的已經萎謝，共有八朵。批判的文字說：這是對八個樣板戲的惡毒攻擊。還有宗其香畫的三隻老虎，題為「虎虎有生氣」。批判的文字說：這是對林彪歌功頌德，為林彪翻案。原來他們把「彪」字變成了三隻老虎。爸爸愈聽愈生氣，憤憤說：「這是什麼『批判』，這叫破字猜謎，羅織構陷！」韋韜說：「『文革』初期不是在《中國青年》的封底上發現了一幅猜出來的『反革命』畫嗎？這次的『黑畫展覽』我看就像是那一次誣陷的翻版，只是規模大大地擴大了。」爸爸說：「『欲加之罪，何患無辭！』不過這些畫家也太天真了，你要畫畫，就在家中悄悄地畫，要送人，也悄悄地送人，為何公開出去讓人抓住辮子？我給朋友寫信，遣詞用句，就看對象，有時候還需要抄幾句報紙上的話，那樣就不會給對方製造麻煩。」沉思了一會兒，他又說：「這些畫家好像畫的都是山水花卉，大概他們以為山水畫沒有政治內容，是無害的，誰料還是變成了『克己復禮』的『黑畫』。」韋韜道：「聽說展出的大多數作品是奉命之作，是周總理有一次視察對外的賓館飯店，發現那裡布置的美術作品不適宜接待外賓，就指示要換一批有民族風格，能體現國家藝術水平的畫。有關部門就集中了一批畫家，畫出了這些畫，結果卻成了文藝界『黑線回潮』的典型！」爸爸恍然道：「原來是這樣，難怪這些畫家要遭殃了！」

後來，爸爸在給胡錫培的一封信中也談到了「黑畫事件」。他寫好信後要韋韜抄一份留底。爸爸寫信向來不留底，但個別「重要」的信也有例外。信中有這樣一段話：「京中曾開過黑畫的批判展覽，上海也對一些黑畫猛烈批判。這些畫真該批判，反動得露骨。由此想見畫家中一些人的思想情況實在糟得很。……但不知今回的教訓能否觸動他們的靈魂深處。」韋韜抄時感到不解，就問爸爸。爸爸答道：「我這是照抄報紙上的說法。胡錫培這人太天真，剛剛恢復工作，右派問題還掛在那裡，就想搞創作了。我又不便向他潑冷水，只好用這種方式來警告他：目前公開搞創作不會有好結果。我還舉了曾克搞創作挨批判的例子，過去還講過艾蕪的例子，還告訴他目前出版書籍要求極嚴，要他慎之又慎。不知道他能不能領會。」

從這件事，我們發現，爸爸寫信很講究策略。除了稱「病」之外，對於不瞭解的人或比較生疏的朋友，他常抄幾句報紙上的話；對於比較熟悉的朋友就不抄報紙，但也不談政治；只對少數親戚，有時在信中發發牢騷，但這牢騷也不涉及大的政治問題。

　　到了一九七四年下半年，我們忙於準備搬家，對社會上出現的「新鮮事物」沒有太注意，只聽說江青到天津大講武則天，又親自推廣不中不西的江青裙。有一天爸爸問我們：「你們注意到關於風慶輪的報導嗎？」我們答沒有。他說：「這件事與發生在春天的『蝸牛事件』很相似，也是批判『崇洋媚外』的。」我們說：「『蝸牛事件』不是已經傳爲笑話了嗎？」爸爸打開了話匣子：「現在的笑話太多，哪能一一查清，譬如說呂后、武則天是法家，這究竟有多少根據？中國歷史上著名的法家就有數的那麼幾個，怎麼能隨意亂封！風慶輪是一艘我們自己設計製造遠洋貨輪，最近第一次遠航勝利歸來，這自然值得慶賀。問題是現在有人藉此大做文章，說只有自己造船才是發展遠洋運輸的正確路線，其他如租船、買船都是『崇洋媚外』，賣國主義。毛主席說過，要『兩條腿走路』，造船、租船、買船是三條腿走路，有什麼不對？至於什麼時候以哪條腿爲主，應該根據國家的經濟能力來決定，以目前我國的國力而言，只認自己造船這一條腿，是形而上學，是眞正的爬行主義！」

　　頓了頓他又說：「一百多年來，我們中華民族吃盡了閉關自守的苦頭。在中國歷史上，越是國力富強的朝代，越不盲目排外。就拿唐朝來說，唐代在中國歷史上是民族大遷徙後的一個統一的政權，它在宏揚漢民族固有文化的同時，也大膽地吸收異族文化的精華，結果就有了貞觀之治和開元盛世。前些天我在醫院補牙，遇到了駐西德的大使王殊，他說，國外的補牙費用驚人，但補牙技術實在先進，我們恐怕已落後了三十年。從這個例子可以說明，現在需要盡可能多地學習；引進外國的先進科學技術，爲我所用，而不是固步自封、盲目排外。毛主席說過：『自力更生爲主，爭取外援爲輔』，現在變成爭取外援就是賣國主義了！」

　　爸爸那時重讀了王安石的《臨川集》並寫下了一首讚揚王安石的長詩──七古《讀〈臨川集〉》。在歷代的著名法家中，爸爸最欽佩王安石，認爲他的革新精神最徹底，骨頭也最硬。他又認爲王安石變法的失敗，除了歷史的局限性，還因爲「相公左右無良弼」。在封建社會中，像王安石這樣的革新家，畢竟極少，多數的革新家往往徒有虛名，甚至是冒牌貨。所以爸爸在詩中寫道：「嗚呼眞龍未窺相公庭，僞鳳翱翔呈詭譎。」告誡人們：革命和革新，必須警惕僞鳳的詭譎，提防假左派。江青一伙藉「批林批孔」影射周總理是「當代大儒」，妄圖扳倒周總理，爸爸卻在這時反過來頌揚宋朝的宰相王安石，這是不是也在運用「影射史學」與江青一伙「對著幹」呢？爸爸沒有向我們透露。

搬　家

　　一九七四年五月間，有幾次早餐時，小曼發現爸爸手發顫，杯裡的牛奶
灑到了飯桌上，忙問：「爸爸，您怎麼啦？不舒服嗎？」「沒什麼，就是頭暈。」
小曼連忙扶他到樓上臥室裡躺下。又有一次，爸爸吃完早餐自己上樓，才登
上三四級，忽然身體向後傾倒，小曼一個箭步衝上去從後面扶住，爸爸仍說
是頭暈腿軟所致。小曼感到事情有點嚴重，萬一當時她不在場，豈不要摔得

頭破血流！忙把這情況告訴韋韜，並建議送爸爸去醫院檢查。韋韜思索良久，恍然大悟道：「會不會是安眠藥吃多了？」當即去問爸爸，果然那幾天爸爸在凌晨三四點鐘又加服了一次安眠藥。

爸爸服安眠藥已有幾十年的歷史，每當創作進入高潮時，就需要安眠藥來幫助睡眠。不過如果白天的體力活動多於腦力活動，也能不靠藥物睡覺。「文革」前，公務繁忙，到了晚上往往已精疲力竭，無需服用很多安眠藥即能入睡，一般是睡前用一粒，有時半夜再加服一粒。「文革」開始後，整天無所事事，心情又不愉快，安眠藥就愈服愈多，不僅加大了劑量，且增加了品種，最多時一夜要服三四次約七八粒不同作用的安眠藥。每當爸爸早晨乃至上午頭昏昏然，走路蹣跚，一定是後半夜加服了安眠藥，藥性尚未過去。我們的飯廳在樓下，爸爸堅持下樓吃飯，每天就至少三次要爬那又陡又窄的樓梯。他有氣喘病，每次爬樓都要歇一兩次，現在加上頭暈腿軟，萬一我們不在身邊，他從樓梯上摔下來，後果不堪設想。

茅盾在文化部宿舍的寓所門前，在這裡他度過了二十五個春秋。

　　我們再三考慮，認爲爸爸已不宜再住樓房，應該搬家，搬到平房中去。我們試探地向爸爸提出了這個建議，擔心他會反對。因爲這小樓留給他的回憶太多了。如果把爸爸的一生一分爲三，那麼頭一個二十五年是追求知識、尋找眞理的時期，第二個二十五年是爲實現理想而勤奮創作的時期，第三個二十五年則是爲了建設新中國而獻身的時期。這棟小樓就是爸爸第三個二十五年生活的見證。在這裡，爸爸努力爲社會主義的文藝大廈砌磚添瓦，也在這裡，經歷了各次政治運動的磨煉；在這裡，爸爸從孫兒們身上找回了以往未能享受到的天倫之樂，也在這裡，送走了相濡以沫五十年的老伴——我們的好媽媽。

　　所以，我們擔心爸爸不願意搬家。五十年代後期，有些從外地來京的朋友在造訪爸爸之後，就曾勸爸爸搬家。他們說：「茅公，您怎麼就住在這樣一棟小樓裡，不嫌氣悶嗎？像您這樣的領導幹部現在都搬到帶庭院的平房裡去了，那裡空氣好又寬敞。」爸爸總是笑笑說：「住在文化部宿舍大院裡，上班方便。而且房子大了，服務人員就需要多，太排場了，我們只有兩個人，生活也簡單，無需太浪費！」

　　誰料這次韋韜提出搬家的建議，爸爸竟爽快地同意了。我們就向國務院國家機關事務管理局提出了申請。不久，管理局就給了答覆，請爸爸去看房子，並且提供了幾處任爸爸挑選。這也出乎我們的意料，我們原來並不企望能這樣順利。它使我們明白：爸爸已經徹底恢復了「特殊待遇」。

　　說到「特殊待遇」，爸爸雖然當了十五年的文化部長，對此道仍舊是個外行。他不清楚，也不關心自己有什麼「特權」，他認爲提供較高級的住宅，配備專車，戲票免費送上門，在高幹診所看病等，就是「特權」，但這也是工作上的需要，他聽從組織上的安排。除此之外，凡屬私人的需求，他一概不沾公家的光。一九四九年剛搬進這棟小樓時，傢具殘缺不全，尤其缺少書架書櫃，他就自己花錢、自己設計，請木匠來家做了好些書櫃、書架、衣櫥。爸爸和媽媽去外地休假，來回的路費、住宿費、伙食費，向來都自己付。有一回乘飛機去海南島，辦事人員覺得路費數目太大，就對爸爸說：「按規定這是可以報銷的。」爸爸說：「別人可以去報銷，我不需要，我的收入可以支付這筆路費。」

　　爸爸在文化部長任內，每年總要離開北京去外地或出國兩三次，約一兩個月，在這一兩個月中，爸爸的生活起居都是自理，從不依賴警衛員和秘書，而且一般外出他也不帶秘書。所以，媽媽平時就爲爸爸準備好一隻帆布提包，

裡面放著牙刷、漱口杯、肥皂盒、洗臉毛巾、拖鞋、剃鬚刀、梳子、手電筒⋯⋯總之一切出門必備的生活用品都有，臨行再匆忙，只要提上這個帆布提包就行了。爸爸有一個親身經歷的故事，多次向我們講過：解放初期，大約是一九五四年春節前後，爸爸作為全國人民慰問中國人民解放軍總團副團長、華東地區代表團團長，來到了東南沿海某地。一天，他與一位解放軍首長同住一室。住定之後，爸爸就打開隨身帶的箱子，把換替的衣服以及毛巾牙刷等生活用品一一取出放好。等到一切就緒打算去洗澡時，發現那位首長仍端坐在沙發裡未動。爸爸正要打招呼，卻見他向房外叫了一聲，一個警衛員便應聲走進房來，那首長就吩咐他把襯衣褲拿出來。警衛員熟練地打開首長身邊的箱子，取出襯衣褲，掛在衣架上，再把箱子關上。爸爸大為驚奇，因為打開身邊的箱子，取出襯衣，乃舉手之舉，何必還要指使別人來做！後來父親又發現，那位首長刷牙，也是警衛員預先替他倒上漱口水，擠好牙膏；洗臉也由警衛員打好水，準備好毛巾和肥皂。爸爸大惑不解：這位很可能是貧農家庭出身的高級將領，參加革命幾十年，怎麼會有這樣的作風，又是從哪裡學來的？顯然，這不是簡單地用「糖衣炮彈」所能解釋的。這個故事爸爸不止一次向我們講過，每次講時都伴著笑聲，但這笑聲聽起來是那麼苦澀。

一九五四年二月，茅盾作為『全國人民慰問人民解放軍總團』副團長，和華東地區戰鬥英雄在一起交談。

新居的前院。

新居的後院。

　　六月間，我們陪爸爸去看了第一處房子——原衛生部長李德全的舊居，位於東城小雅寶胡同。這是一座西式庭院，從大鐵門進去約三十米，矗立著一棟二層西式樓房。邁上台階進門，是一寬敞的過廳，兩邊是房間，靠裡邊是通向樓上的樓梯。共有七間房，樓下三間一大二小，樓上四間，房間寬敞，光線充足，屋內顯得明亮而舒適。有兩個衛生間、一個大廚房，整座樓房比原來文化部的小樓大出一倍有餘。庭院中樹木蔥蘢，有喬木，有果樹，濃蔭

蔽日。東面有一個挖了一半的大坑，據說原是打算修游泳池的。陪我們看房的同志說，這樣大又有這麼多樹木的庭院，現在仍空著的，在北京恐怕已不多了。但爸爸和我們商量再三，還是謝絕了。面積大，室內光線充足，綠化好，空氣清新，這些的確很理想，遺憾的是不大實用。樓內沒有服務人員的住房，他們的房間在五十米外大門右邊的一排平房裡。爸爸不能爬樓，只能住在樓下，樓下的三間作了臥室、書房、客廳，就沒有多餘的房間了，這樣，爸爸只能獨自一人住在樓下，遠離服務人員，很不方便。另外，爸爸的許多書也沒有地方放。所以只好割愛了。

　　不久，管理局又提出東城後圓恩寺胡同十三號的房子請爸爸去看，這裡原是楊明軒的舊居，「文革」後久無人住，成了倉庫，堆放著傢具。

　　六月下旬的一天，我們陪爸爸從東四頭條乘坐他的小轎車經寬街往北，在交道口以南拐進一條胡同。胡同入口很窄，只能容一輛汽車通過，胡同大約千餘米長，卻很幽靜，住家不多。據說在清代這條胡同裡主要是官宦們的宅邸。十三號在這條胡同裡是比較不起眼的一戶，灰色的矮牆中間嵌著一扇油漆斑剝的朱紅門，門前矗立著兩棵十幾米高的白楊樹，像衛士一樣守衛在大門的左右，給這座古樸的小院增添了幾分蕭穆。這是一座小四合院，但不是北京標準的四合院，只有一進半的院子，沒有影壁，也沒有迴廊。進大門右手有一間約六七平方米的小屋，左手也有一間，兩間屋門相對。站在大門可向院裡窺視就能把前院一覽無餘。三間正房一大兩小坐北朝南，房前有一米寬的廊沿，中間堂屋約二十平方米，左右耳房有十餘平方米。東西廂房和南房各有三間，都不大，大的約十二三平方米，小的不到十平方米。所有的房間都是花磚地。院子呈長方形，鋪著青磚，不過已坑洼不平。正房台階下，左右各有一棵白蠟樹，西邊耳房前另有一棵高大的枝葉茂盛的椿樹。院子中央有一葡萄架，但已朽蝕，葡萄架下是兩畦長方形的花圃，裡面已雜草叢生。穿過正房堂屋可進入後半進院子，院子很小，不過五米見方。三間正房也有廊檐，房內鋪的是地板。東西廂房各一間，很小，是堆放雜物的。西邊一間一半是一座火坑，爸爸感到詫異，管理局的同志解釋道：楊明軒夫婦是陝西人，夫人習慣睡火坑——據說可以治療關節炎，所以就在這裡打了一個炕。「沈老是南方人，不用火炕，我們可以拆掉。」

　　參觀完畢，我們回家商量。爸爸說：「整個院子雖不大，但很緊湊，我們人丁不多，足夠用了。尤其妙在小房間很多，這樣服務人員都能安頓下來，

我那些書也有了存放的地方。」我們同意爸爸的意見，這處住宅雖然沒有大庭院，但很實用。爸爸可以住後院有地板的正房，那裡自成一體，很安靜，不受干擾，房間又有大玻璃窗，光線充足，是讀書寫作理想的場所。我們住前院的正房，距爸爸的房間很近，爸爸叫一聲，我們就能聽見；還可以讓小寧住在後院西邊的耳房裡，夜間可以照顧爸爸。服務人員雖住在前院，但因為院子不大，又有電鈴，前後呼應也很方便。於是爸爸把決定通知了管理局。管理局說：這房子年久失修，油漆都已剝落，屋頂有些部分漏雨，暖氣管道需要更新，後院正房的地板已腐朽也要重新換過，加上全部牆壁要粉刷，下水道要疏通拓寬等等，整個修繕工程需要相當長的時間。爸爸表示早一天晚一天搬家沒有關係，但提出要在前院為服務人員修建兩個廁所，一男一女。

　於是我們開始做搬家的準備。爸爸向我們提出：他個人日常用的東西由他自己整理，家裡其他的東西都由我們來處理。

新居中茅盾的臥室。

　爸爸有個良好的習慣，就是不論做什事都井井有條，一絲不苟。他要親自整理自己的東西，也出於這個習慣。凡是見過爸爸手稿的人，都知道爸爸

的稿子非常整齊乾淨。二百多頁的《子夜》原稿。娟秀的蠅頭小楷，就像重新謄清過一樣，絕少塗改，偶爾有修改，也是把修改處塗成方方正正的黑塊，使人一目了然。這樣的原稿讓人愛不釋手。他的書籍、資料以及生活用品也和他的手稿一樣，整理得井井有序。他總說：「不要怕麻煩，把東西放整齊，找起來就不費時間了，這實際上是節約時間。」

爸爸任文化部長期間，工作極忙，但他書庫裡的書籍仍安放得非常整齊，一眼就能看見他用毛筆寫的各種標籤，分門別類，貼在書架上，而各類書籍、雜誌也定能在各自的標籤下找到。

爸爸的衣服，也習慣自理。媽媽在世時，兩人的衣服還由媽媽統一管理，爸爸只是幫她建立一種科學的保管方法，即在每只箱子上掛一卡片，寫明：內有毛毯一條、毛巾被兩條；灰色與米黃西裝各一套，或德沚深藍絲棉襖褲一套、蛋青色襯絨襖褲一套，等等。不用費事就能很快地把要找的衣服取出來。媽媽去世後，爸爸就自己照這辦法管理，只是把媽媽的衣服集中到幾只箱子裡，掛上卡片注明：德沚皮大衣一件、旗袍若干件等等。

從一件小事也可看出爸爸的一絲不苟。「文革」前，有一天小鋼放學回家，看見桌上有一疊寫好的信件，就自告奮勇幫爺爺貼郵票，把郵票貼在信封背面封口處。爸爸說：「不對，應該把郵票貼在信封正面的右上角，這樣便於郵局蓋郵戳，省去了將信翻來翻去找郵票的時間。」小姑娘很執拗，歪著小腦袋和爺爺爭辯說：「才不會呢，我看見大家都這樣貼的，這樣貼，壞人想拆信就拆不開了。」爸爸沒有繼續爭辯。但等到下午小曼把信帶出去投郵時，卻發現不知何時，爸爸已將郵票又都貼回到信封正面的右上角了。

爸爸媽媽一九四九年底搬進這棟小樓時，只有兩只箱子一個鋪蓋卷；二十五年後要搬出這棟小樓時，已經有了不少的家當，不算傢具和衣物，光是書籍就能堆放一屋子。分配給我們的任務，主要就是解決書的搬運問題。爸爸說：「過去我們搬家，書是用繩子捆的，現在書太多，用繩子捆是不行了，除非有大箱子。」但那時只有上山下鄉的知青憑證明才能買到一隻木箱，我們又從哪裡去弄那麼多箱子？幸而有人告訴：百貨大樓有舊紙箱出售，但也要有單位的證明信。於是爸爸從政協開來了一張證明，讓公務員去交涉，總算花了二十來元買來了三十隻大紙箱。據說這是最大的一號紙箱，有二尺見方三尺高，一箱大約可裝四百多本書。從九月份起，我們開始每個週末按古今中外、一般圖書和珍貴書稿，分類裝箱。裝完一箱，就在外面注明所裝書

的類別，分甲乙兩類，以便搬家時能一次到位。然後捆上麻繩（爲此買了近百根麻繩）。我們先整理完大書庫的書，再裝樓上小書庫和書櫃內的書，陸續裝了近兩個月，三十隻紙箱已用完，仍有部分書籍和大量雜誌沒處裝，只得再買了二十條麻袋。

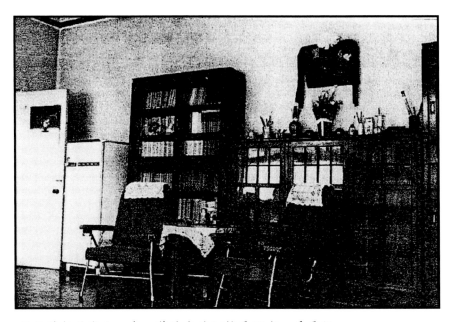

新居的起居室之一角，茅盾在這裡接見朋友，看電視。

　　書籍基本裝箱完畢，我們就著手清理家中的雜物，或處理，或送人，要帶走的分別裝在六隻網籃和兩只柳條箱內，瓷器都用報紙裹上。幸虧爸爸媽媽不是古董收藏家，也不講究擺設，所以古玩之類基本沒有，只有幾件外國朋友贈送的玻璃器皿需要包紮，所以家中雜物主要是廚房用具，共裝了兩網籃。與此同時，小曼還幫助爸爸把衣櫃、壁櫥和抽屜裡的衣服裝進箱子裡，只留下幾件換替的。到了十一月上旬，樓上樓下已全是紙箱、網籃和麻袋，幾乎無處下腳。

　　十一月中旬管理局通知：房子已基本修好，但尚需一個多月做清理掃尾工作。爸爸考慮到都中堆滿了箱子，成無法正常生活，加之又得到通知，明年一月召開第四屆全國人民代表大會，爲避免搬家後的忙亂影響他參加人代會，爸爸決定提前在十二月初搬家。

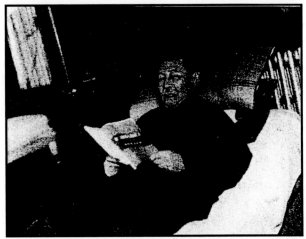

茅盾在新居的主要活動——讀書，博覽古今中外的書籍。

　　爸爸叫韋韜去聯繫搬家公司的汽車，韋韜說：「現在搬家公司都只有平板車，沒有汽車。過去我們自己的小家搬遷，因為東西少，兩輛平板車就裝下了。東西多的人家，就由單位派車。所以我們只有請管理局幫忙了。」爸爸只得請管理局派車，同時和我們商量：是否可讓小寧讓他的朋友們來幫忙？小寧表示，請十來個小伙子沒有問題。可是管理局說，他們不僅能派車，也可以出人力。果然搬家那天來了三輛卡車和十幾個勞力，一問之下，才知道是管理局的幹部和職工，其中還有處長和科長。爸爸犯難了，因為這些「勞動力」既不好給工錢，又不能請他們吃飯。管理局的同志連忙解釋道：「沈老放心，我們機關幹部每月要參加一次勞動，今天就算頂一天義務勞動。」爸爸只得讓女工準備好茶水，又讓服務員去買來兩條好煙。

　　搬家前，韋韜已把每件傢具量好了尺寸，畫出了新居每個房間傢具安放位置的草圖，請爸爸過目。搬家那天一早，我們先把五歲的丹丹打發到幼兒園去，免得她添亂，又把爸爸安頓到客廳休息。第一卡車先把爸爸臥室裡的床鋪、衣櫥等傢具和雜物，以及廚房裡的炊具裝車運過去，韋韜、小曼和燒飯阿姨也隨車同去，留下十七歲的小寧繼續照料裝車。新居已有十來位同志在等候卸車，韋韜就指揮把卸下的傢具按圖紙上的位置擺好。小曼則在爸爸的臥室裡布置。以便爸爸一過來就有休息的地方。阿姨到廚房生火，為幫忙搬家的同志燒茶水。等到第二卡車運到時，第一卡車已經卸完返回。爸爸坐著小車隨第二卡車來到，即被小曼接到臥室休息。這樣輪流往返搬運到第五卡車，就全部運完了，小寧也隨最後一車來到。等到卸完第五車，送走管理局的同志，時針才指向十一點半，爸爸說：「真想不到，準備了好幾個月的搬家，半天就搬完了！」

　　安放好前院的傢具，我們先去後院布置爸爸的臥室和起居室。誰料爸爸已在臥室裡布置起來了：床邊對窗的三屜桌上已整齊地擺上他常用的文具——筆墨紙硯、銅鎮尺、放大鏡、糨糊瓶……以及隨手翻閱的書；筆有十幾支，毛筆插在筆筒裡，鉛筆、鋼筆、紅藍鉛筆有五六支，在藍墨水瓶和硯台之間排成一排。左上角是一盞台燈，下面墊著兩本精裝書以抬高光線照射的角度。西邊沿牆的兩個相連的矮書櫃上，已整整齊齊地放好了一排大大小小的藥瓶，瓶上都有爸爸用毛筆寫的醒目標籤，如麻仁滋脾丸、硝基安定、戊巴比妥納、速可眠、安眠酮、潘生丁、消咳喘、維生素Ｃ等等。藥瓶的右方鋪著一塊手帕大小的白巾，上面並排放著六把大小不等的勺子，這些勺子各司專

職，或喝藥水，或掏茶葉，上面再蒙上同樣大小的一塊白布以擋灰塵。再往右是一隻藥杯、一隻茶杯、一把茶壺和一個三磅的小熱水瓶，都墊著墊子。藥瓶的左邊，則是一個日本的食品漆套盒，但裡面裝的不是點心，而是爸爸收到的已覆和未覆的信件。爸爸就是這樣，一切都要求井井有條。

我們勸爸爸躺下來休息，其他東西的整理可以指點我們來做。所謂其他東西，就是把爸爸日常穿的衣服從箱子裡取出來掛到衣櫃裡或收到五斗櫥裡。爸爸的衣服基本上分為兩類，一類是參加社交活動穿的「出客」服裝，如中山裝、西裝、呢大衣、皮大衣等。這些衣服多半是五十年代出國時定做的，大約各有三四套，另外箱子裡還壓著幾套三四十年代的舊西裝。爸爸出國時常穿的一雙黃皮鞋，就是抗戰勝利後在上海買的，媽媽說由於皮子好，穿了幾十年還像新的一樣。不過我們認為，這主要是爸爸穿著仔細，平時注意保養之故。這是爸爸一貫的節儉作風。另一類是家常穿的衣服。爸爸在家裡喜歡穿中式襖褲，純粹的民族服裝。夏季是白府綢或細條府綢褂褲，春秋天穿夾襖、襯絨襖和駝絨襖褲，冬天則是絲棉襖褲，又分厚薄兩種，都是家製的，面料多為灰色和藏青色的綢料。褲帶也是中式的細布帶或線織帶，這些褲帶整齊地繫在床腳的鐵架上。每年十月底暖氣供應前和第二年春天暖氣停止後的若干天內，爸爸還要在絲棉襖褲外面再罩上一件絲棉袍。他認為中式衣服穿著舒服自在。

他對服裝既講究又不講究。出國時服裝他會講究的，因為這代表我們的國家。家中的穿著就很隨便，只求舒適、保暖，便於行動。他的絲棉襖褲都是媽媽親手縫製的，媽媽去世後，他對這些絲棉襖褲更加珍惜，要小曼找裁縫為它們做上罩衫，有的袖肘磨破了，就讓女工細心地補上一塊。凡是他穿慣了的衣服，再破也不願丟棄，總說：「補補還能穿。」有一件毛巾浴衣，肩背都已磨破，仍堅持要穿，說這浴衣柔軟、吸水好，洗完澡一身汗，穿上它就吸乾了，不會著涼。那時穿睡衣、浴衣被認為是資產階級生活方式，市場上買不到毛巾浴衣。後來還是韋韜買到幾條柔軟、柔水性能強的黃色大浴巾，自己剪裁為爸爸縫製了一件浴衣，才把那件舊浴衣替換下來。

爸爸的臥室是他住過的臥室中最寬敞的一間，約有原來東四頭條五號大院一號小樓內臥室的兩倍大，採光也好，這對視力只有零點三的爸爸是頭等重要的。一張單人鐵床架於兩扇大玻璃窗之間，西側就是那個三屜桌。這張桌子後來實際上是爸爸的工作台，「文革」後他的絕大部分文章就是在這張桌

子上寫的。床上東側是一張很矮的長方條几，上面堆滿了要參考的書籍和資料，有的裝在牛皮紙袋裡，上面注明：參考材料、剪報、備查資料、關於魯迅詩的解釋，等等。靠東牆立著一個大衣櫃，爸爸的呢大衣、皮大衣、西裝等高級服裝都掛在裡面。北牆擺了一個五斗櫥和一個小衣櫃，是放爸爸日常穿的衣服的。小衣櫃正對著床腳，櫃上布置了一些小工藝品；一九七五年一月二十九日是媽媽逝世五週年忌日，爸爸命韋韜去八寶山骨灰堂取回媽媽的骨灰盒，鄭重地供在小衣櫃上。從此，在媽媽的陪伴下，爸爸度過了一生中最後的六年。

新居起居室的另一角，茅盾有時在這裡工作。

　　寬大的臥室只擺了這樣幾件傢具顯得空空蕩蕩，我們雖搬進兩把椅子，也無濟於事。爸爸說：「再去買個大衣櫃來，我有些常穿的衣服正愁沒處掛呢。」正好臥室外面的起居室也缺坐椅。當時市面上傢具奇缺，新婚夫婦拿到了結婚證，才能買到最簡單的傢具──雙人床、立櫃、桌椅等。韋韜跑遍了北京

的舊貨店，才買到了一個硬木大衣櫃和兩把折疊的靠背椅。

起居室三面都是書，正面是三個玻璃門的書櫥，左右兩個高書櫥裝著中國古典書籍，有全套的《四部備要》、《十三經注疏》、《資治通鑑》、《全唐文紀事》、《諸子集成》、《太平御覽》、《類說》等等，中間的矮書櫥存放著爸爸的手稿和爸爸各種中外文版本的著作。在矮書櫥上的正中擺著一座白瓷的毛主席半身像。靠西牆是一排一米高的書櫃，裡面主要是一套百衲本的二十四史以及一些線裝書；東牆只有一個矮書櫃，裡面全部是魯迅的著作——全集、日記、書信等。書櫃上面擺著一台五十年代蘇聯生產的二十四英寸黑白電視機。屋子西側南窗下擺了一張大書桌，爸爸一般不在這裡寫作，只用它來為朋友寫條幅和題書名刊名。起居室裡唯一的裝飾品是西邊牆上一幅波蘭民間舞的油畫——這是爸爸擔任中波友好協會會長時，波蘭友人贈送的。整個房間樸素而簡潔，這裡後來成為爸爸接待客人的主要場所。

由於我們提前搬家，房子修繕後的清理工作很粗糙：前院正房和廂房的花磚地上落滿了水泥漿，很難鏟去；門窗外表好看，卻關不嚴，新配的鎖也不靈。於是又請木工來修理，半個月後，才算一切安頓停當。至於花磚地上的水泥漿，只得慢慢用水磨功夫了。

這時出現了一個新問題：在東四頭條時，買菜很方便，馬路對面就是北京有名的朝內菜市場，所以媽媽能自己去買菜。現在新居附近沒有大菜市場，只在地安門有個小菜市，有時要買好一點的菜，就得讓燒飯的阿姨乘車去東單菜市場。她問：「為什麼不去東華門？」「東華門有菜市場嗎？」「那裡有特供門市部，你們不知道？」我們說：「沒有聽說過。」她說：「啊呀，你們沒有特供本嗎？從前在朝內市場買菜，我還以為你們嫌東華門太遠呢。沈部長是應該有特供本的，你們一直都沒有領過嗎？馬老家的廚師從來都是在東華門特供點買菜的。」這位女工原來在馬敘倫家幫工，她常年看馬家的廚師做菜，漸漸學會了手藝，等到她來到我們家時，已成為非正式的廚師了。

按規定，爸爸可以配備一名廚師，但二十年來爸爸都沒有要過廚師，因為媽媽看不慣他們的大手大腳。五十年代曾有一位，只幹了幾天就請他走了。媽媽情願雇個女工做幫手，自己下廚。現在請到這位非正式的女廚師，是媽媽去世後爸爸想出來的折中辦法。

這位女廚師人很活泛，與管理局的職工也熟，過了幾天她竟從管理局領回一個特供本，她說：「管理局的人還奇怪沈部長為什麼不去領特供本哩。」

又說：「憑特供本可以買到市面上買不到的五糧液、中華牌香煙，其他副食品都比市場上的質量好，價錢也不貴。比如凍大蝦就一年四季都有貨。」從此，我們飯桌上菜肴的質量大有提高，爸爸招待客人的香煙也升級爲中華牌，從前是用媽媽抽的前門牌香煙待客的。

茅盾遷居交道口後圓恩寺十三號後，一九七五年春節，戈寶權
夫婦前來祝賀茅盾喬遷之喜。

還有一件事也是搬家後我們得益於這位女廚師的。爸爸起居室裡的那台蘇聯生產的黑白電視機，已有二十年高齡，圖像已不清晰，搬到新居後終於不出圖像了。爲了使爸爸每晚看電視的消遣不致中斷，韋韜上街到處尋找電視機。但那時還沒有國產電視機，進口電視機只在寄售店裡能見到，但大多也已破舊不堪。後來聽說百貨大樓有首次投放市場的國產九英寸黑白電視

機，韋韜就起了個大早去排隊買來一台。但屏幕實在太小，爸爸那零點三的視力只能看到晃動的人影。也是這位阿姨不知怎麼打聽到管理局最近從商品展覽會上購得一批西德生產的大彩電，由管理局統一配給需要彩電的副總理級以上的首長，而且還知道，副總理以上的首長家絕大多數早已有彩電了，只有沈部長還在看九英寸的黑白電視，就建議我們向管理局提出申請。

於是，一九七五年秋季，我們終於有了一台二十四英寸的彩色電視機，爸爸每晚看兩小時電視的樂趣也得以保持。

謠言四起的一年

　　在「文革」時期，謠言或者說小道消息，本屬司空見慣。不過在一九七五年卻有不同，這一年的謠言，不僅量多，而且重要，在七、八、九三個月形成了一個高潮，所以值得專門寫一筆。

　　一九七五年一月八日至十八日，爸爸參加了第四屆全國人民代表大會，並被選入主席團。十天會議，前五天是預備會，上海補選的代表集中在前門

飯店，學習大會文件；後五天是正式會議，開兩次全體會議，其餘都是分組會議，年老體弱的代表可以不參加分組會。所以爸爸除了參加兩次大會和一次主席團會議外，就回到家中，每天閱讀大會秘書處送來的會議簡報以瞭解會議的進展。

大會召開前，我們曾聽到一個「傳言」，說四屆人大之後，中央的人事安排會有大調整，「造反派」將更加得勢。所謂「造反派」即是指江青他們一伙。爸爸聽到之後，很有些擾憂。因為一九七四年這一年，江青他們藉「批林批孔」和反擊「右傾回潮」，對周總理旁敲側擊已近乎明目張膽，年底又以「風慶輪事件」公開向鄧小平同志挑釁，這些矛盾和鬥爭將在四屆人大會議上以及新一屆政府的人事安排上反映出來，也是自然的。爸爸擔憂的是他還看不準毛主席的態度，因為江青他們一貫表現的對無產階級文化大革命的「無限忠誠」，正投了毛主席之所好，而毛主席的態度將是決定性的。

大會的結果使爸爸放了心。周恩來仍舊是總理，鄧小平則被任命為的第一副總理並且代周總理主持日常工作。在會議前夕召開的黨的十屆二中全會上，鄧小平還被選為黨中央副主席和政治局常委，並被任命為中央軍委副主席兼人民解放軍總參謀長。在鄧小平被委以如此重任的同時，我們從小道又聽說了毛主席對他的評價：「鄧小平人才難得，政治思想強」，以及毛主席的另一個「最高指示」：「無產階級文化大革命，已經八年，現在以安定為好，全黨全軍要團結。」於是，大家都鬆了口氣，認為「文革」的動亂終於將要結束了！果然，在一九七五年，鄧小平就大刀闊斧地在各條戰線上開始了整頓。

四月初，爸爸又從胡愈之那裡聽到一個毛主席的「最新指示」：「戰犯還給特赦呢，『文革』時期押起來的大小幹部也應該統統釋放。」後來又聽說，釋放出來的幹部都在家裡呆著，沒有分配工作。

這些消息，使爸爸興奮，五一那天，他主動提出要去頤和園遊園。往年的五一和十一組織遊園，爸爸多半去中山公園，因為那裡離家最近，去亮個相，拍張照，就可以回家了。在「文革」中，節日「亮相」很重要，否則，親友們就會紛紛來信詢問：為何節日沒有露面，沒有上報，是病了，還是有其他原因？而且謠言也會不脛而走。為使親友們免去無謂的擔心，節日參加遊園活動便成為爸爸在「文革」中的硬性任務，即使身體不適，也要打起精神去公園轉一轉，點個卯。所以，這次爸爸提出要參加頤和園的遊園活動，

還說一張票可以帶五名家屬,讓我們帶上小寧和丹丹同去,使我們吃驚不小。

頤和園的遊園活動是在下午,我們於二時到達。爸爸由警衛員陪同,與其他行動不方便的老人一起在聽鸝館前一個固定遊樂點觀看節目,我們則帶孩子到其他遊樂點遊覽。在回家的路上丹丹問:「爺爺,你為什麼只在一個地方看節目?」「爺爺老了,走不動了。」韋韜說:「丹丹,爺爺是為了你才陪我們來頤和園的。」「也不完全是這樣,我是想趁這機會見見最近幾個月才恢復活動的老朋友和老熟人。」

茅盾很關心姚雪垠的長篇歷史小說《李自成》的寫作進展。第二卷完成後,茅盾向來訪的姚雪垠詳細詢問後面各卷的寫作計劃。

整個五月份,爸爸很大一部分精力是用來看姚雪垠的《李自成》第二卷原稿。姚雪垠是在一九七四年夏季與爸爸恢復通信的,在這之前,由於「反右」對他的錯案,他有十幾年未和爸爸通信了。從來信中,爸爸瞭解到姚雪垠在戴上「右派」帽子之後,雖身處逆境,仍發奮撰寫長篇歷史小說《李自成》,並於一九六三年出版第一卷,又完成了第二卷的初稿。爸爸沒有讀過《李自成》第一卷,便找來讀了一遍,不禁大為興奮。爸爸發現,這部小說不論

在整體結構、細部描繪、人物刻畫上，還是在氣氛烘托、對白運用、史料選擇上，以及歷史真實與藝術虛構的把握和歷史唯物主義的運用等方面，均有其獨到之處，是一部難得的佳作，在中國的長篇歷史小說中是一朵奇葩，如果全書五卷全部完成，很可能是一部史詩般的鉅著。而且可以看出，作者做了艱鉅而細緻的創作準備工作，至少是熟讀了晚明史，查閱了大量的野史、文集、地方志，勾稽史料，才能如此真切鮮明地把晚明的政治動蕩、社會風貌呈現在我們面前。這一切又是作家遭受了巨大的委屈，在冷漠和孤獨的環境中完成的。這種堅韌不拔的精神，深深感動了爸爸。他認為，姚雪垠的這種精神正是中國絕大多數作家在「文革」逆境中所堅持的精神，它繼承了中國作家光榮的五四革命傳統。爸爸向姚雪垠討來了《李自成》第二卷的打印稿和全書的「內容概要」，他認為，這樣一部著作定要先睹為快，而能給作者奉獻一些意見，供他參考，也是責無旁貸的事。

三月份爸爸病了一場，到四月下旬才開始讀《李自成》第二卷打印稿。這油印稿許多地方字跡模糊，難以辨認，爸爸視力不好，讀起來尤其費力，但對此稿的極大興趣，使他克服了種種困難，當遇到藉助放大鏡也無濟於事的地方，就讓小曼代讀。第二卷有八十萬字，爸爸細細地讀了兩遍，又把隨手記下的意見，按單元整理出一萬來字的讀後感，於六月間陸續寄給姚雪垠。爸爸提的意見，正如他在給姚雪垠的信中所說：「明清之季的史實，我的知識極為淺薄，在這方面恐不能讚一辭；所可能略貢芻見者，大概是藝術構思及人物的描寫方面。」不過，爸爸十分欣賞這部著作，所談的藝術構思和人物描寫的「芻見」，大量的也是讚賞之詞，如「這種橫雲斷峰佈局，書中屢見，這構成了全書一弛一張的節奏。」「在藝術形象方面，這一章是很完整的，跌宕多姿，沒有一筆是多餘的。」「整個單元……大起大落，波瀾壯闊，有波譎雲詭之妙；而節奏變化，時而金戈鐵馬，雷震霆擊，時而鳳管鷗弦，光風霽月；緊張殺伐之際，又常插入抒情短曲，雖著墨甚少而搖曳多姿。」「人物描寫……是結合事變來表現，而不是作抽象的敘述，這是主要的成功的一點。」「其性格發展，由淺而深，由淡而濃，如迎面走來，愈近則面目愈明晰，笑容愈親切。」「寫戰爭不落《三國演義》等書的舊套，是合乎當時客觀現實的藝術加工，這是此書的獨創特點。」「這一大段的宮廷生活也不是閒文，寫得相當深刻，而又波瀾起伏。」「此書對白，或文或白，或文白參半，您是就具體事物、具體人物，仔細下筆的；這不光做到合情合理，多樣化，而且加濃

了其時其事的氛圍氣，比之死板板非用口語到底者，實在好得多。」總之，爸爸對《李自成》十分欣賞，在我們面前不止一次地讚揚它，並成爲爸爸在一九七五年與友人談話和通信的重要話題之一。

五月間，韋韜頭一次從老朋友那裡聽關於「四人幫」的傳言，說毛主席批評江青、王洪文、張春橋和姚文元：「叫你們不要搞『四人幫』反對周總理，江青想自己組閣，她是做白日夢！」韋韜把這消息告訴了爸爸，爸爸不動聲色地聽著。韋韜問：「你看這消息可靠嗎？」爸爸說：「黨內有鬥爭大家都看出來了，問題在毛主席是不是真的講過這句話，如果真的講過，當然不同。」「你以爲不可信？」「現在小道消息太多了，許多只是寄託了人們的願望，這個消息還有待證實。」「你認爲毛主席不會批評江青？」「會的，做得太過分，就會批評。毛主席重用鄧小平就是對江青他們的批評。」

不久，韋韜又聽到新的消息：五月份鄧小平主持召開了中央政治局會議，專門批評了「四人幫」，毛主席在會上說，「四人幫」的問題上半年解決不了下半年解決，今年解決不了明年解決，明年解決不了後年解決。在會上，毛主席反覆強調「三要三不要」——「要搞馬列主義，不要搞修正主義；要團結，不要分裂；要光明正大，不要搞陰謀詭計。」說「有的同志不信三條，也不聽我的，這三條都忘記了」。毛主席還批評了「四人幫」提出的反對「經驗主義」的口號，說：「我看江青就是個小小的經驗主義者。」爸爸聽了之後恍然道：「怪不得今年三四月間報紙上大肆張揚當前主要危險是經驗主義的說法，突然間不再提了。」爸爸徹底相信有「四人幫」之說，是在胡愈之來訪之後。胡愈老傳來的也是小道消息，內容比我們聽到還簡單，不過爸爸相信胡愈老的小道消息是可靠的。

到了七月份，有兩條「最高指示」廣泛傳播，一條是：黨的文藝政策要調整，要逐步擴大文藝節目，對作家要懲前毖後，治病救人。另一條是對電影《創業》的批示：「此片無大錯，……不要求全責備，而且罪名有十條之多，太過分了……」《創業》於一九七五年初就在北京放映了。這是一部弘揚石油戰線愛國主義精神的激動人心的影片，可是剛一放映就遭到江青的無端指責，提出了十條「罪狀」，並且禁止在電視上播出，也不准在報紙上和電臺上介紹和評論。我們都看過這部電影，覺得江青那十條實在是「欲加之罪」。不過那時候輿論工具掌握在「四人幫」手中，文藝界仍是「江青說了算」。所以毛主席這兩條指示一傳開來，人心大振也大快，它證明了關於「四人幫」的

傳言不假。於是七、八、九三個月，針對「四人幫」的各種傳聞不脛而走，如洶湧巨流，在地下奔騰，宣泄著人們心中淤積已久的憤懣。這時，關於江青與葉群合作整各自的「仇人」的故事；關於江青極力吹捧林彪，執意要把林彪作為毛主席的接班人寫進黨章，又登門為林彪拍攝學習毛著的大幅免冠照片的故事；關於江青想當武則天式的女皇，以及毛主席要她「不要多露面，不要批文件，不要由你組閣（當後臺老闆）」的批評；關於江青授意美國記者維古特寫《紅都女皇》的故事，還有毛主席的批示：「孤陋寡聞，愚昧無知，立即攆出政治局，分道揚鑣」，以及周總理建議「暫緩執行」等傳聞，流傳得紛紛揚揚。對於周總理的「建議」，大家都深感惋惜。此外，傳布的還有江青在成為第一夫人之前，即還是三流影星藍萍時的種種醜聞軼事等等。

爸爸聽我們議論這些「消息」，有時也談談自己的感想。我們問他：在擔任文化部長的十幾年中難道沒有與江青打過交道？他笑笑道：「江青的底細我當然知道，不過她現在是毛主席的夫人，對她就敬而遠之。而且『文革』前的大部分時間，她都在養病，輕易見不到面，直到三年困難時期過後，她才在京劇改革工作中拋頭露面，不過我對京劇是個十足的門外漢，所以也很少與她接觸。現在許多人，尤其是青年學生，以為她是毛主席的夫人，所以就代表了毛主席，其實周總理親口對我講過，江青不能代表毛主席。」於是爸爸講了他親身經歷的一件事。

一九六四年，為慶祝建國十五週年，在周總理親自過問下，文化部調集北京、上海、解放軍等七十多個單位的文藝工作者以及業餘合唱團三千餘人，創作和排練了大型音樂舞蹈史詩《東方紅》。到八月初，已進入彩排，文化部多次請周總理及有關方面的同志來看彩排，審查和提意見。就在這個時候，江青插了進來，從「向同志們學習」到「提點不成熟的意見」，再到吹毛求疵地提出一大堆瑣碎的意見，最後就儼然以「總導演」的架勢出現，頤指氣使，緊盯著歌舞劇的排練。那時，毛主席對文藝工作的兩個批示已經傳達，文藝界有如驚弓之鳥，正紛紛開始整風學習。江青卻在全國京劇現代戲觀摩匯演中大「露崢嶸」，大出風頭，還在演出的總結大會上與康生一唱一和，點名攻擊電影《早春二月》、《北國江南》、《舞臺姐妹》和京劇《謝瑤環》等是大毒草。現在，這位第一夫人又挾著那股氣焰中途插手《東方紅》，編導人員只得對她表示尊重，按照她的意見，在服裝、道具、化妝，乃至一句唱詞、一個動作等方面，一一反覆修改。九月上旬，爸爸陪周總理在人民大會堂觀看《東

方紅》的彩排，觀後，周總理接見了部分劇組人員，肯定了全體人員的努力和取得的巨大成績，又提出了一些改進的意見，其中一條建議，在抗美援朝那場戲中，適當加一點與朝鮮人民軍的合舞。隔了一天，周揚給爸爸打來電話，說劇組同志向江青轉達了周總理的意見，江青不同意修改；周揚又親自與江青商量，仍沒有結果。他只好請示總理，總理認為強調中朝友誼是個原則問題，建議請爸爸出面找江青再談一次。第二天，爸爸就在人民大會堂的休息室裡找到了江青。爸爸說：周總理那天看彩排時我也在場，聽到了總理的指示。我想總理的意見是正確的，在當前的國際形勢下，強調中朝友誼有特殊意義，加一些合舞不會有很大困難吧？江青立即訴苦道：您不知道呀，沈部長，這個歌舞劇開頭排練的時候我一點都不知道，那時候我整天忙著京劇現代戲的改革，這是主席主代的任務，沒辦法呀！後來看了一次《東方紅》的排練，發現問題不少，很不成熟，我才參加進來幫忙。不幫不行呀，這個歌舞劇是慶祝建國十五週年的獻禮節目，拿出去有國際影響，一定要保證高質量。現在經過一個月的修改和排練，我天天盯著，總算還比較滿意，能拿得出去了。我抓這個歌舞劇，追求的是藝術上的和諧和完美，中朝友誼我也注意了呀，現在劇中就有不少場面是體現這個內容的，再要加強就破壞了和諧，我看沒有必要，而且時間也來不及呀！爸爸企圖說服她，可是沒有用，江青仍堅持她的意見。爸爸說：看來您和總理的意見不一致，但這個劇是由文化部負責的，我是文化部長，應該執行總理的指示。現在我只好去報告毛主席，請主席來作最後的決定吧。江青愣了一陣沒說話，接著自己下台階道：沈部長真會開玩笑，這樣的小事怎麼好去打擾主席！既然沈部長感到為難，那就讓我找編導人員再研究研究，爭取在那一場戲中增加一段合舞吧。後來，爸爸把這次談話的經過向總理作了匯報，總理說：江青同志這兩年在貫徹黨的文藝方針方面是做了一些工作，不過，她的藝術觀點是她自己的，不能代表毛主席。

　　這是爸爸與江青的交往中唯一的一次正面交鋒，雖然搬出毛主席把她壓了下去，但對她那副忘乎所以、專橫跋扈的態度印象極深。爸爸說：「其實她又懂得多少藝術，從你們找來的那些江青修改樣板戲的談話記錄來看，她只不過提了些雞毛蒜皮的意見。她還自稱是半個紅學家，真是笑話，她懂什麼紅學！她插手《東方紅》，用她插手八個樣板戲的手法是一樣的——把別人的

成果攫爲己有。只不過《東方紅》從它的內容、形式到演出的規模，都不同於八個樣板戲，不能按照『文革』的模式加以改造，所以『文革』開始後也被打入了冷宮。」

笑談「四人幫」。

　　七、八、九三個月廣泛傳播的關於「四人幫」的故事，使得人心大快。但是爸爸卻很冷靜。據他分析：毛主席雖然提出要調整黨的文藝政策，但是並沒有把「四人幫」從他們盤據的輿論陣地上請下來。這是一個徵兆。所以還不能高興得太早。事實的確如此，「四人幫」雖然挨了批評，反對經驗主義也不許他們再提了，然而他們掌握的宣傳工具仍在連篇累牘地刊載「限制資產階級法權」的文章，而這個理論正是毛主席提出來的，他認爲「按勞分配」，八級工資制都是「資產階級法權」，應加以限制。「梁效」、「初瀾」的文章照樣在兩報一刊的顯著位置上發表。在文藝界他們繼續推行文化專制主義，繼二月間扼殺電影《創業》之後，四月間又製造了一個「陶鈍事件」。陶鈍是全

國曲協副主席，他在全國曲藝調演期間，到旅館裡看望了幾位來參加調演的老朋友，聽了幾齣調演的節目，結果被扣上了「文藝黑線奪權」的帽子，立爲專案進行審查。爸爸聽到這消息後不勝感慨，在給友人的信中寫道：「陶鈍事早有所聞，不料其『鈍』至此極也。」到了六月份，「四人幫」又對影片《海霞》開了刀，這部電影是周總理和朱老總看過並充分肯定的。「四人幫」以文化部的名義給北京電影製片廠的全體員工寫信，說《海霞》是黑線回潮的代表作。在毛主席對《創業》作了批示後，就傳出張春橋的話：主席說此片無大錯，就是說還有中錯和小錯嘛。主席指示要擴大文藝節目，我們就該拿出眞正表現無產階級革命路線的節目來。不久，他們就推出了一部寫「與走資派鬥爭」的影片《春苗》。接著又傳來了江青在大寨當面斥罵《創業》的作者張天民向毛主席「謊報軍情」的消息。這一切都證明爸爸的估計沒有錯，「四人幫」並未「失寵」。

一九七五年春，與小孫女丹丹在新居屋前。

果然到了九月份，「四人幫」就抓住毛主席關於《水滸》的一次談話，開始反擊了。毛主席這個談話，是在談到他於一九七三年曾說過「《水滸》這本

書是只反貪官，不反皇帝」這句話之後，就這個話題繼續發表他的看法。他說：「《水滸》這部書，好就好在投降。做反面教材，使人民都知道投降派。」「《水滸》只反貪官，不反皇帝。摒晁蓋於一百零八人之外。」「宋江投降，搞修正主義，把晁的聚義廳改為忠義堂，讓人招安了。」「宋江投降了，就去打方臘。」他稱讚魯迅對《水滸》的評論，不贊成金聖嘆把《水滸》砍掉二十多回，認為這樣就不真實了。他建議《水滸》的百回本、百二十回本和七十一回本都應該出版。毛主席的談話顯然是即席性的，純學術性的。可是「四人幫」卻抓住其中的片言隻語，加以曲解，挑起了一場評《水滸》，批宋江，抓現代投降派的運動。江青公開說：「不要看低了評《水滸》這件事，以為只是個文藝評論。」「主席對《水滸》的批示有現實意義。」「評《水滸》就是要大家知道我們黨內就有投降派。」「《水滸》的要害是架空晁蓋，現在黨內有人架空毛主席。」她還躥到大寨，在討論農業問題的大寨會議上就《水滸》問題大放厥詞，公然與鄧小平對著幹。

所有這些消息，也都傳到了爸爸的耳朵裡。爸爸對我們說：鄧小平抓全國各條戰線的整頓，很有起色，他為制止各地的派性，還抓了一批派頭頭，這些都是大得人心的事。可是他始終未能把輿論工具掌握起來，這就形成了現在這樣的局面：你抓你的整頓，我批我的「宋江」。爸爸認為一九七五年是「文革」以來形勢最好的一年，很可能繼續好下去，也希望這樣。但是從大寨會議上江青公然對抗鄧小平，叫嚷「黨內有兩條路線的激烈鬥爭」來分析，又不容過分樂觀。爸爸會：「你們注意到沒有，毛主席對江青的批評都是屬於思想品德方面的，並沒有政治性的。」我們提出疑義，說：「江青想自己組閣，毛主席不贊成，還不是政治問題？」「但是毛主席只說她有野心，並沒有說她是走資派或反對文化大革命呀！」

十一月初，形勢驟然變化，我們聽到了毛主席給清華大學的一個批示，其中有：「他們信中的矛頭是對著我的。」「一些同志，主要是老同志思想還停止在資產階級民主革命階段，對社會主義革命不理解，有牴觸，甚至反對。對文化大革命有兩種態度，一是不滿意，二是要算賬，算文化大革命的賬。」「清華所涉及的問題不是孤立的，是當前兩條路線鬥爭的反映。」遲群和謝靜宜是「四人幫」安插在清華大學的兩隻小爬蟲，藉主子的威勢胡作非為、飛揚跋扈。清華的黨委副書記劉冰等人估計錯了形勢，給毛主席寫信告遲群、謝靜宜的狀，終於落得了這樣的結果：毛主席把問題的性質提高到了路

線鬥爭。

我們聽到這個消息，就像當頭撥了一瓢冷水，一股揪心的憂慮襲上心頭，同時不明白毛主席為何如此做。爸爸也不明白毛主席為何變得如此突然。因為，九月份江青在大寨大放厥詞，並示意她的爪牙印發她的講話稿，播放她的講話錄音，毛主席知道之後，還斥責江青的講話是「放屁，文不對題」，指示「稿子不要發，錄音不要放，講話不要印」。過了幾天胡愈老來訪，低聲告訴爸爸：「聽說周總理的病是直腸癌，已動過幾次手術，最近又動了一次，但沒有轉機。」言語間流露出憂傷。又說：「毛主席的健康狀況也不佳，生活與工作已不能自理，前些日子在他身邊派了個聯絡員，由聯絡員向他匯報轉達全國各地的信息。你猜那個聯絡員是誰？是毛遠新！」爸爸恍然大悟道：「是他呀！難怪，難怪！」我們都知道，毛遠新是毛主席的侄兒，「文革」中東北造反派的頭頭之一，「四人幫」的幹將，現在是遼寧的一把手。「四人幫」兩大基地「南海北遼」，即指的上海和遼寧。「白卷英雄」張鐵生就是毛遠新發現和一手提起來的。沉吟了一會兒，爸爸說：「他的父親毛澤民是個真正的共產黨員，我曾與他兩次共事，一次在大革命時期，另一次是抗戰中在新疆，算得上是老相識了。」又嘆息道：「現在周總理病重，當前的形勢恐怕只會加重他的病情！」兩個老朋友不免面面相覷。胡愈老又說：「最近內部有一份材料，聽說是按照鄧小平的指示寫的，叫做《論全黨全國各項工作的總綱》。有人說，這份材料與目前形勢的突變有關。可惜我還沒有見到。」

一九七五年春與孫女小鋼在新居休息。

　　我們也一直沒有看到，待見到時，已是作為重點批判材料發下來了。不過這份「大毒草」卻使人們開了眼界，使人明白鄧小平提倡和堅持的是什麼，反對的又是什麼。他提倡和堅持的正是人們多年嚮往的，他所反對的又正是人們深惡痛絕而又不敢明說的。爸爸讀過之後說道：「現在明白了，毛主席一定以為這份『總綱』假如貫徹下去，就會徹底否定文化大革命，這在他是絕對不能允許的。所以他說有人要算文化大革命的賬，並且把它提到路線鬥爭的高度。在他看來，江青的錯誤和鄧小平的『錯誤』相比較，江青只是『小巫』。」

　　幾個月後，我們又得到一份傳抄的材料，那時周總理已經逝世，鄧小平也已再次被徹底打倒。這是毛主席與部分政治局委員的一次談話，內容意味深長，他說：「人生七十古來稀，我八十多了，人老總想後事。中國有句古話叫『蓋棺論定』。我雖未蓋棺也快了，總可以論定吧！我一生幹了兩件事，一是與蔣介石鬥了那麼幾十年，把他趕到那麼幾個海島上去了，抗戰八年，把日本人請回老家去了。對這件事持異議的人不多，只有那麼幾個人，在我耳邊嘰嘰喳喳，無非是要我及早收回那幾個海島罷了。另一件事你們都知道，就是發動了文化大革命。這件事擁護的人不多，反對的人不少。這兩件事沒有完，這筆遺產得交給下一代。怎麼交？和平交不成就動盪中交，搞不好就得血雨腥風了。你們怎麼辦，只有天知道。」爸爸看過之後說：「這份材料不像是假的，遣詞用字都有毛主席的風格，也符合毛主席的思想邏輯。不過話語中的憂患情緒是毛主席少有的，這篇談話倒像是一篇遺囑。他要堅持文化大革命，可又看到他能依賴的只是江青這樣的人，所以只好說『只有天知道』了！」

丙辰清明

　　一九七六年一月八日，周總理溘然長逝！我們家最早知道這噩耗的是爸爸。由於長年失眠，爸爸醒得很早，每天醒後第一件事便是躺在床上聽清晨第一次新聞廣播。九日早晨，爸爸一打開收音機，就聽到陣陣哀樂，接著是播音員宣讀總理逝世訃告那沉痛的聲音。爸爸按了床頭的電鈴把韋韜從前院叫進臥室，指著還在播放哀樂的收音機沉重地說：「總理去世了！昨天去世

的。」我們一起又聽了一遍訃告。聽完，爸爸說：「你讓何姨去買幾尺黑布，做些黑箍，每人一個。」這一天，爸爸一直呆在臥室裡，只在晚上到起居室看了一會兒電視新聞。我們知道爸爸心情不好，有事也不去打擾他。第二天，我們聽到一個令人氣憤的消息：昨晚文化部藉口招待外賓，強令中央樂團演出，結果引起公憤，演員罷演，觀眾退票，連外賓都覺得這樣做不可思議。這時，人民群眾已自發地展開了悼念活動，街上人人都戴上了黑紗或白花，許多單位自己設了靈堂，天安門廣場人民英雄紀念碑前人們默默地獻上一個個花圈，僅僅幾天就堆滿了碑座。一月十一日，總理的遺體從北京醫院送往八寶山公墓火化，人們不顧刺骨的寒風，早早肅立在東西長安街兩旁，等待著靈車通過，向總理告別。我們在當天晚上的電視新聞裡看到了這個感人的悲痛欲絕的場面。爸爸說：「這是人心所向啊！」

　　一月十日爸爸去北京醫院向總理的遺體告別，十五日又去人民大會堂參加了追悼會。當天夜晚，爸爸寫下了兩首悼念周總理的輓詩。

驚悉周總理逝世的噩耗。

其一

> 萬眾號咷哲人萎，竟傳舉世頌功勳。
>
> 靈前慟極神思亂，揮淚難成哀挽文。

其二

> 衣冠劍佩今何在？偉績豐功萬古存。
>
> 錦繡江山添異彩，骨灰撒處見忠魂。

　　人民群眾對周總理逝世的震驚和悲慟，不只因為總理是名垂千古的偉人，是為中國的繁榮和富強嘔心瀝血、鞠躬盡瘁的好總理，還因為他是十億中國人的貼心人。人們看得清楚，在「文革」的動亂中，是總理忍辱負重支撐著中國這座大廈不使傾倒。他的去世使人們好像失去了支柱，聯繫到一九七五年末形勢的突變，一種災難即將臨頭的恐懼感壓在人們的心頭。在總理逝世後的半個多月裡，人們焦急地猜度著誰將接替總理的職務。幾個月前，大家還認為鄧小平接替周總理的職位是天經地義的事，可是十一月間毛主席對清華大學遲群問題表態之後，大家就猜測鄧小平將第二次被打倒，那時總理的職位就有可能落到第二副總理兼解放軍總政治部主任張春橋的手中，如此，中國的前途將不堪設想！

　　總理逝世後，「四人幫」千方百計地限制人民悼念總理，下令不許群眾開追悼會，不許戴黑紗，不許去天安門廣場悼念，在舉行追悼大會的前一天，更在《人民日報》頭版頭條發表了《大辯論帶來大變化》的社論，說什麼「近來，全國人民都在關心著清華大學關於教育革命的大辯論……」等等，這一切使人們預感到，「四人幫」正在趁總理去世的機會，加快他們搶班奪權的步伐。

　　鄧小平代表中共中央在周總理的追悼會上致悼詞，使大家鬆了一口氣，心想小平同志也許還倒不了；可是毛主席沒有參加追悼大會，又使大家不安，因為陳毅同志的追悼會毛主席是親自參加的。爸爸的看法不同。他認為毛主席不參加追悼會，說明他的健康狀況很不好，參加追悼會已力不從心。至於鄧小平，既然毛主席說他要翻文化大革命的案，他遲早要下台的，讓他致悼詞是因為他現在還是黨的副主席和第一副總理，不然讓誰致悼詞呢？能讓「四人幫」嗎？人民是不會答應的，鄧大姐也不會答應。爸爸對形勢的估計很不樂觀，他認為周總理是中國穩定的決定性因素，總理的去世猶如大廈折斷了頂梁柱，是一次大地震，今後中國的政局將更加動蕩，而且可能急劇惡化。

因爲除了毛主席本人，已經沒有任何力量可以阻攔「四人幫」了！爸爸和我們議論道：「目前，毛主席健在，中國尚能維持一個表面的穩定局面，一旦毛主席不在了，中國就要大亂！」

二月初，中央公佈華國鋒任國務院代理總理，主持中央的日常工作，陳錫聯主持中央軍委工作。我們更信服爸爸的觀察了：鄧小平第二次被打倒，但毛主席健在，「四人幫」還奪不了權。

直至清明節前後，我們才明白，能阻擋「四人幫」篡黨奪權的，除了毛主席，還有廣大的人民群眾。四月四日是清明節，半個月前，北京人民不理睬報紙上連篇累牘的「反擊右傾翻案風」和批判「不肯改悔的最大的走資派」的叫囂，在天安門廣場開始了對周總理的悼念活動。起初悼念的群眾整隊來到人民英雄紀念碑前獻上花圈肅立默哀，後來花圈越來越多、越來越大，並配上周總理的遺像、輓聯、橫區、悼詞、祭文、小白花……天安門廣場變成了廣大群眾悼念周總理的靈堂。最大的花圈有七米多高，是用鋼筋焊成的，因爲「四人幫」的爪牙每當夜深人靜時，就出動警察民兵把紀念碑周圍的花圈清除掉，所以北京重型機械廠的工人們送來了這個搬不動、燒不掉的鋼鐵大花圈。再後來，在紀念碑座周圍的漢白玉欄杆上出現了詩歌，內容從悼念周總理發展到影射「四人幫」禍國殃民，最後出現了直接聲討「四人幫」的詩文，並且一發而不可收。人們紛紛抄錄這些詩文，廣場上更出現了譴責「四人幫」的講演和朗誦，以及人群的鼓掌聲和歡呼聲。

三月底，我們聽說公安部門沒收了天安門廣場上人民悼念周總理的花圈，並與群眾發生了衝突，就去天安門廣場觀看。韋韜第一個去了天安門，看到紀念碑四周已堆滿花圈，兩旁的松牆已綴滿了小白花。人們在傳抄悼念周總理的詩文，也有悼念楊開慧的詩文。

四月一日，管理局奉命開了一輛小車，挨家挨戶通知：不要去天安門，那裡不安全。也通知到我們家。當時，爸爸正忙著回述回憶錄，韋韜錄音，小曼和小鋼記錄。小鋼於一九七五年底從軍隊復員回京了。爸爸早有寫回憶錄的想法，只因無法從圖書館借出二三十年代的報刊，故打算等到形勢好轉之後，或文化大革命結束之後再動筆。但到一九七六年初，總理的逝世和鄧小平的再次被打倒，使他感到「文革」的結束將遙遙無期，自己未必能等到那一天，於是決定用口述的方法，把能回憶起來的往事先記錄下來，留給後人。就在管理局挨戶通知的這一天，爸爸在結束當天的口述錄音之後，宣布

「放假」三天，讓我們也去參加天安門的悼念活動。四月二日，韋韜和小曼第二次去天安門，看見了更加壯觀的場面：紀念碑上的花圈已從碑座底層堆放到了第三層，北側最高處懸掛著大幅總理遺像，兩側一字排開四塊詩牌，上書：「紅心已結勝利果，碧血再開革命花。倘若妖魔噴毒火，自有擒妖打鬼人。」紀念碑周圍已成花圈的海洋，廣場的旗桿和華燈上也掛滿了輓聯和花圈。萬頭攢動的人群簇擁在紀念碑座上下，爭相抄錄花圈上和貼在漢白玉欄杆上的悼念總理和揭露「四人幫」的詩文。有在地方人群太密，就有志願者激昂慷慨地朗誦這些詩文，周圍的聽眾便在筆記本上飛筆疾書。韋韜也抄下不少詩詞，以便回家讓爸爸欣賞。

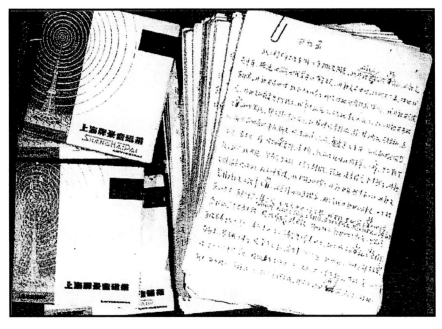

一九七六年一月八日周恩來總理與世長辭，不久，鄧小平第二次被「打倒」。丙辰「清明節」，在天安門廣場，人民群眾對「四人幫」的仇恨終於像火山一樣爆發了。「四人幫」進行了瘋狂的鎮壓，中國大地又一次復歸沉默。

在這萬馬齊暗的日子裡，茅盾決定撰寫回憶錄。茅盾堅信「四人幫」的倒行逆施不可能持久，但他已八十高齡，自知來日無多。他決心用自己的親身經歷，為人們留下一份歷史的見證。

我們全家人，除了年邁的爸爸和尚在幼兒園的丹丹，都去了天安門廣場。

小鋼從天津辦事回來，聽到韋韜對天安門廣場的描述後，第二天清早就去瞻仰了一番。小寧分配到食品研究所不久，被派到通縣幹校勞動鍛鍊，後來成了普及大寨工作隊隊員，當時正在通縣農村。我們後來知道，他也從通縣悄悄去了天安門，還拍了一卷照片。清明節那天，韋韜和小曼再次去天安門。廣場上人山人海，不少人站到自行車座上朗誦自己的詩文，一個剛念完，另一個又上去，博得周圍的人群一陣陣熱烈的掌聲、口號聲和《國際歌》聲。紀念碑座周圍已無插足之地，只能隨著人流緩緩移動。獻花圈，致悼詞的單位和個人仍絡繹不絕，最大的一個花圈有兩層樓房高，最大的悼念隊伍有兩千人——是某工廠的工人。這樣壯觀的場面真可以驚天地、泣鬼神。

一九七六年春，茅盾在寓所院內。

爸爸對天安門廣場上以工人為主體的群眾自發的悼念活動讚嘆不已，他認為「文革」以來總是學生在前帶頭「衝殺」，而這一次卻是工人階級走在了前面，這是個十分重要的信號。而且這次悼念活動已經愈來愈明顯地表現

出反「四人幫」的傾向，變成了一次廣大群眾聲討「四人幫」的運動，這恐怕是江青他們始料不及的。爸爸讀了那些抄來的詩詞，讚道：「這才真正是人民大眾的詩歌，不圖辭藻的華麗，但求情感之真實。對於那些隱語、諧意影射和詛咒「四人幫」的詩詞，爸爸也很讚賞。有一首題為《向總理請示》的詩寫道：「黃浦江上有座橋，江橋腐朽已動搖。江橋搖，眼看要垮掉，請指示，是拆還是燒？」爸爸邊讀邊開懷笑道：「別看這些普通老百姓不是理論家，也不是筆桿子，卻懂得鬥爭的策略，很機智也很有幽默感。前幾年江青他們搞影射史學，想不到普通老百姓也學會了，並且『以其人之道，還治其人之身』。」

清明節的第二天上午，我們就聽說，天安門廣場上的花圈一夜之間都被清除掉了。清除得如此匆忙，反映了「四人幫」內心的恐慌。這天下午胡錫培來看望爸爸，他是「文革」後第一次來北京，當晚就要回成都。他也談起了天安門廣場的悼念活動，說他已去瞻仰過，場面太感人太偉大了。他還說來北京前，成都街頭也出現了悼念周總理和反對「四人幫」的大字報。爸爸告訴他，聽說昨天夜間所有的花圈、輓聯都被收走了，悼文、詩詞也被撕掉了，紀念碑周圍已戒嚴。不過，聽說今天天安門廣場仍舊人山人海，仍舊有人送花圈。胡錫培聽了十分感興趣，說今天晚上上火車前還要去天安門看看。

四月六日早晨，小曼剛垮進辦公大樓，一位同志就把她叫到一邊壓低嗓門說：「你知道昨晚天安門廣場出事了嗎？」「不知道，怎麼回事？」「昨天傍晚天安門廣場戒嚴了，預先布置好的便衣打手們在中山公園待命，天黑之後他們手持木棒出來打人，接著就抓人，聽說抓了好幾十人，都是去悼念總理的。」小曼中午回到家，爸爸已從韋韜那裡聽說了「四人幫」血洗天安門廣場的事，正在為胡錫培擔心。韋韜勸他放心，告訴他胡錫培乘的那趟列車在血洗天安門廣場之前就開出北京了。

當時有個鮮明的對比，一面是廣大群眾在天安門廣場灑淚祭奠周總理，一面是「四人幫」加緊策劃徹底打倒鄧小平。四月五日《人民日報》頭版頭條發表了《一個復辟資本主義的總綱——〈論全黨全國各項工作的總綱〉剖析》，晚上就發生了在天安門廣場鎮壓悼念周總理的手無寸鐵的群眾的事件。四月六日天安門廣場的血跡尚未洗淨，《人民日報》又在頭版頭條登載了《緊緊掌握鬥爭大方向》的社論。四月七日晚八時，電臺播出了中共中央作出的兩個決議：根據毛主席的提議，政治局一致通過，任命華國鋒為中共中央第

一副主席和國務院總理，撤銷鄧小平黨內外一切職務，保留黨籍，以觀後效。同時播出了題爲《天安門廣場反革命政治事件》的文章，把人民群眾憂國憂民的感情和行動誣蔑爲「反革命事件」，並且把鄧小平說成是天安門事件的「黑後臺」。文章還大肆造謠，掩蓋歪曲廣大群眾悼念活動的眞相。

四月八日晨，爸爸要我們做好準備，從即日起恢復中斷了幾天的口述回憶錄的工作。

「四人幫」把天安門的悼念活動定性爲「反革命政治事件」，並開始瘋狂的追查和鎮壓，即所謂「雙追」運動：追查幕後策劃者和指揮者，追查詩文的作者和傳單的製造者。規定人人都必須交待自己和揭發別人去天安門廣場的活動。群眾對付這種追查的辦法是，聲明自己沒有去過天安門廣場也不知道誰人去過。其實大多數人都去過，包括單位中負責追查的同志，只是都心照不宣。韋韜單位有一位元帥的千金去了天安門廣場，正巧被公安局的便衣攝入了鏡頭，他們拿著照片來追查，單位領導的回答是「查無此人」。

「四人幫」爪牙從各照相館沖洗膠卷的登記冊上查線索，從此不斷傳來有人被捕的消息。於是爸爸和我們爲小寧擔心起來，不知他那個膠卷是否安全。正當我們焦急不安時，小寧從農村回來休假，說他一聽到風聲，就把膠卷交給一位朋友代爲沖洗。他說天安門廣場當時的場面太激動人心了，使人聯想起五四時代周總理那一代人不怕犧牲、堅持不懈爲建立新中國而努力奮鬥的精神。他深受鼓舞，便不顧「四人幫」的禁令，決心把這難忘的歷史鏡頭拍攝下來。可惜那位朋友配錯了藥水，膠卷報廢了！小寧十分惋惜。

政協沒有派人來挨家追查，卻組織委員們學習文件，要求每位政協委員必須寫一篇心得體會，即對天安門廣場「反革命政治事件」的表態文章。爸爸對韋韜說：「你代我寫一篇吧，四五百字就行了。可以模仿那些悼念詩文的寫法。」韋韜明白爸爸的意思是採用閃爍其詞、模棱兩可的辦法，如「鑽進黨內的野心家、陰謀家」，「還在走的赫魯曉夫式的人物」等等，這些詞句表面上好像在批判鄧小平，實際上是在罵「業主」。韋韜就用這種筆法寫了一篇「心得」——開頭點了一下鄧小平的名，後面就通篇是這種指桑罵槐的句子，替爸爸交了差。

「四人幫」「雙追」的眞正目的，是藉口追查「莫後策劃者」，給那些在鄧小平推行全面整頓期間重新站出來工作的老同志、老領導，扣上「資產階級民主派」、「黨內資產階級」的帽子，重新打倒，換上他們的心腹，爲他們

的全面奪權做組織上的準備。在這場陰謀中，我們的堂妹瑪婭成了犧牲品。

瑪婭妹妹是七機部某研究室的副主任，算個小當權派。琴秋嬸嬸被迫害致死的次日，瑪婭和她的丈夫分別在各自的單位被隔離審查，並接受群眾的批鬥。瑪婭一向工作積極努力，對待下屬平易近人，「四人幫」的爪牙找不到什麼把柄，只得抓住她在蘇聯長大這一點，把她整成「蘇修特務」，隔離起來，不許回家。一年之後，三個孩子由老保姆帶著遣送去了河南的幹校，當時老大才十二歲，老二九歲，老三只有四歲。他們和母親之間長達兩年半互相不知下落。一九七二年大批幹部「解放」，瑪婭的「蘇修特嫌」問題也因查無實據而撤消，後來就官復原職。當她正全身心地投入工作，幹得很起勁時，鄧小平第二次被打倒了，瑪婭這小小的「走資派」也就在劫難逃。

一九五○年十月，茅盾的侄女瑪婭從蘇聯回國。十一月，茅盾夫婦與老友們在頤和園聚會，歡迎瑪婭。前排：楊子華（左一）、張琴秋（左三）、韋韜（左四）。後排：徐梅坤（左二）、茅盾（左三）、瑪婭（左四）、陳小曼（左五）、蘇井觀（左六）、孔德沚（左七）。

總理去世後不久，一個週末，瑪婭帶著十歲的兒子小宏到什剎海溜冰，小宏不慎掉進了冰窟，幸虧在湖邊水淺處，瑪婭把他抱上來，匆匆趕到交道

口我們家給小宏換衣服。我們留他們吃晚飯，也趁此機會在一起敘敘。我們發現瑪婭對文化大革命的許多做法很有意見。她認為鄧小平上台以後，各條戰線的工作得到了恢復，生產有了起色。尤其七機部在張愛萍的領導下，工作有很大的改觀，大家都感到有了目標，有了幹勁，一改原來上班時間男的做傢具，女的織毛衣的不正常現象，緊接著衛星也上了天。「我不懂為什麼要反對鄧小平，我不服氣，就跟他們辯論。上面布置下來要我們寫大字報，我寫不出來，可我是室主任，不能不寫。」瑪婭生性狷介剛直，小曼擔心她再次受迫害，就勸她不要和別人辯論，大字報也不要寫。「你是從蘇聯回來才學中文的，你就藉口中文不好，不會寫，人家也拿你沒辦法。」「可我看不慣，我跟他們辯論。我認為毛主席身邊就是有赫魯曉夫式的人物，他們在搞陰謀，不讓我們國家強盛起來。……鄧小平上台之後，好不容易又開始抓生產了，他們卻……」小曼怕她真的要闖禍了，就趕緊告誡她：「你千萬不要隨便說話。我們對現實也很不滿，但我們左右不了形勢，所能做到的，只有沉默。我在單位開會時就不發言，被領導點名也不發言。你千萬要注意！」

四月底，瑪婭又來我們家，顯得心事重重。她是專門來向我們討教的，希望我們能幫她解開心裡的鬱結。她說她預感到又要挨批鬥了，而且是所裡的重點批判對象，甚至可能是院裡的重點批判對象。我們忙問究竟出了什麼事。她說了經過：清明節前她去了兩次天安門廣場悼念總理，也抄下一些詩詞，她完全被廣場上那浩然悲憤的氣氛所感動，認為這才是真正地表達了人民的意志和信念，她從來沒有見過這樣壯觀的場面。清明節之後，「四人幫」在七機部的心腹狠抓「雙追」。瑪婭在黨小組會上坦然承認自己去過天安門廣場，很受教育，並認為這是正當的，悼念周總理沒有錯。可是在他們的套問下，瑪婭忍不住亮出了自己的觀點，認為七機部這幾年在張愛萍的領導下很有成績，批判張愛萍是資產階級代理人，她想不通。於是小組會上就展開了對她的「幫助」，她不服氣繼續與人爭辯。最後領導責令她寫出檢討材料，說三天後召開全室大會，要她在會上作檢查。小曼喟然嘆道：「唉！你為什麼要在小組會上說這些話呢？」「我忍不住呀，我認為他們沒有道理，而且我是在黨的會議上講的。」韋韜說：「你太天真了，怎麼能與他們爭辯什麼是真理呢！你這樣做，用一句成語，叫做『自投羅網』。我們單位也追查，我們都去過天安門，但只要死不承認，就能過關。因為大部分人都去過天安門，誰都不願因此坑害別人。而你卻自己承認，又說了一些不該說的話。即使你同室的同

志不想把你揪出也不行了。四人幫一伙正想抓出幾個典型來邀功，你這不是『自投羅網』嗎？」瑪婭說：「現在我的檢查還沒有寫，我不知道該怎麼寫。我總不能昧著良心說假話吧。」小曼問：「你是想在檢查中繼續爲自己的觀點辯護嗎？」「我是這樣想的，我認爲做人要光明磊落。」章韜說：「不行，你不能再犯傻了！你要明白，你辯論的對手是『四人幫』的爪牙，與他們不存在公正的辯論。現在一般人通常採用的辦法是沉默，這是最有效的辦法，爸爸『文革』以來就採取這個辦法。其次是敷衍，在不得不表態時——例如在學習文件、小組討論時，就說幾句隨大流的話，絕不標新立異。這不存在忠誠老實的問題，這是對付『四人幫』的韜略。我們並非不講眞話，不過講眞話必須限制在我們信得過的人之間。我建議你檢查還要寫，凡是你已經講過的被人抓住辮子的問題，檢查中都要有所交代，有所檢討，譬如承認自己思想水平低，『毛著』沒有學好，理解問題片面，一時說錯話等，找思想根源就根據報紙上的口徑適當戴幾頂帽子，但不要太大的。要注意，不論別人怎樣追逼，千萬不要再暴露新的觀點，也不要牽扯別人。當然，一次檢查是過不了關的，也許要三次四次，甚至還會升級，但只要牢牢守住上面這幾條，他們也無可奈何，最終只得讓你過關。」小曼也說：「你的問題不就是認爲群衆去天安門廣場悼念周總理沒有錯和批判張愛萍你不理解嗎？這兩條構不成大的罪狀，至多罷了你副主任的官。」瑪婭說：「罷官我不在乎，我只擔心批鬥會上我控制不住，跟他們辯論起來。我總覺得做人要光明磊落。」我們再三勸告她，政治鬥爭不能意氣用事，不計後果，要學會忍耐，要想到三個尙未成年的孩子。臨走時，瑪婭心情比較開朗了，表示同意按我們的意見去做。

吃飯時，爸爸問起瑪婭來訪的情況，我們告訴了他，爸爸不無憂慮地說：「瑪婭太單純了，不懂中國的國情，又缺乏政治鬥爭的經驗。她實在是半個外國人！」

瑪婭出生在莫斯科，因爲澤民叔叔和琴秋嬸嬸要回國參加革命工作，就把新生兒留在莫斯科的國際兒童院，實際上這是個孤兒院，收養各國革命烈士和革命者的子女。蘇聯衛國戰爭時，這批孩子被疏散到烏拉爾，生活極爲艱苦。戰爭結束後，他們又回到莫斯科。瑪婭在那裡念了中學，讀完中學，於一九五〇年回到祖國，才與母親團聚。她先在清華大學與外國留學生一起學中文，以後被分配到通訊兵部，後又被調到哈爾濱軍事工程學院任教。一九五九年調回北京，在七機部從事雷達研究，一九六四年調到現在的研究

所，接著就發生了文化大革命。「文革」前的六七年，我們和瑪婭逢年過節都相聚，「文革」後見面少了，誰能想到四月底我們這一別竟成了永訣。

五月二十一日，我們得到了瑪婭飲恨自盡的噩耗！瑪婭終於沒有聽我們的勸告，走上了「以死抗爭」的道路。事後我們知道：瑪婭從我們這裡回去以後，就遭到連續輪番的批鬥。開始她還努力遵循我們的勸導——忍辱，然而後來她那剛正不阿的性格再也忍受不了各種無理的責難和污辱，就據理反駁，於是中了圈套，問題越鬥越多，越鬥越嚴重，綱越上越高，批鬥的範圍也越來越大。終於她絕望了，決心以死來明志，以死來控訴「四人幫」的倒行逆施。她寫好三封遺書，獨自來到頤和園，在昆明湖畔的一個避靜處，吞服了整整一瓶安眠藥。這說明稟性剛烈的瑪婭「以死抗爭」的決心是十分堅決的。那時候頤和園的遊人稀少，等到公園的職工發現，送往醫院搶救，已經為時太晚。

她留下的三封遺書，一封給組織，一封給支部書記本人，一封給三個孩子。在給組織的遺書中她寫道：「我馬上就要去見周總理了，現在我可以毫無顧忌地把我心裡的話說出來了。我永遠忠於毛主席，但我認為江青、張春橋就是毛主席身邊的赫魯曉夫式的人物。」

爸爸聽到這噩耗，起初為之愕然，接著默默地流下了眼淚。他傷心地說：「想不到我弟弟一家人都死於非命！澤民年紀輕輕就病死在被國民黨『圍剿』的鄂豫皖蘇區，琴秋在『文革』中被無辜殺害，他們唯一的女兒又被迫害致死！她才四十九歲，正是出成果的年齡！」爸爸傷感地談起第一次見到瑪婭的情景：「一九四七年德沚和我應邀去蘇聯訪問，我們的心願之一就是要見見這個從未見過面的澤民唯一的孩子。我們拜託蘇聯方面代為尋找。一天，我們的翻譯走進我們的房間，笑盈盈地說：『我給你們帶來了一件禮物！』我們正感到詫異，還說：『您太客氣了！』話音未落，只見從他身後躥出一男孩裝束的嬌小玲瓏的姑娘，格格地笑著向我們跑來。翻譯說：『好了，禮物就留給你們吧。』那男孩般的姑娘就是瑪婭，中學十年級的學生。她不懂中國話，我們不會說俄語，做手勢也不明白，只好互相望著微笑。忽然我想起身邊有一本英俄字典，便查出我要問的問題，指給她看，她再查出一個詞來回答，這樣居然也瞭解了她的基本情況。我們喜歡她，要她再來，第二天她果然來了，還帶來了張太雷的兒子作翻譯，第三天又來了，這次翻譯換成了劉少奇的兒子。那次相聚，雖然短暫，但我們非常高興。以後她進了莫斯科通訊學

院無線電專業，成績優異。一九五○年畢業回國。她的專業正是國家十分需要的，可惜不斷的政治運動浪費了時間和人才。好不容易到了能發揮專長的時候，偏又這樣地死去……太可惜了，太令人痛心了！」爸爸黯然良久，又說，「人們常用『金子般的心』來形容道德高尚的人，而瑪婭卻有一顆水晶般的心啊！」

在瑪婭捨下三個孩子，留下三封遺書走了之後，「四人幫」安插在七機部的爪牙立刻在街上刷出了「打倒現行反革命分子張瑪婭」的大標語。可憐三個孩子一夜之間便又成了反革命分子的「狗崽子」，在街道、學校備受歧視。大女兒小鳴剛剛成年，正在農村插隊，因此遭到隔離審查，我們也無法和他們聯繫。有幾位好心的朋友看到街上的大標語，就來通知我們，要我們警惕可能來的追查。當時我們的確有些緊張，怕「四人幫」以此為藉可來迫害年邁的爸爸。我們商量了對策，統一了口徑，即一問三不知。韋韜分析，瑪婭是絕不會說出與我們談話的內容的。果然，「四人幫」沒有來追查，說明瑪婭連到我們串門的事也未透露。

一九七七年八月三十一日，瑪婭的冤案得到徹底的平反。然而，爸爸心底的悲哀卻永遠無法消除了。

一九七六年七月四日，是爸爸的八十壽誕，我們早就籌劃為爸爸舉行一次家庭壽宴，除了我們全家，還想邀請慧英表姐夫婦和瑪婭妹妹一家。不料發生了天安門廣場事件，瑪婭又被迫害致死，大家心頭都蒙上了一層陰雲。在我們籌劃為爸爸祝壽之時，爸爸的老友詩人臧克家也在為爸爸的八秩大慶張羅著，他打算約請幾位文藝界的老朋友為爸爸祝壽，同時藉此機會歡聚一下。但鑒於當時形勢的突變，只得作罷。

爸爸素來不慶賀自己的生日，甚至弄不清自己出生的準確日期。一九四五年重慶文藝界為爸爸五十壽辰舉行了盛大的慶祝，日期定在六月二十四日，這不是爸爸的出生日，而是大致估算的一個日期。解放後，一些文學研究者刨根究底，終於在爸爸的二叔那裡查出了爸爸出生的準確是日期—— 一八九六年七月四日。然而爸爸仍舊沒有做壽的習慣。重慶那次祝壽活動，爸爸是當作大後方的進步文化界藉此聚會向國民黨顯示自己力量的一次示威。解放後不提倡做壽，對這類活動就更加淡漠了。到了文化大革命中期，許多老朋友從「牛棚」中解放出來，有的重新當選為人大代表，彼此間又恢復了交往，於是老朋友之間悄悄興起了祝壽之風，也是藉此機會歡聚敘舊。這事

是由胡愈之牽頭辦起來的。那時，胡愈老夫婦每年都要約請一些老朋友聚會一次，敘敘友情，地點在前門外的豐澤園飯莊，人數以一桌爲限。假如這一年正好是某一位的大壽，就把聚餐變成祝壽。爸爸第一次參加這種聚會，是一九七三年十月二十七日慶祝葉聖老的八十初度，共十人，除壽星外，有胡愈之、沈茲九伉儷，有楊東蓴、楚圖南、趙樸初、陳此生、馮雪峰、臧克家和爸爸。後來，爸爸又參加了一九七四年秋的十二老香山之遊，以及一九七五年的豐澤園聚會。在葉聖老的壽宴上，臧克家瞭解到一九七六年七月四日是爸爸的八十大壽，就開始張羅起爲爸爸祝壽之事。一九七四年六月十三日他在給爸爸的信中寫道：「您的七十八週歲壽辰快到了，先行祝賀。後年八十大壽時，定邀老友杯酒祝嘏。」爸爸回信說：「生命無常，我不敢自信必能活到八十歲了。然盛意至感。」一九七五年九月十六日臧老在信中寫道：「您明年八十大壽，屆時擬與諸老友杯酒祝嘏。這二日草了一首祝壽詩……務請改正。我想定稿之後，托美術家曹辛之同志刻在竹筒上，奉贈您，以表心意。」臧老的詩如下：

祝茅公八秩大壽

著書豈只爲稻糧？遵命前驅筆作槍。

方駕迅翁張左翼，並肩郭老戰文場。

光焰炯炯灼子夜，野火星星燎大荒。

雨露時時花競發，清風晚節老梅香。

一九七六年一月二十八日臧老又來信說：「今年七月四日，您八十大壽。靖華同志同月十四日，也是八十，我決定由我宴請你們二老，名單已擬定，屆時與你商量決定，全約老文友。」其實曹靖華小爸爸一歲，那年是曹老的八十虛歲。臧老與爸爸擬定的名單是：「葉聖陶、曹靖華、張光年、馮至、唐弢、何其芳、李何林、嚴文井、姚雪垠、葛一虹，以及爸爸和臧老，共十二人，正好一桌，地點仍是豐澤園。

名單中原定有馮雪峰，遺憾的是他在一九七六年一月底不幸病逝了。爸爸和馮雪峰有幾十年的友誼，但一九五八年之後斷了聯繫。一九七三年在豐澤園爲葉聖老祝壽，是爸爸與馮雪峰十幾年來的第一次會面，當時覺得他的身體和精神都不錯。一九七四年夏，馮雪峰來看望爸爸，爸爸發現他十分消瘦，且右目幾近失明；但十月間同遊香山時，並看不出他已重病纏身。誰料年底就傳來他患肺癌，急需麝香配藥而無處可覓的消息。爸爸急忙找出五十

年代尼泊爾朋友贈送的一隻麝香，託胡愈老轉去。不久聽說他做了手術，術後尚好，還爲他能夠康復而慶幸。可是，一九七五年底，他的病情突然惡化，終於在總理逝世半個多月之後也撒手人寰。他的家屬提出要爲他開追悼會，幾經交涉，總算得到批准，但規定不得致悼詞，不允許講話，也不登報。胡愈老希望爸爸參加並主持追悼會，爸爸毫不猶豫地答應了，他說：「毛主席說過，一個人死了，只要他是做過一些有益於人民的工作的，就應該開個追悼會，寄託我們的哀思！何況雪峰一生爲革命做出了巨大的貢獻！」爸爸對馮雪峰是十分尊敬的，他多次對我們講起一九四一年皖南事變後馮雪峰在上饒集中營中割盲腸的事。當時馮雪峰的盲腸炎急性發作，但得不到治療，難友中的一位外科醫生情急之下，用剃頭刀給他做了剖腹切除手術。「沒有麻醉藥也沒有止痛片，更無法徹底消毒，生生地硬割了下來。疼痛是難以想像的。雪峰居然挺過來了，可見雪峰的毅力多麼驚人！」追悼會於二月十五日在八寶山舉行，那時的政治形勢已十分嚴峻，然而參加追悼會的人卻意想不到地多，許多多年不見的朋友在這裡見了面，無意中形成一個「被砸爛了的文藝界」的大聚會。這是個沉重的、只有哀樂的追悼會，大家默默地致哀，緊緊地握手，低聲地問候。

　　六月二十六日，臧克家派人給爸爸送來一冊祝壽錦冊和一封信。錦冊中臧老寫了一首《爲茅盾先生祝嘏》的長詩，共五十六句。信中寫道：「欣逢您八十壽辰，謹書俚句，聊表賀忱，心香一瓣，想不以菲薄見哂也。爲您的壽誕，年來即縈繫於懷，本擬邀集老友，杯酒祝嘏，名單一再斟酌，大致已定。但想到目下批鄧運動正緊張進行，又值暑熱，大家均忙，也怕您的身體不能支持時間過長，與友朋交換意見，燕集一事，俟諸未來爲宜。我與雪垠將於七月三日上午九時前分頭登門趨謁。」二十七日爸爸即寫了回信：「奉讀手書及賀賤辰冊，既感且愧，獎飾過當，更增內疚。虛度八十，回顧昔年，雖復努力，求不落後，但才識所限，徒呼負負；朋輩如兄，絕塵而馳，共時代前進，此則我之典範，賀我者當還以祝兄也。杯酒話舊，於今不宜，當俟異日，我亦有同感。承示擬於七月三日上午枉賀，亦不敢當，但既蒙見愛，不敢固辭。」

　　朋友們爲爸爸八十壽辰祝酒慶賀的活動終於作罷。正如臧老後來所講的大家的顧慮：「那時『四人幫』對這些老作家無事生非，壓之打之；忽然十二位『資產階級老權威』，濟濟一堂，是不是『不安於室』，想搞什麼『奪權』

活動？！」不過，朋友們化整爲零的祝賀並未停止，臧老和姚老是登門祝賀，更多的是來信表示賀忱，也有寄來賀詩的，艾蕪就寫了四首賀詩。

一九七六年七月四日是茅盾八十誕辰，胡愈之、葉聖陶、臧克家等在京老友，原擬小聚慶賀，杯酒祝嘏，因政治形勢惡化而不得不作罷。這是七月四日那天，茅盾與兒孫們在家中小院內的合影，作爲八十壽辰的紀念。

七月四日，在我們的堅持下，仍按原定計劃在家中舉辦了壽宴。我們邀請了瑜清表叔和慧英表姐夫婦。瑜清表叔是專程從杭州來的，除了探望在京

工作的兒子，就是爲了親自向爸爸祝壽。我們從新僑飯店定做了一個大蛋糕，爲壽宴增添了不少祝賀的氣氛。「文革」中爸爸有好多年沒有心情拍照，這次我們專門買來了當時還屬稀罕的彩色膠卷，給爸爸拍了照，有單人的，也有和我們及三個孩子合影的。這些照片放大後我們精心地珍藏在一本紅色錦面的相冊中，作爲爸爸八秩壽辰的留影。

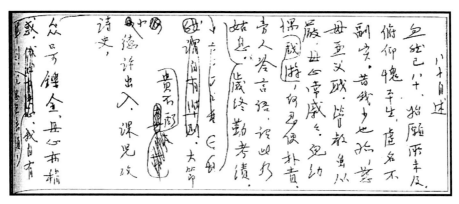

八十壽誕日，茅盾寫下舊體詩《八十自述》。

此外，我們還去王府井工藝美術公司挑選了一個松鶴延年的軟木貝雕，送給爸爸，祝他老人家壽元無量。三個孩子挑選了一本扉頁裝裱著粉紅點金宣紙的錦冊，由小寧在宣紙上畫了一棵挺拔的蒼松，小鋼在畫上錄了兩句毛主席的詩：「暮色蒼茫看勁松，亂雲飛渡仍從容。」下面簽了三個孩子的名字。這兩句詩也是我們全家對爸爸的祝賀。爸爸更珍愛孩子們自製的禮物，一直把它收藏在自己那室的櫃子裡。

爸爸對自己的八十壽誕感慨萬端。他提筆寫下一了首五古《八十首述》：

忽然已八十，始願所未及。俯仰愧平生，虛名不副實。

昔我少也孤，慈母兼父職。管教雖從嚴，母心常戚戚。

兒幼偶遊戲，何忍便撲責。旁人冷言語，謂此乃姑息。

眾口可鑠金，母心也稍惑。沉思忽展顏，我自有準則。

大節貴不虧，小德許出入。課兒攻詩史，歲終勤考績。

詩沒有完，只寫了童年。爲何輟筆？爸爸那時已口述完自己一生的回憶，要把一生的經歷用五言古體表述出來並不困難，顯然爸爸是因心神不寧而停筆的。這半年的變故太多了：周總理逝世，鄧小平再次被打倒，天安門廣場群眾自發的抗議聲，「四人幫」血染天安門廣場，追查「黨內走資派」，瑪婭

死於非命……這一切，使爸爸的心情十分沉重。他在當時致友人的一封信中，明顯地流露出這種憂鬱，他寫道：「虛度八十，早年浪得虛名，五十以後，自愧少作，而生活貧乏，不敢冒昧動筆，光陰如箭，白吃人民糧食，忽焉遂至八十，中夜內疚，撫膺自悲。」

「大地震」

　　一九七六年可謂地震年，既有自然界的大地震，也有政治上的大地震，又有人們心靈上的大地震。後兩種大地震從年初開始，震波一次比一次強烈。自然界的大地震便是七月二十八日夜三時四十三分五十三點五秒發生的唐山

大地震。

二十八日凌晨三時許，我們從酣睡中被地面劇烈的搖晃驚醒，朦朧中閃過的第一個反應就是：地震！緊接著從後面小院傳來一聲轟響。小曼本能地抱起小床上的丹丹跟著韋韜衝向後院爸爸的臥室。爸爸已從床上坐起來，小鋼已站在他的床邊，我們幾個簇擁著急忙把爸爸扶到院子中央。稍稍鎮定之後，我們四處察看，發現後院西廂房上面的一扇牆震倒了，爸爸臥室以東的衛生間屋檐也被震塌了，幸好沒有傷著人。我們搬來一把椅子讓爸爸坐下等待餘震，可是餘震一直沒有發生。爸爸不願在露天久等，要進屋躺下，我們忙把廊沿下的一張長方形大餐桌搬進爸爸臥室，在餐桌下打了個地鋪，讓爸爸躺在裡面。爸爸雖然感到比較安全，但覺得沒有必要，畢竟是八十歲的老人，腿腳已不靈活，鑽進去很吃力。丹丹卻非常高興，覺得好玩之極，她自告奮勇在桌子下面鑽進鑽出表演給爺爺看，還說「一點都不難」，硬要爺爺鑽進去，自己躺在爺爺身邊。爸爸說：「今晚就依你們，明天我就不幹了。我不相信這房子會震塌。況且這是木結構的平房，即使倒塌，也不像樓房那樣危險。」

第二天，管理局到各家查看房屋受震的情況，並送來一頂帳篷。他們說，這兩天可能還有餘震，住在屋裡不安全，即使在餐桌下也不安全。於是我們就在前院正房前的一塊空地上搭起了帳篷。帳篷不算小，我們一家人都能擠進去。但為了讓爸爸舒服一點，我們給他搭了張行軍床，在床邊放張小床，再搬進一張小桌，讓一老一小住在帳篷裡。我們和小鋼就睡在帳篷外面正房的廊檐下面，有餘震我們臨時鑽進帳篷也來得及。我們還說服爸爸白天也待在帳篷裡。這種奇特的生活環境，丹丹感到很新鮮，日夜不肯出來，整天呆在昏暗的帳篷裡纏著爺爺講故事。前院地勢低窪，地震後有兩天連降暴雨，爸爸行軍床前放鞋的木板、盆子、搪瓷標等雜物象小船一樣漂浮起來，丹丹高興極了，要求爺爺和她一起用紙疊小船，放在水上漂。爸爸說，有小丹丹在身邊做伴，倒也不覺得帳篷裡氣悶。

地震第二天，我們得知這次大地震的震央在唐山，影響到京津地區，災情不小，就惦記起小寧來，不知他那裡的災情如何，因為他所在的村子距離唐山比北京要近。沒有電話無法與小寧聯繫，爸爸一直念叨著放心不下，我們也很不安。韋韜決定親自騎摩托車去看一看。路相當遠，又沒有去過，只好「按圖索驥」，碰見老鄉就問，總算沒有走太多彎路。到達目的地時，只見

小寧正和村幹部們一起在幫助災民轉移。這個村子災情不重，只有個別房屋倒塌，沒有人員傷亡。韋韜見小寧挺好，就放了心，只和他談了五分鐘，叮囑他防備餘震，當天就趕回北京。爸爸聽了韋韜的情況報告，也就放心了。

這次唐山大地震是建國以來最大的一次地震，唐山幾乎夷為平地，死亡二十四萬餘人！去救災的解放軍和京津地區派去的醫務人員回來都說慘不忍睹。京津地區的災情也不輕，許多房屋倒塌，以致部分居民住了好幾年的防震棚。然而「四人幫」卻通過宣傳機構對外隱瞞災情真相，拒絕國際援助，對內卻說什麼：唐山才死了幾十萬人，有什麼了不起，批鄧是八億人的事。」「不能拿救災壓批鄧。」爸爸氣憤道：「這樣嚴重的災情，按照國際慣例，應該向國外公開報導，求得國際上的援助。以後別的國家遇到嚴重的災難時，我們也應該伸出援助之手。互相支援是國際道義。也應該允許外國專家來華考察，進行科學研究，探明造成這次大地震的原因。我真不明白為什麼要保密？這有什麼好保密的！往往外國人早已知道的事情，我們還要保密，實際上只是對老百姓保密。」

爸爸在帳篷中住了四天，就耐不住了，非要搬回臥室不可。我們勸他等到地震警報解除之後再搬，他不同意，理由是即使再有餘震，也不會比二十八日的厲害，那一次大震這房屋都經受住了，何患餘震。韋韜提出折中辦法：白天回臥室，晚上仍睡帳篷。爸爸勉強同意了。又堅持了兩天，爸爸就自行徹底搬回了臥室。以後的確再也沒有發生餘震。

地震後不久，管理局協同房管所到各家檢查房屋損壞情況，到我們家查看了三次，認為整個房屋已經老朽，有些柱子已腐蝕、蛀空，前後院的北房都有不明顯的裂縫，屬於危險房屋，經不住再一次的地震，必須立刻徹底翻修。後院爸爸住的那排房子需要拆掉重建，前院北房也要翻修，東西廂房則要加固。估計工程需要兩個多月才能完成，我們必須遷往別處暫住。因為只是暫時遷出兩個月，書籍、衣物等只需帶去日常用的部分，其餘留下來的大部分書籍、衣箱及傢具等，就得整理好，堆放在無需翻修的前院東西廂房裡。我們緊張地忙碌了十天，於八月三十日搬到了西城區釣魚台附近的南沙溝。那裡有一片新建的高級住宅，共十一棟樓，每棟三層，每層可住二至四家，是專為高幹修建的。工程已完成大半，完工的樓房目前全部空著。比我們略先搬去的，有周建人和廖承志兩家，他們也是因地震房屋遭到破壞需要翻修而搬來暫住的。我們搬進了九號樓一層的兩個單元，共有住房十間，爸爸和

我們住一個單元，另一單元作為客廳、飯廳及警衛員、女工的宿舍，廚房也在那裡。

我們花了兩天時間安頓好新家，辦好丹丹轉學的手續——丹丹已上小學二年級。爸爸也去拜會了兩位新鄰居。他們都是老相識，只是解放後各忙各的事，很少見面，「文革」以來音訊基本斷絕，這次是初次見面。可是老朋友之間能談話的內容卻不多，只能談談唐山大地震的消息，各自的健康狀況，家庭成員的變化——譬如我們媽媽的病故等。大家都避而不談政治，在當時那樣的政治氣氛下又能談什麼？只有廖公說了一句：「聽說毛主席病重。」

茅盾在書房。

九月九日下午，我們聽到了毛主席與世長辭的廣播。韋韜正在單位上班。領導通知全體人員到會議室收聽電臺播送這噩耗，有好幾位同志流了淚。下班回到家，爸爸也已知道。毛主席病重，早有傳聞，根據自然規律，人總有一死，大家心理上也有所準備。爸爸還多次講過毛主席百年之後中國必有大亂的話，也說過毛主席的病重客觀上造成了「四人幫」在今年再度得勢的機會。然而，在剛剛發生唐山大地震之後，聽到毛主席逝世的消息，仍覺愕然：為何天災人禍都在今年接踵而來？！

毛主席仙逝後，無線電波傳出了哀樂，政府通告全國各地下半旗致哀，停止一切娛樂活動。各單位有組織地進行哀悼，甚至黑紗都由單位統一發給。報紙上整版地刊登世界各國的唁電和悼文。人們在沉痛哀悼的同時，最關心也最擔心的是中國的形勢將會怎樣發展和變化？會由誰來接替毛主席？天下會大亂嗎？真的會「血雨腥風」嗎？

爸爸什麼都沒有說，他在靜觀，在等待。九月十八日，首都百萬群眾在天安門廣場隆重舉行毛主席逝世的追悼大會，爸爸和我們都去參加了。回家後，韋韜問爸爸：「你看會不會發生像總理逝世後群眾在人民英雄紀念碑前送花圈那種自發悼念的場面？」「不會的。」沉默了一會兒他反問：「你注意到一條叫『按既定方針辦』的『最高指示』嗎？說是毛主席的臨終囑咐，也就是最後的『最高指示』了，可是沒有前後文，沒頭沒腦的這樣一句，真叫人捉摸不透。」很快我們就明白了，全國的報刊、廣播開始連篇累牘、聲嘶力竭地叫嚷「按既定方針辦」。爸爸藐然笑道：「這叫『色厲內荏』！」

十月八日早晨韋韜在動物園等班車時，遇到一位同校的熟人，她父親是軍隊高幹，這位女同志忽然悄悄對韋韜說：「告訴你一個好消息，『四人幫』被抓起來了！」「你說什麼！」韋韜不相信自己的耳朵。「千真萬確，都抓起來了，是在前天夜裡。抓江青的時候她還想耍威風，可是沒有人怕她。」韋韜又驚又喜，追問：「消息真的可靠嗎？」「絕對可靠，是我爸爸親口說的。毛遠新也被抓起來了！」班車來了，在車上韋韜又急忙悄悄把這個消息傳給了一位同在幹校受審查的「難友」。「難友」瞪圓了眼睛悄聲說：「注意，當心謠言！」韋韜笑道：「放心，百分之百的新華社消息。」「那太棒了！這幾個傢伙早該有這種下場了，真是罪有應得！是怎樣抓到的？」「還不清楚，只知道在前天夜裡抓起來的。」「那就是有計劃的行動！誰組織的，是不是葉帥？」韋韜也不知道。

聽到粉碎「四人幫」消息後的神采。

到了辦公室，韋韜向室內的同志透露了這條爆炸性的新聞，又去告訴了室主任，大家都興奮起來。主任說：「這消息先不要外傳，我去核實一下。」過了一會兒，他回來把我們召集到會議室，在會議桌的一頭，我們的部長──一位著名的將軍已坐在那裡，我們落座後，他說：「韋韜同志聽來的消息是眞實的，『四人幫』已經在六號晚上被抓起來了，一個也沒有跑掉。組織領導這次行動的是華國鋒副主席和葉劍英元帥。執行任務的是八三四一部隊。現在中央還沒有公佈這件事，過幾天就會公佈的，在公佈之前我們要守紀律，要保密，不要亂傳。」

然而，這樣大快人心的消息怎能忍住不說，回到家一進門韋韜就說：「大家都到爸爸房裡去。」小曼有點緊張，不知出了什麼事。只見韋韜滿臉笑容地宣布道：「『四人幫』已經被抓起來了！他們完蛋了！」大家先是一愣，接著就興奮地叫起來：「眞的嗎？」「千眞萬確！」爸爸一下從床上坐了起來，一疊聲感嘆道：「想不到，想不到這麼快，眞想不到！」又忙問細節。韋韜詳細講了一遍所知道的全部情節，強調說：「反正絕對可靠，我們部長親口證實這不是謠言。」爸爸說：「看看今天晚上的電視有沒有報導。」

晚飯後全家人急不可待地坐在電視機前，但沒有任何公告。韋韜陪爸爸回到臥室，想聽聽爸爸的看法。爸爸說：「『四人幫』終究要垮台是意料之中

的，但垮得這麼快，毛主席去世還不到一個月就解決了四人幫的問題，卻出乎我的意料，不過，這是十分英明的。時間拖得越久，形勢就會越複雜。現在完全由『四人幫』控制的地方只有一個上海和半個遼寧，其他省市雖有他們的心腹，但尚不能全面掌權。如果拖下去，他們就會利用批鄧和反擊右傾翻案風，把各地不肯跟隨他們走的領導幹部扣上『黨內還在走的走資派』的帽子，把他們打下去，由自己的心腹取而代之，到那時候再要解決他們就困難多了，那眞可能要像毛主席所說『血雨腥風』，天下大亂了！」舒了一口氣爸爸又說：「毛主席去世後，他們拚命宣傳『按既定方針辦』，就是爲了把批鄧和反擊右傾翻案風的運動繼續深入下去，以便實現他們的陰謀。這是『司馬昭之心，路人皆知』的。」韋韜插嘴說：「毛主席在世時，他們可以打著毛主席支持他們這張王牌，現在毛主席不在了，他們只好抓住毛主席的『臨終囑咐』這根稻草了。」「是呀，他們看準了中國人民是不會反對毛主席的。你看到前些日子報紙上刊登的世界各國輿論對毛主席的讚揚了吧，毛主席是一位創世紀的偉人，他的功勞是不可磨滅的！」「那麼文化大革命呢？」「文化大革命，還有大躍進，都不是功績，是失誤，甚至是嚴重的失誤，這些，我相信歷史自有公斷。不過毛主席的主觀願望是爲了中國的社會主義前途。毛主席的悲劇是至死還不相信文化大革命搞錯了。」

十月十日公佈了中央的兩個決定：「建立毛主席紀念堂，出版《毛澤東選集》和籌備出版《毛澤東全集》。還宣布華國鋒擔任中共中央主席和軍委主席。但仍舊沒有公佈粉碎「四人幫」的消息。不過這幾天裡，「四人幫」俯首就擒的消息早已不脛而走，迅疾傳開，人們歡欣雀躍，奔走相告，並在家庭或親朋好友的範圍內祝酒慶賀，一時間好酒脫銷。那時正值秋高蟹肥的季節，於是買三隻公螃蟹，一隻母螃蟹的故事就到處流傳。我們家中也有朋友來詢問、核實或報告這個喜訊的。

十月十四日，黨中央終於公佈了粉碎「四人幫」的消息。十八日又發出《關於王洪文、張春橋、江青、姚文元反黨集團事件的通知》。從二十一日起至二十三日，北京人民舉行了連續三天的慶祝粉碎反黨集團「四人幫」偉大勝利的大遊行，我們都參加了遊行。這是空前的大遊行，是「文革」以來無數次集會遊行中最激動人心的遊行，它不僅規模空前，氣勢浩蕩，而且是北京人民十年來被壓抑的情感的大宣泄。十里長安街成了紅旗的海洋，人潮洶湧，鑼鼓喧天，歡聲雷動，人們載歌載舞歡慶這日月重光的日子。二十四日

是星期日，天安門前舉行了有百萬人參加的慶祝勝利大會。爸爸在十月初連染風寒，雖未住進醫院，但針、藥不斷。我們勸他在家中看電視實況轉播，不要去參加大會了，但爸爸執意要去。我們只得勸他穿上絲棉襖褲再套上大衣，總算沒有生病。目睹了天安門廣場上萬眾歡騰的場面，爸爸寫下了第一首歡呼粉碎「四人幫」的舊體詩《粉碎反黨集團「四人幫」》。這是一首雜詩，對黨中央和華國鋒主席迅速果斷地一舉粉碎「四人幫」，表示了由衷欽佩和欣喜。幾天後，爸爸覺得雜詩這種形式不理想，把它改寫成了三首七絕，詩如下：

其一

　　　　寰宇同悲失導師，四凶逆謀急燃眉。

　　　　烏雲滾滾危疑日，正是中樞決策時。

其二

　　　　驀地春雷震八方，兆民歌頌黨中央。

　　　　長安街上喧鑼鼓，歡呼日月又重光。

其三

　　　　畫皮剝落見原形，功罪千秋有定評。

　　　　馬列燃犀照妖孽，成精白骨看分明。

　　二十六日，爸爸出席了首都各界愛國人士慶祝粉碎「四人幫」的座談會，並在會上發了言。這是爸爸文化大革命以來第一次在公開的集會上講話。

　　十一月初，遭地震破壞的房屋已經修葺完畢，我們又遷回交道口。緊接著全國掀起了揭批「四人幫」，清查其幫派體系的運動，十二月又連續公開了三批「四人幫」的罪行材料。爸爸除了看文件，又恢復了原來的寧靜的生活：讀書，看《大參考》，覆信，看病，以及偶爾寫寫舊體詩。對於這種「寧靜」，爸爸的解釋是：中央要做的事情太多，現在是「百業待舉，百廢待興」，許多事，包括文藝界的事，都還顧不過來，當前首要的任務是把「四人幫」的根子徹底刨乾淨。爸爸很仔細地閱讀揭批「四人幫」的材料，在一份材料中，看到江青自稱「過河卒」，說什麼「我這個過了河的卒子，能夠吃掉他那個老帥」。爸爸便即興寫了一首打油詩《過河卒》，揭露江青這個野心家的醜惡靈魂。

一九七六年九月九日，毛澤東主席與世長辭。十月六日，「四人幫」終
於被掃進了歷史的垃圾堆。茅盾與億萬人民一道，歡呼日月今又重光。
十月二十四日，茅盾以政協全國委員會副主席的身份登上天安門城樓，
參加了首都百萬軍民在天安門廣場舉行的慶祝粉碎「四人幫」的大會。
這是天安門前慶祝勝利的遊行隊伍。

詩共八句：

　　　　辛子過河來對方，一橫一縱亦猖狂。

　　　　非緣勇敢不回步，本性難移是老娘。

　　　　潛伏內庭窺帥座，跳竄外地煽風忙。

　　　　春雷震碎春婆夢，叛逆曾無好下場。

　　相對於爸爸寧靜的生活，我們的生活卻並不寧靜。韋韜調動了工作，他
所在的軍政大學砸爛了林彪強加的體制，重新一分爲三，韋韜趁此機會要求
分配到離家較近的學院，以便每天能回家照顧爸爸。小曼在一九七七年初第
二次去了幹校，她工作的單位仍在執行「五七」幹校制度，雖然幹校是「文
革」的產物，下幹校是「四人幫」對幹部和知識分子的變相懲罰，但那時候
還沒有敢公開反對。

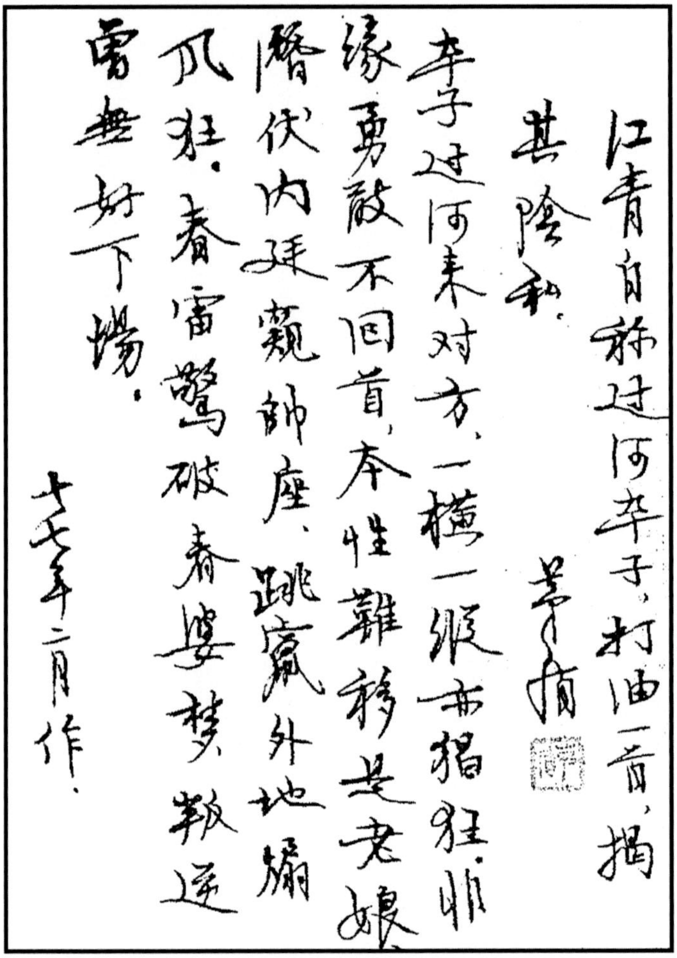

江青自稱過河卒子，打油一首，揭
其陰私。

李子過河來對方，一橫二豎亦猖狂。
緣勇敢不回首，本性難移是老娘。
潛伏內廷窺帥座，跳竄外地編
爪狂，春雷驚破春婆夢叛逆
總無好下場。

一九七七年二月作

從來吝於寫詩的茅盾，粉碎「四人幫」後詩興大作，在短短的
四年中寫下舊體詩詞五十首，約佔其全部詩詞的三分之一。這
是他嘲諷江青的一首「打油」詩《過河卒》，寫於一九七七年
二月。

當時教育戰線也和其他戰線一樣，「四人幫」的流毒極待清除，中央還未
顧得上把恢復高考提到議事日程上來。不過人們相信總有恢復的一天。上山
下鄉回城以及尚在農村的知青，不少人都希望有機會將中斷的學業繼續下
去。小鋼也不例外，於是便利用業餘時間自修起中文和外語來。她從朋友那
裡借到一本國外出版的《基礎英語》，是朋友的親戚從香港帶回來的，國內尚
無處可買，朋友本人也要學，書不能久借。那時北京還沒有複印業務，小鋼
打算自己抄一份。十一月的一天，小曼正準備上班，爸爸把她叫住，要她下

班時去文具店買些活頁紙回來，他要用來替小鋼抄《基礎英語》。小曼吃驚道：「這太浪費您的時間了，讓小鋼自己抄吧。」爸爸卻曠達地說：「我反正閒著沒事。」從此，爸爸連續抄了好幾天，將《基礎英語》第一冊全部抄完，並親自裝訂成冊，交給了小鋼，原書及時還給小鋼的朋友。爸爸從來沒有對小鋼提過考大學的事，也許根本沒有想過，但八十高齡的爺爺用顫巍巍的手給孫女抄寫課本，使小鋼深受感動，這本身就是對孫女最好的鼓勵和鞭策。一九七七年高校恢復招生，小鋼報考了大學並被錄取，成為「四人幫」倒台後恢復高考的第一屆大學生。爸爸給小鋼抄錄的這本《基礎英語》課本完成了歷史的使命，小鋼加上了封套，仔細地珍藏起來，作為對爺爺的永久的紀念。

一九七六年底，孫女小鋼想自學英語，苦無教材。後來從朋友處借得一冊，茅盾主動承擔了為孫女謄抄課本的工作。這是茅盾謄抄的英文課本。

這一年小寧也成了「文革」後的第一屆大學生。他上了北師大物理系無線電子專業。爺爺十分欣慰地說：「沈家四代人中總算有一個學科學的了，終於實現了我父親的遺願。」

沉默已久的文藝界的重新萌動，始於一九七六年十二月和一九七七年一月，《詩刊》和中央人民廣播電臺在北京工人體育館聯合舉辦了兩場詩歌朗誦演唱會。這是粉碎「四人幫」後首都文藝工作者組織的最早的兩場文藝晚會，許多沉默了十年的老歌唱家重新登臺演唱。雖然節目只有歌詠和朗誦，然而偌大的體育館擠得水泄不通。聽眾們如痴似醉，他們被詩人那深情懷念周總理的詩篇感動得熱淚盈眶，也爲重新聽到那麼多熟悉親切的歌曲和歌聲而激動萬分！爸爸也深受感動，連聲說：「這是眾望所歸，人心所向啊！」回家之後，欣然提筆寫了一首七律《聞歌有作——爲王昆、郭蘭英重登舞臺》，詩如下：

> 早歲歌喉動八方，延安兒女不尋常。
>
> 新人舊鬼白毛女，陝北江南大墾荒。
>
> 白骨妖精空施虐，丹心蘭蕙自芬芳。
>
> 若非粉碎奸幫四，安得餘韻又繞梁。

《詩刊》社舉辦的這兩場晚會，是文藝界經歷十年浩劫後開始復甦的標誌，也是首都文藝工作者掙脫枷鎖後唱出的第一聲。

「撥亂反正」

　　粉碎「四人幫」之後，百廢待興。然而廢什麼，興什麼？怎樣廢又怎樣興？大家都翹首等待中央的決策。這已經成為一種習慣。揭批「四人幫」，人人擁護，「撥亂反正」，也深得人心，只是「亂」與「正」的界線，有的還使人糊塗。譬如文化大革命算不算「亂」，該不該「撥」？把天安門廣場群眾的悼念活動定為「反革命事件」，第二次打倒鄧小平，是不是該「反正」？為何

遲遲不平反？這些問題使人們深感困惑。因為這些事都與毛主席有關。文化大革命是毛主席親自發動的，他還說過文化大革命不只搞一次，還要搞兩次三次，隔七八年就搞一次。天安門廣場事件定為「反革命事件」是毛主席同意的，撤銷鄧小平的一切職務，是毛主席批准的。「文革」中，誰反對「最高指示」誰就是現行反革命，林彪曾說「毛主席的話一句頂一萬句」，現在這句話雖然不再提了，可是華國鋒在一九七七年初強調：「凡是毛主席作出的決策，我們都堅決擁護。凡是毛主席的指示，我們都始終不渝地遵循。」華國鋒是毛主席指定的接班人，是「英明領袖」，在粉碎「四人幫」的行動中又立了大功，所以，人們只好繼續把想說的話埋在心裡。

我們多次和爸爸議論這些事。爸爸總說要耐心，要學會等待。他認為天安門事件和鄧小平被打倒這兩件事是非平反不可的，不平反就會失去民心。看來中央是在尋找一個兩全之策，既能平反，又不損害毛主席的威望。至於文化大革命如何評價，就複雜得多也難辦得多了，因為涉及的問題太多，面太廣，需要有極大的魄力和決心，也許永遠也說不清楚。現在中國的事情是積重難返，只能慢慢來。

粉碎了「四人幫」，茅盾重新煥發出青春。他又握起筆，為社會主義的文藝事業辛勤勞作。在四年多的時間內，他寫了六十多萬字近百篇文章。這是一九七七年春茅盾在寓所會見友人時的神采。

　　爸爸果眞耐心地等待著，在粉碎「四人幫」後的一年中，除了政協召開的會議，他基本上沒有參加什麼社會活動，也沒有寫什麼文章。爸爸和我們閒談時，或給友人寫信時，也常談及「四人幫」在文藝界的禍害，講到他們提倡的「三突出」「三陪襯」等荒謬的創作原則。他認爲要打破「四人幫」設下的禁錮，首先要重新貫徹「百花齊放、百家爭鳴」的方針，要多一點文藝民主。不過他還是強調：要慢慢來。他在一九七六年底給姚雪垠的一封信中寫道：「來函論目前文藝評論、文藝創作上一些積重難返的弊病，概乎言之，實有同感。在這方面肅清『四人幫』的流毒，還有許多工作要做，得慢慢來。論《紅樓夢》一段話，正是『四人幫』，尤其是江青，歪曲毛主席原意的又一例證。把曹雪芹當初腦子裡一點影子也沒有的資產階級上昇期的意識形態和封建地主階級滅亡期的意識，兩者之間的鬥爭，硬套上大觀園的痴嗔愛憎，眞是集公式化、概念化之大成，非形而上學爲何？」他認爲現在的青年文藝工作者，知識太貧乏，不瞭解中國的歷史，更不瞭解世界，他們熟悉的是十年來「幫八股」那一套。而部分中年學者又被《紅樓夢》研究和魯迅研究拖住了手腳，要改變這種狀況不是一朝一夕的事。

　　其實，爸爸自己那時就被魯迅研究困擾著。一九七七年爸爸收到的書信驟然增加，除了文藝界朋友們的問候和索字，凡談論學術問題的，多半就是魯迅研究。那年春季決定重新注釋和出版《魯迅全集》，一些注釋組就紛紛來函，提出他們在注釋中遇到的問題，要求爸爸解答，似乎爸爸是研究魯迅的「萬寶全書」。另有一些研究者對魯迅的舊體詩提出各自不同的解釋，希望爸爸支持他們的論點。對於這些信件，起初爸爸都認眞地答覆，後來就叫苦不迭了。一九七七年五月八日他在給臧克家的信中說：「有些中學教師鑽研魯迅著作，熱情可嘉，但他們誤以爲我有不少關於魯迅的秘聞，時常來信詢問，或在魯迅作品中不得解時又來信詢問，其實我也不能解答，凡此種種，都不能不寫回信……最近有兩個青年教師，極力想證明魯迅的某幾首舊體詩是悼念楊開慧烈士的，屢次來信，希望我支持他們的論點，但我卻以爲他們的論點不免穿鑿。我近年來就爲這些事忙，實在啼笑皆非。」半年後，爸爸在給趙清閣的信中又說：近來有些圍繞魯迅寫的回憶和研究文章，實在有趣，作者往往從魯迅的書信、日記中找到一個線索——魯迅曾見過某人，就去訪問，「向此人提出各種問題，請其回憶。這樣地研究魯迅作品，類於漢儒考經」。而一些解釋魯迅舊體詩的文章則形而上學泛濫。……我是被迫看它們，因爲

都把刊物寄來，請發表意見。我只好不一一作覆。說話困難。說實話呢，將以爲我撥冷水，叫好呢，那不是說謊麽？」爸爸和我們閒談時常說：「魯迅研究中展開『百家爭鳴』是好事，但研究的方法要清除四人幫的流毒。現在的一些研究，往往先立『假說』，然後在魯迅的日記、書簡乃至同時期的報刊文章中廣求例證，這種方法是違背唯物辯證法的。『四人幫』搞的歷史研究，用的正是這種方法：先立『假說』，然後『求證』，隨心所欲地拼湊例證，以求適合他們『幫』理論的需要。這說明不少人，尤其是年輕人，已在不知不覺中染上了『四人幫』這種形而上學的病毒。」這個問題，在爸爸當時寫的一些文章中也曾提到過。

在這股魯迅研究熱中，有一件事與爸爸直接有關係，這就是魯迅的長征賀電。這件事本來很簡單：一九三六年初，魯迅從史沫特萊那裡得知紅軍長征勝利抵達陝北，就想發一賀電；他與爸爸商量後，起草了電文托史沫特萊發了出去，電報原稿爸爸沒有看到。一九四○年爸爸在延安時，張聞天曾向爸爸提到中央已收到魯迅和爸爸聯名拍來之賀電，但電報原件始終沒有找到，只剩下了一句話，登在解放戰爭時期晉冀魯豫出版的《新華日報》上。解放後，爸爸在魯迅博物館的一次展覽上看到一幅畫，畫面上是魯迅在執筆起草這份賀電，爸爸立於其側。爸爸立即指出這不是事實，魯迅起草電文時他不在場。但是一般在講到這段歷史時仍然說魯迅和茅盾聯名發了賀電。「文革」開始，這電報的署名就不提爸爸只提魯迅一人了。「文革」之後，許多熱心的朋友想要恢復聯名的提法，來信問爸爸。爸爸的答覆是，在沒有找到電報原件之前，不要把他的名字牽進去。有一位朋友——鮑祖宣來信說，他在抗戰前夕親耳聽到葉紫談起魯迅和茅盾聯名給黨中央發賀電之事，因此他認爲賀電由兩人署名是確鑿的，應該還歷史以本來的面貌。爸爸回信道：「葉紫兄談及魯迅和我聯名電賀長征勝利一事，您當時是聽他口說，而您編的《女子月刊》大概並沒記載。當時，這件事誰也沒形之於筆墨，因爲這將冒砍頭的危險。《魯迅研究資料》第一輯載有我的《我與魯迅的接觸》一文……其中第五節《關於賀長征電》，有比較詳細的回憶，但只說到魯迅同我談起此事，那時他尚沒把電文起草，所以我未見電稿，也未談及署名，後來沒有再詢此事，魯迅亦未再言及。好像陝北方面亦沒有電文原稿，且亦無人知道賀電全文，至今只剩下了一句話。我以爲此事無關重要，應以魯迅發電爲主要，不必再牽連到我了。」爸爸明白，提出這個問題的同志們都是出於好心，他們認爲

這是「四人幫」造成的，是對爸爸的不公正，應該「撥亂反正」。爸爸衷以感謝這些相識和不相識的朋友。不過爸爸認為，在魯迅研究中有人熱衷於糾纏一些無關緊要的事，則是一種偏差。因為沒有必要從賀長征電這件事來證明魯迅之所以是中國新文化運動的偉大旗手。

一九七八年夏，茅盾在寓所院內與孫兒孫女們的合影。

文藝界的「撥亂反正」開始有大的動作，是在一九七七年七月黨的十屆三中全會上決定恢復鄧小平黨中央副主席、軍委副主席、國務院副總理等職務之後，當時鄧小平分管科教文工作，他一上任就提出要徹底批判「四人幫」炮製的「教育黑線專政論」和「文藝黑線專政論」。爸爸欣喜地說：「文化大革命是從文化教育戰線開始發動的，現在又從文化教育戰線著手『撥亂反正』，這是很英明的。」「『四人幫』的流毒極深，非有霹靂手，不易拉枯摧朽，

現在霹靂手終於來了！」那時還傳達了鄧小平在十屆三中全會上的講話和他在年初寫給中央的一封信。爸爸指著文件上的「必須準確地完整地掌握毛澤東思想體系」這句話，對身旁的韋韜說：「這句話你注意到了沒有？這是個新提法，十分重要的提法。它是說毛澤東思想是個體系，必須完整地準確地學習和掌握，不能只從個別詞句來理解毛澤東思想。」

經過文化大革命浩劫的文藝界，是個重災區，文聯取消了，作協沒有了，文藝界的知名人物百分之九十九被打倒了，靠邊了，或還在監獄，或還在幹校，有的雖然「解放」了，卻沒有分配工作。所以，當鄧小平提出要徹底批判「四人幫」的「文藝黑線專政論」時，文藝界竟沒有相應的機構來組織統一的批判活動。於是這任務就落到了報紙、刊物以及出版社的身上。他們用召開座談會的方式，把作家、藝術家集合起來，共同聲討「四人幫」在文藝界犯下的滔天罪行，然後再把發言稿登載在報刊上。爸爸也是從參加這樣的座談會開始，加入了批判「文藝黑線專政論」的行列。他的第一篇批判文章《貫徹雙百方針，砸碎精神枷鎖》，就是一九七七年十一月出席《人民日報》社編輯部舉行的批判「四人幫」文藝黑線座談會上的發言。

經過十一年的沉默，茅盾又重新參加了文藝界的活動。一九七七年十一月初，茅盾出席了《人民文學》編輯部召開的短篇小說創作座談會，並作了題為《老兵的希望》的發言。十一月下旬，他在《人民日報》編輯部召開的批判「四人幫」文藝黑線座談會上，發表了《貫徹雙百方針，砸碎精神枷鎖》的講話。十二月底在《人民文學》編輯部舉辦的另一次座談會上，茅盾宣布以全國文聯副主席和中國作家協會主席的身份講話，他說：「四人幫」不承認文聯和作協，我們也不承認他們的反革命決定。他建議儘快恢復全國文聯和各個協會的工作，並建議《文藝報》復刊。這是茅盾在座談會上。

　　一九七八年春，《紅旗》雜誌約爸爸寫一篇全面論述文藝創作上「撥亂反正」的文章。爸爸已經有十幾年沒有寫這樣的理論文章了，這篇文章又是黨中央的理論刊物約寫的，所以十分重視。他花了一週時間，寫了一萬兩千字，講了六個問題，即「砸爛精神枷鎖，解放思想」、「世界觀的決定性作用」、「生活的深度與廣度」、「創作方法」、「關於技巧問題」、「百花齊放、百家爭鳴」，標題是《漫談文藝創作》。韋韜看完原稿，提出疑問道：「這樣寫會不會給人『面面俱到』、『老生常談』的印象？」爸爸說：「我要的正是這個『面面俱到』和『老生常談』。我們說徹底批判『四人幫』，這『徹底』二字就包括『面面俱到』，不留一個死角。至於『老生常談』，我以爲真理是不怕重複的，況且這些『老生常談』也已經有十年沒有談了。」他指著文稿上的一段話道：「這就是我寫這篇文章的要旨。」這段話如下：「『四人幫』的流毒，既深且廣，要徹底砸爛他們強加於廣大文藝工作者的精神枷鎖，撥亂反正，都並非易事。這有一個『破』的過程，同時也有一個『立』的過程，必須『破』中有『立』。有些青年作者暫時還感到彷徨無主，並不奇怪。好像被長久囚禁於地牢的人，一旦放出來，驟然接觸陽光，暫時睜不開眼，長久戴著腳鐐的雙腿，暫時還邁不開大步。他們有寫作的慾望，然而積習已久，精神上的枷鎖還沒有全部、徹底砸爛。說明白些，便是思想尚未完全解放。文藝創作的過程究竟如何，他們還心中無數。這篇漫談式的文章，試圖根據馬列主義、毛澤東思想，就文藝作品（特別是小說）的創作過程，略舉其要點，以備參考。」爸爸接著說：「『四人幫』炮製『文藝黑線專政論』，把建國以來的革命文藝路線稱之爲『黑線專政』，又把三十年代左翼文藝的成果和延安文藝座談會之後的革命文藝的成果統統抹煞，把現代中國文學發展史篡改成魯迅之後就是江青，這是他們在『文革』中打倒百分之九十九的作家、藝術家的『理論』根據。我們現在要『撥亂反正』，就首先要充分肯定：五四以來的中國新文藝運動，是在共產黨領導下發展壯大起來並取得了輝煌的成績；『文革』前十七年的文藝工作，雖有這樣那樣的錯誤，但毛主席的革命文藝路線始終居於主導地位；毛主席《在延安文藝座談會上的講話》過去是、將來依舊是我們文藝工作者創作的指針，是《講話》開創了中國文學史的新紀元。」爸爸又說：「我這『老生常談』也是『有的放矢』的，譬如文章中講到的邏輯思維和形象思維問題，就是現在大家爭論得很熱鬧的問題。我以爲有些文章的論點有片面性，把兩者割裂開來了，似乎邏輯思維只是理論家的事，搞創作的只管形象思維就行

了，不必管什麼邏輯思維；或者說深入生活靠邏輯思維，進行創作靠形象思維。這些觀點的相同處是輕視邏輯思維、理性意念，而強調和偏愛形象思維。其實兩者是並存的，在創作過程中是反覆交錯進行的，在某個階段以某種思維形式為主而又伴隨著另一種思維形式，它們的關係是辯證的，是相輔相成的，不是對立的。又譬如文藝工作者改造世界觀的重大意義，也就是藝術家們要把立足點移到廣大人民群眾這一邊來，這是毛主席《在延安文藝座談會上的講話》中著重闡明的，現在這一點也很少有人談了。作家和藝術家只有樹立了馬克思主義的世界觀，才能正確地認識生活，分辨和批判舊的意識形態，創造出真實地反映現實生活的文藝作品，才能不愧於『人類靈魂的工程師』這個稱號。」

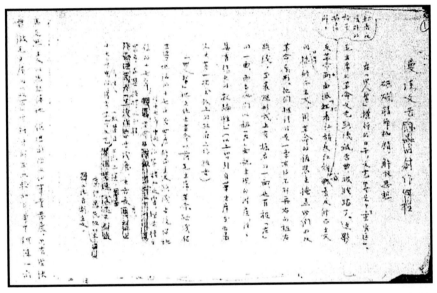

一九七八年五月初，茅盾為《紅旗》雜誌撰寫了長篇論文《漫談文藝創作》，全面地討論了如何肅清「四人幫」的流毒，發展社會主義的文學創作。他談到解放思想問題，世界觀與創作的關係，生活的深度與廣度，如何貫徹「雙百」方針，以及技巧問題等等。這是《漫談文藝創作》的手稿。

後來，爸爸在一九七八、一九七九年間所寫的文章和所作的講話中，反覆闡述的就是上面這些觀點。

在爸爸的文章和講話中反覆強調的另一個問題，是如何真正地貫徹「百花齊放、百家爭鳴」的方針。他認為，自從提出「雙百」方針之後，雖然大

家都歡迎，實際上並沒有真正貫徹，「文革」前有各種限制雙百方針貫徹的清規戒律，「文革」中實際上成了「一花獨放」、「一家獨鳴」。所以，解放思想就首先要真正貫徹「雙百」方針，要敢於衝破「禁區」。

毫耄之年的茅盾仍挑燈伏案寫作。

劉心武的短篇小說《班主任》發表之後，我們推薦給爸爸看，爸爸讀了大為興奮，說總算有一篇敢於衝破「禁區」的作品了，這是「百花齊放」的一個勝利。當得知劉心武是一位中學教師時，他感慨道：還是文藝圈外的人勇氣大些。後來又有《傷痕》等一批作品陸續問世，接著便聽到一些非難之聲，把這一類作品稱之為「傷痕文學」。爸爸對此很不以為然，在一次座談會上談了自己的看法。他說：現在三十來歲的，正是受「四人幫」毒害最深的人，把他們那時所受毒害的情況，比較深刻地寫出來，還是需要的，不但需要，如果寫得好，它會享有永恆的生命力。一篇小說完全寫黑暗面，一般說我不贊成，因為生活的實際情況並不是這樣，生活的實際情況是，在前進道路上有困難。現實生活中的黑暗面，不好的東西，我們自然可以寫，目的是暴露它，指出來讓大家注意它，改革它，如果意圖如此，那麼作品中暴露即使多了一點，也是容許的。如果主觀意圖是要否定我們這個社會，因此專門找黑暗面來寫，那麼這篇作品再掩飾得巧妙，也逃不過讀者的眼睛。

不久，文藝界又出現了「歌德派」和「缺德派」之說，我們多次聽到爸

爸議論此事。他說：因為暴露黑暗面的作品會有副作用，就說它「缺德」，是一種片面性，難道「歌德」的作品就不產生副作用嗎？也有副作用，有時危害還很大，「文革」中的歌功頌德，人物塑造要「高、大、全」等就是教訓。在現實生活中光明面與黑暗面是共存的，在社年主義社會中光明面作主導，但在某個局部，某段時間內黑暗面也可能變得突出。一部作品既描寫了光明面，又揭露了落後面，反映了社會生活中這對立的兩面，這是一部好作品。如果只寫這矛盾中的一面，只要不是故意粉飾，或者不是故意抹黑，而是表現了客觀的真實，也完全應該允許它們存在。當然，一個作家如果成為只寫一面的「專業戶」，我是不贊成的。至於會不會產生副作用？這取決於作家是否掌握了馬克思主義的世界觀，也取決於「百家爭鳴」能否正常開展，能否對這種副作用進行批評和引導。

有一次，爸爸談到「文藝民主」問題。他對某些人贊成「百花齊放、百家爭鳴」，卻不贊成「文藝民主」，覺得不可理解。他說：「文藝民主」就是「雙百」方針的「簡寫」，文藝要繁榮，就要解放思想，衝破「禁區」，就要實行「文藝民主」。一個作家寫什麼，不應該有禁區，但怎樣寫，又應該有自己的選擇。譬如我就主張現實主義的創作方法，不贊成形形色色的唯心主義、形式主義的創作方法；在題材的選擇上，我首先關注有重大意義的題材，但也並不排斥其他題材，等等。我有這樣的傾向、愛好和選擇，其他的作家也可以有他們的傾向、愛好和選擇，這就是「文藝民主」。不過，作家們的選擇應該與人民的利益一致，與社會的進步同步，在這裡，作家的世界觀就有著決定性的作用。

爸爸的這番話，使韋韜想起了一件往事。

一九四八年底，遼瀋戰役結束，東北全部解放。為了籌備召開新的政治協商會議，中共中央邀請在香港的愛國民主人士來解放區共商國是。一九四九年初，爸爸媽媽與李濟深等一大批民主人士從香港乘輪船抵達大連，又來到解放不久的瀋陽，下榻於瀋陽最大的飯店——鐵路賓館。那時韋韜正在東北日報社工作，便經常去賓館看望爸爸媽媽。有一次韋韜剛跨進爸爸的房間，就聽見李德全的聲音：「現在中共提倡寫工農兵，茅公的說法是不是與寫工農兵有矛盾呢？」只見屋裡坐著四五位客人，都是從國統區來的民主人士，顯然他們是在串門聊天。韋韜多次聽過他們閒談，主要是議論解放戰爭的進程和國民黨的敗局；也談國際形勢，猜測美國會不會出兵干涉中國內戰，等等。

這一次他們談的是文藝問題。只聽爸爸答道:「我說作家必須寫自己熟悉的東西,這與提倡寫工農兵沒有矛盾。工農兵是人民的主體,當然要寫,你不熟悉工農兵,就應該深入工農兵中間去熟悉他們,然後再提筆來寫。如果你不熟悉工農兵卻要去硬寫,那是不會有好結果的。那樣,不如先去寫你熟悉的生活。」李德全說:「國統區來的作家恐怕都不熟悉工農兵的生活。」爸爸說:「這正是我們面臨的大問題。解放區產生了《李有才板話》,因為趙樹理熟悉農民。在重慶也有作家寫工人,但我總覺得小說中的工人實在只是穿了工人衣衫的小資產階級。」韋韜知道爸爸指的是哪一部小說。一九四五年冬,韋韜從延安來到重慶,閒居家中一段時間,曾順手翻閱了一本《飢餓的郭素娥》,當時爸爸對這部小說就下過這樣的評語。爸爸又說:「重新熟悉工農兵,我們還是可以做到的,丁玲不是寫出一部《太陽照在桑乾河上》嗎?聽說草明也一直在工廠深入生活,正在寫一部工人題材的小說。」李德全接口說:「聽茅公的意思,也打算到工廠農村去囉?」爸爸肯定地答道:「只要有機會我就去,最好是去江南,北方的冬天太冷,恐怕身體吃不消。」媽媽插嘴道:「你穿上皮袍去農民家裡,人家會把你當作地主的。」大家鬨笑起來。爸爸繼續說:「年紀大了,恐怕只能到工廠農村走馬觀花一番,做做調查研究工作了。其實,除了寫工農兵,其他的各式人等也是可以寫的,而且應該寫。如果你不熟悉工農兵,你不妨先寫寫自己熟悉的人——知識分子、商人、資本家、地主⋯⋯都可以,問題在於你是站在什麼立場上,用什麼觀點來寫。我以為,作家只要有了先進的世界觀,有了科學地觀察事物的方法,你寫什麼都可以。」

所以說,粉碎「四人幫」之後,爸爸在文章和講稿中反覆強調作家必須樹立馬克思主義的世界觀,是和過去的觀點一脈相承的,是爸爸在六十年文學生涯中悟出來的真理和遵循的原則。

一九七八年五月十一日,《光明日報》刊登了一篇特約評論員文章《實踐是檢驗真理的唯一標準》,從而在全國引發了一場檢驗真理標準的大討論。討論的結果,從理論上徹底否定了「兩個凡是」的錯誤方針,為徹底砸爛精神枷鎖,解放思想敞開了大門。爸爸對這場討論十分關注,他認為從提出「要完整地準確地掌握毛澤東思想體系」到這場「關於實踐是檢驗真理的唯一標準」的討論,是一次飛躍——從方法問題躍進到了哲學領域。他也撰文參加了這場討論,闡述了作家應如何來理解這個馬克思主義的基本原理。在文章中,爸爸論述了作家的世界觀和作家的創作活動與社會實踐的緊密關係。他

說：「作家的世界觀的形成，以及在這種世界觀的指導下去從事創作，都一刻也離不開社會實踐。實踐是檢驗一部文藝作品是否成功，是否偉大的唯一標準，也是檢驗作家的世界觀是否正確的唯一標準。」

一九四九年初，茅盾夫婦在瀋陽鐵路賓館。

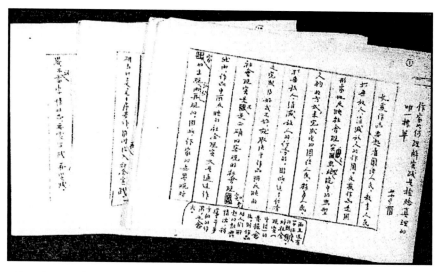

從一九七八年五月起，在全國展開了關於實踐是檢驗真理的唯一標準問題的廣泛而深入的討論，這次討論對於促進全國人民解放思想、衝破禁區，具有深遠的意義。茅盾積極地參加了這次討論，撰寫了論文《作家如何理解實踐是檢驗真理的唯一標準》。這是這篇文章的手稿。

又開始了一天的寫作（一九七八年秋）。

在另一篇文章中，爸爸還談到實踐與「雙百」方針的關係。他說：「在實

踐是檢驗眞理的唯一標準面前，不存在什『禁區』，各種題材，各類人物的塑造，不同的創作方法的運用，都允許存在，允許競放和爭鳴，最終都將由實踐來檢驗其得失與成敗：是眞實地反映了生活，還是歪曲醜化了生活；是爲廣大人民群眾所喜聞樂見，還是僅僅滿足少數人的變態心理；是有益於時代的前進，爲人們展望了未來，還是玩世不恭或無病呻吟。」

走出客廳，目送客人遠去（一九七八年十一月）。

從粉碎「四人幫」到一九七九年秋季，爸爸經歷了從觀望等待到逐步投入文藝界的「撥亂反正」的全過程。他以一個老兵的身份呼喚著文藝春天的早日來臨。

第四次文代會的召開

　　「文革」中，中華全國文學藝術界聯合會和中國作家協會以及其他各協會都被徹底砸爛了，大部分成員不是專政對象就是改造對象，紛紛進了「牛棚」，或者去了幹校，在北京只剩下個留守處。「四人幫」一打倒，就有朋友來信詢問文聯、作協的消息，他們以爲爸爸既是全國文聯副主席，又是中國作協主席，理應知曉文聯和作協的命運和前途。其實爸爸也一無所知。他在

一封回信中說：「承詢作家協會情況，據知久無活動，大概已經撤銷。各地分會亦不復存在。現在無所謂作協會員。」但看到朋友們對文聯和作協關切的心情，爸爸深有感觸。一九七七年十二月二十八日，《人民文學》編輯部邀請文藝界知名人士一百多人舉行座談會，批判「文藝黑線專政論」，爸爸在發言中宣告：「『四人幫』不承認文聯和作協，我們也不承認他們的反革命決定，今天我是以全國文聯副主席和中國作家協會主席的身份發言的。」並建議儘快恢復全國文聯和各個協會的工作。那時，周揚已恢復工作，林默涵也從江西調回北京，恢復文聯和作協等各協會的工作就提到了議事日程上來。

一九七八年五月底，全國文聯第三屆全國委員會第三次擴大會議在北京召開，茅盾出席並致了開幕詞。他在大會上宣布：「中華全國文學藝術工作者聯合會、中國作家協會和《文藝報》，即日起恢復工作。」在全國文聯擴大會議上，茅盾就培養新生力量問題作了專題發言，強調指出：「幫助年輕的文學工作者從『四人幫』的禁錮中解放出來，引導他們走上正確的健康的創作道路，是老一輩作家責無旁貸的任務。」這是茅盾和夏衍在文聯擴大會上。

　　一九七八年五月初，以林默涵為組長的恢復全國文聯及各協會籌備組宣告成立，五月底就召開了中國文學藝術界聯合會第三屆全國委員會第三次（擴大）會議。這是粉碎「四人幫」之後文藝界的第一次空前盛會，參加會議的

有文聯第三屆全國委員會中倖存的委員，以及各省市文藝界的代表，共三百餘人。許多老朋友、老熟人又見面了，大家心情之激動難以言表，彼此為對方能大難不死而互相祝賀。但是也有些熟面孔沒有見到，如丁玲就仍在山西農村勞動。那時平反的對象僅限於文化大革命的冤假錯案，即使是參加這次會議的那些已獲「解放」的同志，頭上戴的政治帽子也尚未被正式摘除，只是大家都不承認罷了。其時郭沫若病情垂危，已不能參加會議，但送來了題為《文藝的春天》的書面發言稿。會議便由爸爸致開幕詞，他宣布了人們期待已久的消息，他說：「『四人幫』不承認我們，陰謀取消了文聯、作協和各協會，現在我宣告，我們也不承認『四人幫』，從來就不承認，我宣布，從今天起文聯、作協恢復工作，其他協會也要盡早恢復工作。」會議通過了一個重要決定：籌備召開第四次全國文代會。上一屆文代會是在一九六○年舉行的，迄今已有十八年了。

這次會議之後不久，傳來了郭沫若病逝的噩耗。郭老雖然沒能親自參加這次盛會，但可以告慰的是，他終於得知：中國廣大的文藝工作者，在歷經十年浩劫之後，又重新集結起來，整頓隊伍，為他所嚮往的「文藝的春天」，開始了新的戰鬥。

粉碎「四人幫」後，許多作家、藝術家冤假錯案逐步得到平反，陸續從牛棚、幹校、勞改農場、監獄回到了北京、上海……重新走上了工作崗位。他們與茅盾有深厚的友誼，不少朋友專程來看望茅盾，重敍友情。這是巴金遠道來訪，他們親切交談。

茅盾與葉聖陶、夏衍相逢在宴會上。

一九七九年五月，丁玲從山西回到北京就來拜訪茅盾。這張照片是一年
後丁玲第三次看望茅盾時所攝。

各協會恢復活動之後，除了投入對「四人幫」炮製的「文藝黑線專政論」的揭發批判外，就是相繼成立專案覆查小組，為各協會被「四人幫」誣陷的作家、藝術家平反昭雪。十一月間，黨中央決定給「右派分子」平反，恢復名譽，於是專案覆查小組又增加了對一九五七、一九五八年間錯劃為「右派分子」的作家、藝術家們進行復查、甄別、改正的工作，為這些同志重新作出結論。在反右運動中遭到不公正對待的作家、藝術家，數量相當大，其中許多是爸爸熟悉的有名望有貢獻的同志。然而，由於時間相隔太久，許多同志的問題不是各協會自己所能解決的，甄別工作進展甚慢。那時，第四次文代會已決定於一九七九年上半年召開，爸爸認為，能讓這些受了二十多年冤屈的同志參加大會，將是對他們最大的關心和安慰，他們中間不少人已年逾古稀，參加這次大會也許是他們一生中最後的一次機會。然而甄別工作如此緩慢卻可能使他們失去這個機會。

一九七八年九十月間，韋韜去上海為爸爸寫回憶錄收集資料，順便到杭州探望在那裡上大學的女兒，也造訪了老作家陳學昭和表叔陳瑜清。回北京後，韋韜向爸爸介紹了陳學昭和黃源的情況：他們的「右派」帽子尚未摘掉，陳學昭獨自住在一間十二平米的小屋內，獨生女兒被剝奪了升學的權利，一直在農村勞動，剛剛回城。十一月中央關於給「右派分子」平反的決定下達之後，爸爸又通過孫女瞭解陳學昭和黃源的情況，得到的回答是「沒有變化」，說他們的問題還有爭議，還在研究中。

一九七九年二月十六日，爸爸給林默涵寫了一封信，全文如下：

> 默涵同志：
>
> 您好！近來我常想到：第四次文代會今春就要召開了，這次相隔廿年的會議，將是文藝界空前盛大的一次會議。這次會議應是一次大團結的會議，一次心情舒暢的會議，一次非常生動活潑的會議，一次真正百花齊放、百家爭鳴的會議，一次文藝界向二十一世紀躍進的會議！
>
> 我認為代表的產生，可以採取選舉的辦法，但也應輔之以特邀，使所有的老作家、老藝術家、老藝人不漏掉一個，都能參加。這些同志中間，由於錯案、冤案、假案的桎梏，有的已經沉默了二十多年了！
>
> 由此我想到，應儘快為這些同志落實政策，使他們能以舒暢的

心情來參加會議。但事實並非完全如此，有的省市爲文藝工作者落實政策上，動作緩慢。就以我的家鄉浙江而言，像黃源、陳學昭這樣的同志，五七年的錯案至今尚未平反。因此，我建議是否可以向中組部反映，請他們催促各省市抓緊此事，能在文代會前解決；還可以文聯、作協的名義向各省市發出呼籲，請他們重視此事，早爲這些老人落實政策！

　　請考慮是否有此必要？匆此即致

　　敬禮！

沈雁冰

一九七九年二月十六日

　　林默涵很快回信說：胡耀邦同志很重視爸爸的建議，準備採取措施來加快落實政策的步伐。當時，胡耀邦是中共中央秘書長兼宣傳部長。四月初，中央組織部、中央宣傳部、文化部、全國文聯在北京聯合召開了全國文藝界落實知識分子政策座談會，到會的有各省、市、自治區黨委組織部、宣傳部，各省、市、自治區文化局、文聯的負責人，以及其他有關人員。胡耀邦在會上講了話，強調落實人的政策的重要性。

　　由於籌備方面的種種困難，第四次文代會一直推延到一九七九年十月底才召開。籌備中的困難之一是代表的產生。這次文代會是新中國成立以來規模最大的一次，正式代表和特邀代表共有三千多人，正如爸爸所建議，文藝界那些歷盡苦難的老人都在邀請之列。但是人數雖多，正式代表的名額卻是有限的，分配到各省市，就成爲人們爭奪的目標。正式代表乃選舉產生，於是各地的文化行政官員就設法把自己列爲代表，理由也很充分，作爲文化部門的領導，理應率隊參加會議。結果，不少知名的老藝術家就被排擠在正式代表名單之外，如上海的袁雪芬，就不是正式代表。上海方面有關人士卻理直氣壯地說，袁雪芬自有中央特邀，上海樂得多一個名額，這樣一來，正式代表中將有一半是文官，有人戲稱這次文代會爲文官大會。因此，怎樣使各省市的正式代表中盡可能多些眞正的藝術家，又如何在特邀代表名單中不致漏掉一位老藝術家，就成爲一個難點。也有老作爲爲此向爸爸呼籲。譬如林煥平是三十年代就活躍在文壇上的作家，一九五七年被錯劃爲右派，後雖摘帽也分配了工作，但在廣西的文藝界中已被淡忘，這次文代會的廣西代表名單中自然榜上無名。爲此爸爸給全國文聯黨組書記陽翰笙寫了信，建議考慮

林煥平為特邀代表。

一九七七年七月，茅盾與來訪的樓適夷（左）、吳伯蕭（右）等在寓所
廊前留影。

籌備組「分配」給爸爸的任務是：「在文代會上致開幕詞；在會議期間召
開的中國作家協會第三次會員代表大會上作報告。爸爸推辭了前者，接受了
後者，但聲明不是報告而是漫談性質的發言。後經磋商，採取折衷辦法：開
幕詞由別人代為起草，經爸爸審定後在大會上宣讀。

爸爸還接受了一個附加任務——爲大會寫歌詞。這是金紫光出的主意，他說，爲了使大會開得隆重、熱烈，最好能有一首頌歌，在開幕式的晚會上歌唱，而歌詞的作者，爸爸是最佳人選。八月上旬他就來約稿了。爸爸除了三十年代末在新疆時寫過一兩首歌詞外，解放後從未寫過歌詞，推辭再三，勉強答應。起初，爸爸寫了一首自由體詩，不盡滿意，覺得未能把大會的深遠意義表達出來。於是第二天改用舊體詩，另寫了一首《沁園春》，這首詞後來由李煥之譜了曲，在大會上演唱了。九月下旬，《中國青年報》來約稿，爸爸又寫了一首七律，題目是《祝文藝之春》，刊載在十月一日的《中國青年報》上。這首七律是從文藝創作方面向作家和藝術家們提出了一個文藝老兵的希望。詩如下：

> 雙百方針須貫徹，未來魯迅屬何人？
> 繼承傳統勤提煉，借鑒他山貴攝神。
> 生活源泉深且廣，典型塑造應求真。
> 長征四化群奔赴，指點江山文藝春。

第四次文代會是在黨的十一屆三中全會方針的指引下召開的。三中全會批判了「兩個凡是」的錯誤方針，確定了解放思想、開動腦筋、實事求是、團結一致向前看的指導方針；果斷地停止使用「以階級鬥爭爲綱」的口號，作出了把工作重點轉移到社會主義現代化建設上來的戰略決策。在三中全會之後召開的理論務虛會議上，鄧小平又提出：實現四個現代化必須堅持四項基本原則，強調「決不允許在這個根本立場上有絲毫動搖」！

三中全會之後，文藝界的思想大大地活躍起來，在一些座談會上，人們終於衝破禁區，開始各抒己見，侃侃而談。他們探討了三十年來文藝和政治的關係，黨如何領導文藝工作，以及文藝民主和藝術規律等問題，也批評了某些把文藝和政治的關係簡單化、庸俗化的觀點，批駁了某些同志對解放思想的牴觸和責難。在討論中，也出現了另一種聲音，即對建國以來黨的文藝路線產生懷疑，甚至持否定的態度，認爲黨領導文藝工作是文藝不自由、不繁榮的根源。林默涵曾在一封信中向爸爸反映了這些觀點，他寫道：「他們認爲文化大革命前十七年已經形成一條『左』傾文藝路線，『四人幫』的極『左』路線，只是集中了十七年『左』傾錯誤之大成。」爸爸在回信中表示：這種觀點是錯誤的，「是不符合歷史發展的實際和內在因果的」。「假如這些議論散

開去，我怕會被『四人幫』餘黨所利用，造成思想混亂。」發表這種議論的同志大都是三四十歲的年輕人，爸爸認為：他們「輕裝上陣，敢想敢說」，在座談會上能亮出自己的觀點，是好的，「這一點，符合百家爭鳴的精神；只是他們對『文革』前十七年的實際情況……不瞭解，或瞭解得不多」，又缺乏歷史唯物主義的觀點，「不能對十七年的事件按當時的歷史情況作具體事件的具體分析」。

爸爸認為，當時文藝界主要的傾向還是思想解放不夠的問題，思想上的禁錮太多。他常吟誦清朝趙翼的一首詩：「滿眼生機轉化鈞，天工人巧同爭新。預支五百年新意，到了千年又覺陳。李杜詩篇萬口傳，至今已覺不新鮮。江山代有才人出，各領風騷數百年。」他向我們解釋道：趙翼這首詩道出了一個真理，就是客觀世界是不斷發展變化的，人的認識也必然隨著客觀世界的變化而日新月異，後人總歸要超過前人。「江山代有才人出，各領風騷數百年」，正道出了文學藝術發展的動力所在。人為地設置「禁區」，阻攔這種進步，是徒勞的，是思想僵化的表現。毛主席說過：「客觀現實世界的變化運動永遠沒有完結，人們在實踐中對於真理的認識也就永遠沒有完結。馬克思列寧主義並沒有結束真理，而是在實踐中不斷地開闢認識真理的道路。」現在我們有些同志在思想解放上還不如二百年前的趙翼。不過話又得說回來，趙翼終究是唯心主義者，他不懂歷史唯物主義，所以又寫出了「李杜詩篇萬口傳，至今已覺不新鮮」新樣的句子。李杜的詩是中華民族文化的瑰寶，它永遠是新鮮的，因為它反映了那個時代的典型風貌。這裡就有一個後人怎樣評判歷史，怎樣評價歷史人物和怎樣對待民族文化遺產的問題。列寧說過：「判斷歷史的功績，不是根據歷史活動家沒有提供現代所要求的東西，而是根據他們比他們的前輩提供了新的東西。」這是我們評價歷史的唯一正確的原則，離開了它就會滑到歷史虛無主義方面去。現在那些把建國十七年來的文藝路線說成是「左」傾路線的青年人，就犯了和趙翼同樣的錯誤。

上述這些觀點，爸爸在他寫的文章和詩詞中，以及給朋友的信中，也時有闡述。一九七九年八月間，他為新創刊的《蘇聯文學》寫了一首《西江月》，就如何借鑒外國文學為我所用，寫了這樣的詩句：「形象思維誰好，典型塑造孰優？黃鍾瓦釜待搜求，不宜強分先後。秦岱兼容抔土，海洋不擇細流；而今借鑒不避修，安得畫牢自囿。」十月中旬，他在給姚雪垠的一封信中寫道：「《文藝報》的《溫故以知新》（按：這是爸爸為《文藝報》寫一篇文章）……

想來看到了吧，尊見如何？我引用列寧的一段話，是希望寫現代文學史的人們應持此以評價歷史上的風雲人物。事物是前進的，發展的；馬克思不能預料到第一個社會主義革命發生在工業落後、主要還是農業國的沙俄，但並不因此就減少了馬克思主義的科學性和創造性。在這核時代，馬列主義中許多就當時科技水平而作出的若干觀點，也不能適應於今日。三十年為一代，一代以後又有什麼新問題、新變化，現在誰也不能十拿九穩，世事如此，個人得失，又何足道。」

一九七九年十月三十日至十一月十六日，中國文學藝術工作者第四次代表大會在北京舉行，共到代表三千二百人。這次大會是粉碎「四人幫」後文藝界的第一次盛會，是一次空前團結的會議，一次大家心情舒暢、真正百家爭鳴的會議。茅盾主持了開幕式並致《開幕詞》。這是大會開幕式的主席台，第一排自左至右：李先念、葉劍英、周揚、鄧小平、茅盾、聶榮臻、彭真。

爸爸於十月二日開始動筆起草文代會上的發言稿，四日寫畢，題為《解放思想，發揚文藝民主》。八日作了一次修改。那時得知文代會將推遲至十月三十日召開。十月二十三日爸爸又將發言稿作了一次增補。主要在第一個問題中增加了一大段。這次增補的緣由是：有一天，韋韜與爸爸談起當時社會上的思想動態，談到現在人們，尤其知識分子，對「思想改造」有很大的牴

觸，似乎把「思想改造」等同於帝國主義誣蔑我們的「洗腦」。爸爸聽了大不以爲然，他說：「『思想改造』其實是『自覺地樹立無產階級世界觀』的同義語。過去的『思想改造』，在方法上存在粗暴、強制、簡單化的錯誤，對這些錯誤可以批評，但不應該因此否定『思想改造』本身。我以爲自覺的『思想改造』是每一個革命者通向自由王國的必由之路。」他把他的文代會發言稿拿出來看了一遍，說：「關於作家世界觀的決定性作用，我過去反覆講過，在這個發言稿中我就沒有多講，現在看來需要再強調一下。」於是爸爸就增補了一大段文字。

茅盾在大會上致開幕詞。

發言稿中原來的一段是這樣的：「辯證唯物主義和歷史唯物主義就是無產階級的世界觀。做任何工作，離不了它，離開了它，就會發生錯誤。而對於文藝工作者，這個世界觀是起決定性作用的，因爲文藝工作者是被稱爲『人類靈魂的工程師』的，如果不具有過硬的無產階級世界觀，這個工程師設計製造的產品不光是質量差，外觀不美，經不起時間的考驗，而且還會在社會上產生不利於社會主義革命和社會主義建設的後果。」

在第四次文代會期間，同時召開了中國作家協會第三次代表大會，茅盾在會上作了題為《解放思想，發揚文藝民主》的報告。他總結了粉碎「四人幫」以來小說創作的成就與不足，指出作家既要把自己的頭腦用辯證唯物主義和歷史唯物主義武裝起來，又要自覺地投身到沸騰的生活中去，獲取廣博、深刻的生活經驗。要允許作家有選擇創作方法的自由，因為哪一種創作方法更接近真理，將由實踐來回答。這次大會，茅盾當選為全國文聯名譽主席，並蟬聯中國作家協會主席。這是茅盾與周揚、巴金、夏衍在作協代表大會主席台上。

　　爸爸增補的一段如下：「三十年來，我們文藝工作者的隊伍與解放初期相比較，已經發生了根本的變化。現在我們的文藝工作者，主要是解放後我們黨培養出來的新的一代知識分子，他們是工人階級不可分割的一部分；即使是從舊社會過來的老一代的文藝工作者，他們絕大多數也在黨的教育下，在長期的革命實踐中，鍛鍊改造成了工人階級的知識分子。但是，這並不能說我們的世界觀已經徹底無產階級化了，不再需要注意世界觀的改造了。即使是工人出身的文藝工作者，也不能說生來就有無產階級的世界觀，所謂『自來紅』的說法是不科學的。掌握無產階級的世界觀是一個長過程，一個連續不斷、永無休止的過程，必須在努力地、完整準確地學習馬列主義、毛澤東思想的過程中，通過反覆的實踐和檢驗，才能逐步掌握，真正掌握。一旦你停止學習馬列主義，你不再相信實踐的檢驗，那麼你就會逐漸地變成一個思想僵化的人，頭腦不清醒的人，你的無產階級世界觀也將逐漸變質，你也就

不能真正運用文藝這個武器來為人民群眾服務，為四個現代化服務。因此，我們掌握馬克思主義的世界觀，既不是讀幾本辯證唯物主義和歷史唯物主義的經典著作就可以算數的，也不是有了一些生活經驗就可以滿足的，而應該是畢生的工作，即做到老，學到老，改造到老。」

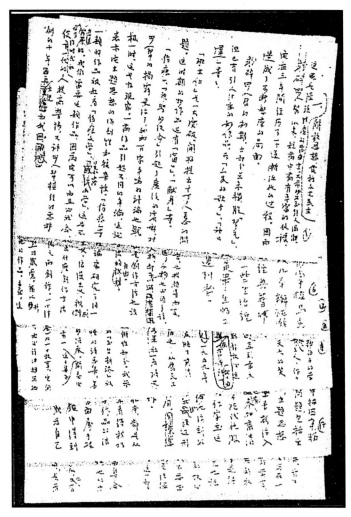

《解放思想，發揚文藝民主》的手稿。

　　爸爸的一生正是這樣身體力行的。

　　一九七九年十月三十日，中國文學藝術工作者第四次代表大會在北京人民大會堂隆重開幕。周揚主持會議，爸爸致開幕詞，鄧小平同志發表了重要的講話。在主席台上，爸爸坐在鄧小平的左邊，當工、青、婦、解放軍的代

表相繼祝詞時，小平同志側身對爸爸說：這次文代會將選舉文聯及各協會新
一屆的領導，考慮到您年事已高，作協主席又非您繼續擔任不可，我們建議
周揚同志擔任文聯主席，請您擔任文聯的名譽主席，您看是否可以？爸爸當
即表示聽從組織安排。

三十日晚，爸爸出席觀看了文代會組織的晚會。甘肅省歌舞團演出了大
型民族舞劇《絲路花雨》。演出前，合唱隊演唱了爸爸作詞、李煥之作曲的《沁
園春》，歌詞如下：

> 代表三千，各業各行，濟濟滿堂。老中青團結，交流經驗；意
> 氣風發，鬥志昂揚。傾訴血淚，餘悸猶在，痛恨殃民禍國幫。英明
> 黨，奮雷霆一擊，大地重光。

> 編排隊伍輕裝，待開往長征新戰場。有雙百方針，指引正軌；
> 極左思想，清算加強。歷盡艱辛，未銷壯志，抖擻精神再站崗。為
> 四化，看香花燦爛，久遠流芳。

文代會期間，茅盾觀看了新編大型舞劇《絲路花雨》，演出結束後，茅
盾登上舞臺向演員們祝賀演出成功。

這一天的《人民日報》也刊登了這首《沁園春》。

　　十一月一日，爸爸去人民大會堂參加了全體會議，聽了周揚的報告。二日在家休息，因為連日勞累，又染風寒，咳嗽加劇。三日輪到爸爸在全體會議上發言，只得強打精神，到人民大會堂作了《解放思想，發揚文藝民主》的講話。由於體力不支，爸爸只念了發言稿的開頭和結尾，中間部分是請人代讀的。發言完畢，爸爸即提前退席，趕赴北京醫院急診室就診，並立即住進了病房，晚上高燒達三十九度多。就此，爸爸再也沒能參加文代會的其他活動，至十一月二十三日出院時，第四次文代會已結束多日。不過，十六日文代會閉幕那天，爸爸徵得了醫生的同意，從醫院直接驅車前往人民大會堂，參加了第四次文代會的選舉和閉幕式。

寫回憶錄（上）

　　一九七八年春節前夕，父親去北京醫院看病，和胡喬木同志不期而遇。
喬木同志高興地說：「太巧了，茅公，我正有一件事要給您寫信呢，現在就當
面談吧。」說著把爸爸請到休息室裡。原來中央最近有個決定，要組織力量，
從現在還健在的老同志那裡「搶救遺產」——撰寫革命回憶錄。喬木說：「這
件事本來早該做了，可是『四人幫』浪費了我們十年時間，又使得許多老同

志過早地離開了人世，所以現在這項工作更有其緊迫性。這是具有深遠歷史意義的大工程！中央討論時，陳雲同志特別提到您，說建黨初期的歷史，除了您，恐怕已沒有幾個人知道了。他希望您能把這段歷史寫出來，要我給您寫信，提出這個請求。現在我就當面向您轉達陳雲同志的意見。」爸爸爽快地答道：「我可以試試。只不過年代隔得太久了，有些事情怕記不真了。」喬木說：「我們可以提供資料，幫助您回憶。有些時間、地點，資料上的記載比較準確。其實您可以寫的不只是這段歷史，您還可以把您六十年的文學生涯寫出來，寫一部文學回憶錄，這也許是更重要的。」

過了幾天，林默涵也在一封信中談到寫回憶錄的事，信中寫道：「我們希望您寫一本過去重要經歷的回憶錄，凡是您認為值得寫的都寫下來。內容不限於專談與寫作有關的事，也不限於三十年代……這不但有文學價值，也有歷史價值。」

大約三月份，人民文學出版社社長韋君宜率兩位編輯來拜訪爸爸，說陳雲同志和喬木同志指示：一些老人被「四人幫」迫害致死，幸存者也都年邁體弱，要抓緊時間趁他們健在，趕快組織力量「搶救遺產」，協助他們搜集資料，寫回憶錄。有子女、親屬者，可請子女、親屬協助，沒有子女、親屬者，可配備秘書協助整理。根據中央這一指示，人民文學出版社決定創辦一個新的刊物，定名為《新文學史料》，專門刊載作家們的回憶錄、傳記，有關文藝界的掌故、資料、考證、調查以及文學史研究的動態，等等。希望爸爸支持這個刊物，為這新刊物題刊頭，寫文章。韋君宜說：「粉碎『四人幫』後，文藝界『撥亂反正』，許多被『四人幫』顛倒的問題又重新提出來加以澄清，三十年代關於兩個口號的論爭就是其中之一。這個問題最近在大專院校中又引起了爭論，我們打算在《新文學史料》上也登一點關於這方面的回憶和訪問。茅公如有興趣，也可以就這個問題寫點回憶，因為您是親身經歷了這件事的，是最有發言權的。」爸爸沉吟片刻答道：「刊頭我可以寫，回憶文章也可以寫，但不是關於兩個口號的論爭，這個問題比較複雜，有些事不便寫，尚需核實。」韋君宜說：「那就寫別的吧，比方寫文學研究會。」爸爸笑道：「要寫回憶，那就不止文學研究會了，還要比這早些，可以從我到上海進商務印書館寫起。這樣吧，我給你們這個新刊物寫個長篇連載的回憶錄如何？你們這刊物什麼時候創刊？」「恐怕要到下半年了。」「那麼現在就說定，八月份我交回憶錄的第一篇稿。」這意想不到的收穫使韋君宜和兩位編輯喜出望外。

從一九七八年起，茅盾開始撰寫回憶錄，並在新創刊的雜誌《新文學史料》上陸續發表。這個回憶錄是在他一九七六年口述——錄音的回憶錄的基礎上再搜集資料重新撰寫。

他寫作回憶錄的原則是：「所記事物，務求真實，言語對答，或偶添藻飾，但切不因華失真。凡有書刊可查核者，必求得而心安。凡有友朋可咨詢者，亦必虛心求教。……其有兩說不同者，存疑而已。」

粉碎「四人幫」以後，已經有了搜尋大量舊報刊的可能，可以用準確的材料來充實和糾正原來口述回憶單憑記憶之不足。這是個巨大的工程，需要查閱上百萬字的資料。實際上茅盾晚年的主要精力便是花在寫回憶錄上，這也是他在晚年為人們作出的最有意義的貢獻。這是茅盾在查閱材料和伏案寫作。

過了幾天，韋君宜同志召見小曼，把中央指示和創辦《新文學史料》的意圖告訴了她，並說：「鑒於茅公沒有秘書，而她年事已高，寫回憶錄須有助手協助找資料、作記錄，等等。我們本想從現代文學編輯部派一位編輯去，但考慮到茅公說話浙江口音濃重，現代文學編輯部的編輯聽不懂，考慮再三，覺得由你來做這項工作最合適。我們想把你從外國文學編輯部借調到現代文學編輯部，再由現代文學編輯部委派你擔任這項工作。你看怎麼樣？」小曼理解這項工作的重要意義和領導的苦心安排，便表示服從領導的分配。

為了加速撰寫回憶錄的速度，茅盾由兒子協助從解放前三十年的舊報刊中搜尋和查核資料。這是一九七九年夏茅盾和兒子在書房中翻閱資料。

爸爸之所以能這樣爽快地答應為《新文學史料》寫回憶錄，並非因為胡喬木和林默涵事先打了招呼，而是因為在「文革」後期，在風雲突變的一九七六年，爸爸已經在悄悄地寫回憶錄了。

自從爸爸於一九七三年秋重新在報紙上「亮相」之後，就有老編輯向小曼建議：動員茅公寫回憶錄。一九七四年爸爸準備續寫《霜葉紅似二月花》時，我們便提出是否先寫回憶錄，被爸爸否定了。他認為，寫回憶錄單憑記憶是不夠的，需要查閱過去的報刊來印證和補充或糾正自己的回憶，這些現在根本不可能辦到。一九七四年十一月，《霜葉紅似二月花》的續寫，因遷居交道口新居而停頓了。不久，又有人向我們建議動員爸爸寫回憶錄，爸爸仍未同意。他認為在毛主席批評了「四人幫」之後，國內形勢將會愈來愈好，完全可以等到圖書館徹底開放，能借閱資料的時候再來寫回憶錄。

可是等到一九七五年底、一九七六年初，形勢又驟然惡化，周總理逝世了，鄧小平第二次被打倒，全國人民又一次陷於絕望之中。一天，爸爸把我們叫到身邊說：「現在，我打算開始寫回憶錄了！」我們不解其意，因為當時

更不具備寫回憶錄的客觀條件。爸爸解釋道：「按目前的政治局面，文化大革命不知還要拖到何年何月，去年看到的希望，又渺茫了，我怕是等不到『四人幫』這伙人下台的那一天了。所以，我考慮現在就把回憶錄寫出來，即使是不完整的，也好留下一個歷史的見證。你們把它保存好，等到將來再公之於世。你們不是有台錄音機嗎？這次我想採取口授錄音的辦法，我想好一段錄一段，然後再根據錄音整理成文字。」那時，除了樣板戲，一切文化娛樂活動都被禁止，我們和孩子們都愛好音樂，便從寄售店買了一台舊的盤式錄音機，錄了一些西方的古典音樂，在家悄悄欣賞。韋韜一聽爸爸要口授錄音，便贊成道：「這是個好辦法，比你自己寫省力得多，不過為保險起見，錄音與筆記可同步進行，錄音時，小曼和小鋼可同時作記錄，這樣就有三份材料，可以相互參照。」爸爸表示同意。

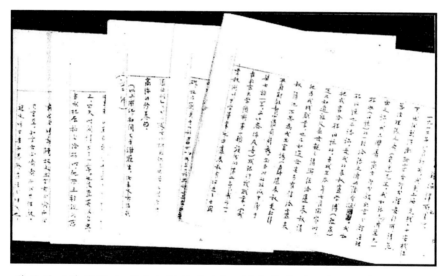

茅盾的回憶錄題名《我走過的道路》，從童年寫到一九四九年新中國建立前夕。共三十六章，預計八十萬字，至一九八〇年底已完成二十章，約四十萬字。這是第四章的手稿，寫於一九七八年秋。

一九七六年三月二十四日，我們開始了第一次錄音。爸爸手持話筒，靠在臥榻上，韋韜站在三屜桌前操縱錄音機，小曼和小鋼在一旁作記錄。爸爸的口述是這樣開始的：「大概是一九一九年下半年，陳獨秀從北京來到上海……」爸爸打算從他早年鮮為人知的政治鬥爭生活開始敘述，第一次至第四次錄音便是從一九一九年爸爸結識陳獨秀開始，敘述到一九二七年的大革命失敗，其中有參加上海共產主義小組的情節，有擔任黨中央聯絡員成為「鍾

英小姐」的故事，有在上海大學教書，參加「五卅」運動，領導商務印書館
大罷工等活動，有去廣州出席國民黨第二次全國代表大會，會後留在廣州在
毛澤東手下擔任宣傳部秘書的經歷，還有到武漢參加大革命，擔任中央軍事
政治學校武漢分校的教官和主編《漢口民國日報》的活動，以及經歷大革命
失敗的故事。爸爸的這些經歷，對韋韜來說已很新鮮，小曼和小鋼更是聞所
未聞，我們聽得十分興奮。不過這部分錄音有一大缺陷，主要是爸爸從未使
用過錄音機，一拿起話筒就緊張，生怕空走了磁帶，以致原先想好的腹稿，
一到錄音時就亂了套，只得急急忙忙往下講故事，沒有了跌宕多姿、豐富細
膩的描繪。我們勸他放鬆一些，不必擔心帶子空走，並且教他使用話筒上的
暫停鈕，自己控制錄音的節奏。經過幾次實踐，爸爸掌握得好多了，以後的
錄音就比較順利。不過，他仍然不能像某些作家那樣，直接從錄音就能記下
一篇供發表的文章來。

工作間隙，茅盾在院內小憩。

爸爸一般在午休後下午三時左右開始錄音，每次約兩小時，晚上和上午

則躺在床上構思，為下一次錄音打腹稿。遇到有其他事或者要去醫院，就順延一天。不過整個四月份，他幾乎天天口授錄音，像一台開足馬力的機器，自一九二七年從武漢回到上海開始，僅用了十天時間就講完了三十年代，又用了十天時間講完抗日戰爭，再用兩天時間講完解放戰爭。爸爸說，回憶錄就寫到新中國建立，解放以後的不寫了，因為解放後的事大家都熟悉，資料也容易找到。接著他又回頭講他的童年，他的學生時代，然後又分三次補講了二十年代的文學活動，因為我們提醒他：二十年代他詳細介紹了自己的政治活動，沒有詳細介紹文學活動。

當我們全家圍繞著爸爸忙著他的回憶錄的時候，天安門廣場人民英雄紀念碑下發生了人民自發悼念周總理的活動，並且很快掀起了人民群眾反對「四人幫」的怒潮。四月四日是清明節，四月一日爸爸在結束了當天的錄音後說：休息三天吧！你們也好去天安門廣場看看，去現場瞭解一下，回來告訴我。四月六日，新聞廣播中播出天安門廣場發生了「反革命事件」的消息，爸爸就對我們說：下午繼續「寫」回憶錄！從此再沒有停頓過，直到四月底全部口授完畢。

五月中旬，爸爸又錄音一次，增加了這樣一些內容：補充《蝕》的創作過程；補充在日本兩年的創作活動（第一次錄音只提了一句）；補充澤民叔叔從蘇聯回國和在鄂豫皖蘇區病逝的經過；專門介紹了盧鑒泉表叔祖。韋韜對爸爸說：「其實還有一些事也可以談一談的，譬如建國後的某些重要事件。」爸爸搖搖頭說：「不寫了。」停了一下又說：「不過有兩件事倒可以講一講，一件是開國之初一些花絮，另一件是一九五七年十一月參加毛主席率領的中國代表團去莫斯科慶賀十月革命四十週年和參加六十四國共產黨會議。」於是五月底又補錄了兩次。

口授錄音結束後，我們就著手把錄音和兩份記錄整理出來，請爸爸修改審定。不料一放錄音，發現頭幾次的質量太差，聽不清楚，只好請爸爸重錄。七月下旬，爸爸把一九一九年至一九二七這九年的政治活動又重錄了一遍。這一次因為已不再緊張，爸爸講的內容也比第一次的豐富了許多。

當我們的整理工作剛完成一半時，唐山發生了大地震，我們臨時搬到了南沙溝，接著是毛主席逝世和「四人幫」倒台，全國形勢大變，我們再沒有顧上繼續整理那份錄音。一九七七年秋，爸爸要我們把已經整理出來的部分給他看。看完之後，他不滿意，認為只敘述了經歷，缺乏文采，只有骨頭，

沒有血肉。他說:「看來還得自己動筆,光動口不行。錄音作爲保存資料是可以的,用來創作則不行,它無法表現作家的風格。」於是,他決定在錄音的基礎上把回憶錄重新寫過,而且從童年寫起。那時候已經不必悄悄地寫了,也可以到圖書館找資料了。小曼從北京圖書館借來一些二十年代的雜誌,如《小說月報》、《學生雜誌》、《婦女雜誌》、《解放與改造》等,爸爸在上面發現了不少署名「雁冰」、「玄珠」、「郎損」而自己已經忘記了的文章,不禁大爲興奮,這些文章大大開啓了他的記憶閘門。

不過,爸爸寫回憶錄的事,我們仍舊沒有向外透露。

一九七八年秋茅盾正式開始寫回憶錄。

現在,爸爸既然答應韋君宜將回憶錄交給《新文學史料》連載,就必須全身心投入這項工作。於是爸爸決定暫停正在撰寫的童年部分,改爲從一九一六年進入商務印書館編譯所寫起,他說:「童年是要寫的,但人的一生主要在於他的事業,還是從我邁入社會寫起更有意義。」從那時起,選寫回憶錄就成爲爸爸晚年最重要的投入精力最多的工作。

爸爸從第一次口授錄音中,取得了兩點經驗:一不能依靠錄音,二不能太相信自己的記憶,必須廣泛搜集資料以彌補記憶之不足。爲此,他給我們開列一份解放前出版的書刊名單,要我們去搜集,這些書刊很多我們沒有聽

說過。爸爸獻身文壇筆耕六十年之久，又參加過實際革命鬥爭，時間長，經歷豐富，接觸面廣，所寫的文章浩如煙海，既有小說、散文，也有戲劇、詩詞、寓言、童話，既寫文藝評論、神話研究，又寫政論、雜文，還從事翻譯、編輯工作。解放後出版的十卷本《茅盾文集》，以及其他著作，僅佔他全部著作的四分之一。大量的文章未收入集子，散落在縱貫三十年的各種報刊雜誌中。現在要收集起來，實在不容易。小曼到北京圖書館、歷史博物館等單位借到了一些過去的雜誌。這些舊雜誌爸爸寫作時需要經常翻閱，但借來的書刊卻要按時歸還，善本書還不能外借，不許複印，這使爸爸感到極不方便。於是，決定花一筆錢去舊書店採購。我們陪爸爸去了琉璃廠的中國書店，很有收穫，買到一套十二厚冊的《文學》合訂本，一套《世界文庫》和一九一九年的《學生雜誌》。但這些還遠遠不能滿足爸爸的需要。報刊、書籍大半是解放前在上海出版的，北京不易覓得。於是我們決定去上海搜集資料。

小曼自從給爸爸當助手後，便逐漸陷進了日常的秘書工作中。「文革」結束後，爸爸的社會活動日益頻繁，來信來稿來訪愈來愈多，有時甚至門庭若市，不僅有國內的，還有外國友人和外籍華人，等等。爸爸已是八旬老人，沒有精力應付，就由小曼根據爸爸的意見代為處理、代為答覆。由於工作量很大，她又要照顧爸爸的生活起居，協助寫回憶錄的事便很難兼顧，更無法脫身去上海專門搜集和整理資料。於是爸爸便想到把韋韜調來當助手。他給周而復寫了一封信，信中寫道：「動手寫回憶錄（我平生經歷的事，多方面而又複雜），感到如果不是浮光掠影而是具體而正確，必須查閱大量舊報刊，以資確定事件發生的年月日，參與其事的人的姓名（這些人的姓名我現在都記不真了）。工作量很大，而且我精力日衰，左目失明，右目僅零點三的視力，閱寫都極慢，用腦也不能持久，用腦半小時必須休息一段時間，需要有人幫助搜集材料，筆錄我的口授，憑以往的經驗，從外找人，都不合適。於是想到我的兒子韋韜（在延安時他叫沈霜，也許您認識），他是我大半生活動中的始終在我身邊的唯一的一個人了。有些事或人，我一時想不起來，他常能提供線索。我覺得要助手，只有他合適。他現名韋韜，在解放軍政治學院校刊當編輯。我想借調到身邊工作一兩年。為此，我已寫信給中央軍委羅瑞卿秘書長，希望他能同意借調。為了盡快辦成此事，希望您從中大力促進。」這封信寫於七月十九日。周而復那時擔任全國政協副秘書長，兼管《文史資料選輯》的出版，他在得知爸爸要寫回憶錄之後，曾來說服爸爸勻出一兩節登

在《文史資料選輯》上，爸爸也答應了。因為有這兩個原因，故爸爸寫信請周而復出面來促成此事。過了幾天，爸爸又給當時的總政文化部部長劉白羽寫了信，提出了同樣的請求。

八月底，借調韋韜獲准，九月，他就去上海搜集資料了。上海圖書館的資料比較齊全，徐家匯的書庫中藏書十分豐富。韋韜找到在上海書店工作的表妹孔海珠做幫手，先搜尋能買到的舊書刊。海珠輕車熟路，引著韋韜查遍了上海書店的幾個舊書庫，找到了許多解放前出版的爸爸的著作和他主編的雜誌。計有一九二一年至一九二八年的《小說月報》，十六開本的《文學週報》一整套，部分《東方雜誌》、《婦女雜誌》和《中學生》，全套《譯文》、《太白》、《文藝陣地》和《筆談》，以及其他零星雜誌，如《解放與改造》、《申報月刊》、《現代》、《中流》、《抗戰文藝》、《文學創作》、《文藝先鋒》等等。爸爸的舊作則發現了不少稀有的版本，如最早的文言譯著《衣·食·住》，最早箋注的古典名著《莊子》，署名沈德鴻編著的十五冊童話，為青少年寫的《漢譯西洋文學名著》，為青年縮編的潔本《紅樓夢》，通俗讀物《上海》、《百貨商店》，以及《小說研究 ABC》、《速寫與隨筆》、《話匣子》、《神話雜論》、《文藝論文集》、《茅盾隨筆》、《耶穌之死》等孤本書。總之，收穫極大。但是，解放前爸爸還在各種報刊上發表了大量的散篇文章，這一部分資料只有到徐家匯的書庫中，在浩如煙海的報刊中翻找，這需要花費較長的時間和進行細緻耐心的工作。韋韜不能在上海長期逗留，就把這項工作委託海珠去辦。這一工作她整整做了一年多。

經過這次上海之行，爸爸需要的資料基本上收集齊全，報刊上的散篇文章，也由海珠在上海查到後，陸續複印分批寄來。這些資料經韋韜分類整理之後，根據爸爸寫作的進度，陸續提供他參閱。可以說，這些資料爸爸都翻閱過，重要的如《小說月報》和《文學》則翻閱過不止一次。此外，為了寫出二十年代與鴛鴦蝴蝶派、學衡派的鬥爭，以及和創造社的論爭，為了寫出三十年代與「民族主義文藝」的鬥爭，關於文藝大眾化的討論，以及兩個口號的論爭，爸爸還大量翻閱了當時一些代表人物的文章。所有這些報刊由於年代久遠，當時印刷技術的落後，許多字跡已不清楚，經過複印後就更加模糊，這對於左目已失明，右目僅有零點三視力的老人來說，困難就不言而喻了。可是爸爸仍然耐心地孜孜不倦地翻閱著、研究著。在兩年半的時間內，爸爸大約翻閱了五百萬字以上的資料，寫出了四十萬字的回憶錄。

一九八〇年底，茅盾仍在奮筆寫回憶錄。

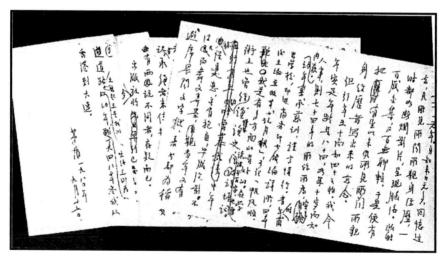

這是《我走過的道路》序的手稿，寫於一九八〇年秋。這份手稿與前一份第四章的手稿相隔的時間雖然只有兩年，但以後一手稿字跡的變化，可以想到作者寫作的艱辛。那時茅盾的身體已日見衰弱，雖然思維仍舊敏捷，但稍一走動就氣喘不已，一天只能寫作兩三小時。

　　爸爸晚年身體衰弱，心肌缺血、缺氧，不能多走動，寫作一般不再到臥室外間的起居室兼工作室，而是就近在他床邊當窗的三屜桌前。他習慣躺在床上看資料，那些資料就放在床邊的一張條几上。不看資料的時候，他躺在床上構思、打腹稿，想好一段，便起身坐到三屜桌前，把腹稿寫下來。他寫稿用鋼筆，不用毛筆。二三十年代爸爸用鋼筆寫作，《子夜》的手稿就是娟秀飄逸的鋼筆字；抗戰時他改用毛筆寫稿，因為那時的紙張粗糙，只適宜用毛筆。後來沿襲下來，保持到解放後一直用毛筆，直到創作《霜葉紅似二月花》續篇和這次寫回憶錄，才又重新改用鋼筆。爸爸解釋道：「用毛筆要憑手的感覺，現在手發顫，視力又差，寫字時看不清毛筆筆尖是否達到紙上。鋼筆筆尖是硬的，落在紙上有感覺。」不過，即使用鋼筆寫作，爸爸的字在兩年間也有了很大的變化，一九七八、一九七九年，爸爸的鋼筆字仍然娟秀，到了一九八○年便明顯地變形了。

　　爸爸晚年因肺氣腫引起的氣喘日益加劇，伏案時間稍長就會引起氣喘，所以每次寫作不能超過兩小時，一般每天從九時至十一時寫作兩小時，精神好時下午再加兩小時。不過，從一九七九年夏季開始，他僅在上午寫作了，下午用來看資料。他常常抱怨：「老了，不中用了，走動一下就氣喘，寫作久了也氣喘，這樣下去進度太慢了！」我們計算過，爸爸平均每天能寫八九百字，這八九百字是他在與衰老的頑強拼搏中寫下來的！許多朋友多次勸他去外地療養，譬如去廣東從化洗溫泉浴。我們也慫恿他，他也動心想去，但一思量又說：「不行，寫回憶錄不能停，這一大堆資料隨時需要查閱，總不能把它們都帶去吧，太多了，帶不走，只好等我寫完之後再去吧。」但後來去從化療養的夙願終於未能實現。

　　爸爸在撰寫回憶錄的整個過程中，自始至終遵循著「務求真實」的原則。即便是一個人名，一個地名，或一件史實稍有模糊，也不厭其煩地向當事人或經過那時代的人求教核實。有時為了一個問題，數次寫信請教。上海復旦大學教授吳文祺大革命時期也在武漢中央政治軍事分校任教官，爸爸多次寫信向他詢問和核實當時的情形。為了弄清陳啟修的籍貫，專門寫信向許德珩討教。為了核實一九四六年秋和陽翰笙、洪深、趙清閣、鳳子等同遊杭州西湖的細節，寫信向上海的作家趙清閣請教。專門派車把羅章龍接到家中，向他瞭解建黨初期的某些人和事。與廖沫沙核對香港撤退的情況。請四川的胡錫培介紹抗戰時重慶街道的名稱。向趙明和陳培生詢問一九三九年盛世才統

治下的新疆的某些內幕。還請上海的魏紹昌代爲向病中的趙丹核實在新疆的二三事。凡兩人回憶有出入者，就存疑。正如爸爸在回憶錄的序言中所說：「所記事物，務求眞實，言語對答，或偶添藻飾，但切不因華失眞。凡有書刊可查核者，必求得而心安。凡有朋友可諮詢者，亦必虛心求教。他人之回憶可供參考者，亦多方搜求，務求無有遺珠。已發表之稿，或有誤記者，承讀者來信指出，將據以校正。其有兩說不同者，存疑而已。」

撰寫回憶錄是爸爸晚年全身心投入的工作。在他住進醫院的最後日子裡，他最牽掛的就是回憶錄。清醒時，凡有朋友來探望，他談得最多的話題便是回憶錄。昏迷時，他常會一手摸索著上衣口袋，嘴裡喃喃地說：「鋼筆，鋼筆呢？」有時則反覆數著二三四和五六七八九這幾個數字。這是爸爸的寫作計劃：四月份出院，五、六、七、八、九月份突擊完成回憶錄，徹底完成！爸爸大概已經從這次來得不祥的病中預感到了什麼，所以他迫切希望再給他五個月的時間來進行一生中最後的衝刺！

然而爸爸終於沒能親自完成回憶錄，只寫到一九三四年，僅完成了一半。但他的準備工作卻遠遠超出了三十年代，譬如向他詢問趙丹的是一九三九年新疆的事，他向廖沫沙核實的是一九四二年香港脫險的經過，而向趙清閣瞭解的則是抗戰勝利後的西湖之遊。正是爸爸的這些準備工作，還有爸爸一九七六年口授的錄音，以及爸爸搜集來的許許多多的資料，給了我們勇氣，使我們決心大膽拿起我們的禿筆，把爸爸的回憶錄續寫完成，了卻爸爸生前未能實現的心願。

寫回憶錄（下）

　　在爸爸撰寫回憶錄的過程中，有兩件事值得提出來專門寫一筆。

　　第一件事是關於「兩個口號」的論爭。

　　爸爸在回憶錄中還沒有來得及親自寫到關於「兩個口號」的論爭，這是他十分關注的問題，曾不止一次和我們談論過。

　　一九七五年春，魯迅博物館爲了搜集魯迅的「活資料」，邀請爸爸到館內

參加了一次座談會，其中就談到了「兩個口號」的論爭。爸爸原來是不想參加這次座談會的，因為這違背了他在「文革」中不議政治、不寫文章的原則。談論魯迅雖然本身不是政治，但當「四人幫」在文藝界打倒一切獨尊魯迅的時候，談論魯迅也就成了政治。還在一九七四年的時候，西北大學的單演義教授曾再三動員爸爸寫回憶魯迅的文章，爸爸始終沒有答應。他在給他人的信中寫道：「若寫回憶，便非可草草從事，何況回憶的又是魯迅，一有乖誤，罪戾不小，因此更覺得躊躇，大概是不會寫的。」但是魯迅博物館的邀請又不能不去，否則會有對魯「聖人」不敬之嫌。

座談會後一個多月，魯迅博物館把談話記錄稿送來請爸爸審定。爸爸認認真真地修改了三天。自從暫停《霜葉紅似二月花》的續寫之後，爸爸這樣認真地寫東西還是頭一次。韋韜覺得奇怪，走到爸爸跟前去看，爸爸便把稿子遞給韋韜。韋韜看後說：「這樣的文章只要實事求是地說清楚就行了，何必費這麼大的勁？」爸爸說：「我自然要堅持歷史的真實，可是一涉及到人，就難下筆了。譬如魯迅也說過『兩個口號』可以並存，現在能這樣寫嗎？現在只肯定一個，說另一個是投降主義口號。又譬如論爭雙方都有宗派情緒，意氣用事的毛病，還有人從中挑撥，現在這些能寫嗎？現在只能對一方打屁股。這篇談話稿雖說由魯迅博物館保存，但肯定會流傳開去。所以我既要努力忠於歷史，又要使他們能夠接受，非常難辦，很費勘酌。」

爸爸第二次談論關於「兩個口號」的論爭，是在一九七八年夏季，他剛著手為《新文學史料》寫回憶錄的時候。有位朋友寄來了一份在上海流傳的馮雪峰在「文革」中寫的關於「兩個口號」論爭的材料，其中披露了一段令爸爸吃驚的內幕，原來「民族革命戰爭的大眾文學」這個口號是胡風提出來的，經與馮雪峰商量後，再去找魯迅並得到魯迅的認可。這使爸爸有一種受欺騙的感覺，因為幾十年來爸爸一直認為這個口號是魯迅提出來的，所以當時爸爸十分爽快地表示了贊同，只是強調要魯迅親自寫文章加以闡明，並指出「兩個口號」可以並存。假如當時就知道是胡風提出來的，考慮到胡風與周揚之間的矛盾，就會慎重探究其動機和後果，而提出避免矛盾擴大的意見。這件事使爸爸十分激動，他給孔羅蓀寫信詢問是否真有這樣一份材料，並表示要寫一篇文章來談這件事。後來這篇文章寫出來了，登在《新文學史料》第二輯上，題目是《需要澄清一些事實》。文章指出，在胡風提出「民族革命戰爭的大眾文學」口號之前，魯迅雖不完全滿意「國防文學」這個口號，卻

並無否定它或者另提一個新口號的意思。胡風這樣一搞，結果是引起了「兩個口號」的論爭和進步文藝界的更加分裂。文章還提到了魯迅的「知人之明」問題，認爲魯迅亦爲胡風所利用。

這篇文章一發表，即招來截然不同的兩種反應，其中反對的一方以魯迅博物館館長李何林爲代表，他們很快寫出一篇反駁文章。這篇文章本身證明了在魯迅研究中也存在著「兩個凡是」的問題。

爸爸再一次談論「兩個口號」論爭的問題，是在一九八〇年夏秋之交。韋韜在清理爸爸的文稿時，在一個紙口袋裡意外地發現了爸爸三十年代的一些手稿和剪報，其中有《關於引起糾紛的兩個口號》的原稿，登在《生活星期刊》上的《再說幾句》的剪報和「談最近的文壇現象」的抄錄稿，筆跡是媽媽和姐姐的。這後兩篇文章韋韜過去沒有見過，內容很重要，一篇批評了周揚的宗派主義和關門主義，另一篇是綜述了「兩個口號」論爭的經過和回答郭沫若的「戲聯」引起的一些問題。第一篇即《關於引起糾紛的兩個口號》的原稿，奇怪的是不是爸爸的筆跡，大段的修改才是爸爸的筆跡。韋韜拿了這三篇文章去問爸爸，爸爸略一過目就指著第一篇說：「這是阿六（即我們的舅舅孔另境）的筆跡，當時他自告奮勇幫我起草了這篇文章。至於那兩篇大概因爲涉及周揚和郭老，解放後大家不再提起，所以你不知道。這三篇文章每篇的背後都有一個故事，說起來話長。」韋韜說：「現在外面有議論，說你原來是支持魯迅的，現在又反過來幫周揚說話了。」「噢！有這樣的議論？」韋韜點點頭。「這恐怕是我反對神化魯迅，又寫了那篇『澄清事實』的文章的緣故。」沉默了一會兒，韋韜問：「爸爸，你何不將『兩個口號』論爭的前因後果詳詳細細寫出來，來個徹底的澄清？因爲現在眞正瞭解當時的內情的恐怕沒有幾個人了。」爸爸說：「要寫的，當然要寫。回憶錄再寫幾章就寫到三六年了，在那一章我要專門談『兩個口號』的論爭。」微喟一聲又說：「這次論爭的實質，其實是三十年代進步文藝界內部長期存在的宗派主義鬥爭的反映，口號之爭只是表現形式。當然，如果只有一個口號，雙方各就這個口號的是非曲直展開辯論，還比較容易求同存異，取得一致。提出『兩個口號』，就勢必一方要否定另一方，這樣矛盾就尖銳化，要調和也就要更難了。胡風提出新口號的動機是什麼，現在不好猜測，但至少是嚴重的宗派主義在作祟。至於周揚，他的宗派主義我在《再說幾句》那篇文章裡寫得很清楚。」

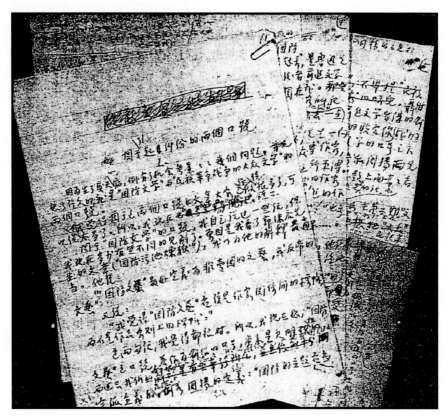

《關於引起糾紛的兩個口號》的手稿。

爸爸侃侃而談，愈談愈興奮，足足講了一個多小時。他講了那三篇文章背後的三個故事，還分別談了幾個人。

爸爸說，胡風的宗派主義表現，突出在論爭的前半段，如質疑和反對「國防文學」，散佈魯迅不贊成「國防文學」的消息，串連組織另一個文學團體，等等，十分活躍。等到他借魯迅之力提出了一個新口號，卻又不說明這新口號是魯迅同意的，可以與「國防文學」口號並存，放了一把火之後，忽然銷聲匿跡了——至少表面上是這樣，據馮雪峰說，胡風接受了他的批評，所以不再露面。

周揚正相反，他的宗派主義表現，突出在論爭的後半段，即胡風提出新口號之後。在這之前，他還力圖消解魯迅對他的成見，為此他找過爸爸。他也願意聽取對「國防文學」的不同解釋和補充。但胡風的新口號一提出來，他聽不進一點不同的意見，連「兩個口號」可以並存的意見他也反對。直到魯迅在答徐懋庸的信中說明新口號是他提出來的，周揚才不再爭辯。這可以

看出周揚對魯迅還是尊重的。

　　爸爸認爲馮雪峰在整個事件中既幹了蠢事，也辦了好事。總的說，好事比蠢事多。馮雪峰對魯迅的影響很大，因爲他剛從陝北來到上海，所以魯迅對他格外信任，在他的影響下，魯迅徹底消除了解散「左聯」，建立包括過去的敵人在內的抗日民族統一戰線的疑慮。馮雪峰對周揚很有成見，又與胡風關係密切，所以一到上海就站在周揚的對立面，偏聽偏信。他支持胡風提出新口號，又影響魯迅，使他也贊成這個新口號，從而引發了「兩個口號」的論爭。不過，當他發現思想認識的分歧將導致左翼文藝組織上的分裂時，他又害怕了，企圖努力挽回分裂的局面，多次勸魯迅加入文藝家協會。在努力無果之後，又建議爸爸在兩個協會的宣言上都簽上名。馮雪峰同意「兩個口號」可以並存的觀點，並且勸魯迅寫文章表明態度，澄清事實；又代筆爲魯迅起草了三篇文章，使得「兩個口號」的論爭得以平息。最後，他又努力促成了由文藝界各方面的代表人物簽名的《文藝界同人爲團結禦侮與言論自由宣言》的發表，使得文藝界終於在抗日民族統一戰線的旗幟下團結起來。

茅盾愉快地和友人交談，談鋒仍健。

一九三六年九月，兩個口號論爭雙方基本上統一了認識。九月中旬，茅盾和鄭振鐸起草了《文藝界同人爲團結禦侮與言論自由宣言》，在宣言上簽名的有魯迅、茅盾、郭沫若、巴金、葉紹鈞、謝冰心、陳望道、鄭振鐸、林語堂、包天笑等文藝界各方面的代表人物二十一人，包括了論爭的雙方。宣言的發表，標誌兩個口號論爭的結束和文藝界抗日民族統一戰線的形成。這是刊登在《新認識》第二號上的宣言全文。

對於魯迅，爸爸談得比較少，只說魯迅的認識在整個事件中也有個發展

深化的過程。也講過魯迅的「知人之明」，他說：「魯迅立場堅定，旗幟鮮明，嫉惡如仇，但是對無意間冒犯了他的同營壘中的人，缺少一點寬容。如傅東華是同情左翼的，只因『休士事件』觸犯了魯迅，就再未得到魯迅的諒解。又如為了《譯文》停刊事，魯迅甚至與鄒韜奮、鄭振鐸、胡愈之產生了隔閡。另一方面，魯迅對於在他周圍的那些從不冒犯他的人，又有耳根軟的毛病，在一些非原則性的是非問題上容易偏聽偏信，且因此而發怒。所以三十年代文藝界流傳著這樣一句話：『老頭子又發火了！』連史沫特萊都發覺魯迅的脾氣不好。」「不過，」爸爸說，「魯迅這些缺點畢竟只是小節，無損於魯迅的偉大。不是說，金無足赤，人無完人嗎？」

一九八〇年十月間，陳荒煤來看望爸爸，轉達了胡喬木的一個建議，希望爸爸能把他和魯迅在左翼文藝運動中共同戰鬥的經歷和友誼這部分回憶錄寫出來，因為一九八一年九月是魯迅誕辰百週年紀念。爸爸說：「在已發表的回憶錄中，我已經把魯迅的友誼陸續寫出來了，魯迅是一九三六年去世的，等我把回憶錄寫到一九三六年，也就寫完了與魯迅的友誼。現在我已寫到一九三三年，明年春天就能寫到一九三六年了，在那一章裡我要詳細寫寫關於『兩個口號』的論爭。所以就不必另外集中起來專門寫了，那樣也會打亂我的整體構思。現在最重要的是，盡快把回憶錄完成！」

第二件事是「東方曦事件」。

「東方曦」是我們舅舅孔另境的一個筆名，這件事是他惹出來的，所以就叫「東方曦事件」吧。

大約一九七九年秋，小曼從人民文學出版社資料室借到一本舅舅寫的書──《庸園集》，推薦的同志說，書中有涉及茅公的內容。這是一本雜文集，收集了舅舅用「東方曦」這個筆名寫的一組文章，以及由此引起的一場筆墨官司中爭論另一方的文章，其中有郭沫若，有阿英的……爭論另一方認定「東方曦」就是茅盾，指責他用筆名寫文章來吹捧自己。書中並沒有爸爸的文章。我們從未聽說過這件事，覺得奇怪，就問爸爸。爸爸把書打開翻了翻說：「是發生過這樣一件事，那是個大笑話。」在我們的追問下，爸爸講了下面這個有趣的故事。

一九三六年十二月間，大約在魯迅去世後兩個月，一天有個熟人遞給爸爸一張《大晚報》，說：「上面有一篇郭沫若的文章，提到您，值得一讀。」爸爸翻了一遍，在副刊《火炬》上找到了這篇文章，題目叫《漫話「明星」》。

原來有個叫東方曦的寫了一篇雜文，叫《文壇「明星主義」》，文中提到有人偷了郭沫若的一副「戲聯」，登在《今代文藝》上，而雜誌編輯又藉此大肆宣揚，招徠讀者。作者認為這是跡近無恥的欺騙，是把名作家強拉去做廣告的壞風氣。郭沫若的文章就是針對這位東方曦而發。「不過郭老文章的開頭就有點奇怪。你們聽，」爸爸翻開《庸園集》念了一段，「這『東方曦』是誰的化名，早就有人寫信來告訴我，突然在舊報中發現，真如在黑夜中望見了赫赫的太陽。」郭沫若當時在日本，他的國內消息，大半是朋友寫信告訴他的。郭老是創造社的元老，他周圍很有一群追隨者。

暇時，茅盾也到院子裡坐坐（一九七八年夏）。

「那個『戲聯』是怎麼回事？」韋韜好奇地問。

「那是又一個笑話了，」爸爸回答，「兩個口號論爭的時候，郭沫若是贊成『國防文學』的，在魯迅答徐懋庸的信發表之後，郭老仍撰文要求魯迅撤回『民族革命戰爭的大眾文學』的口號。我曾給他寫信，希望我們與魯迅的步調一致，郭老沒有回信。後來就在《今代文藝》上看到了郭沫若的那副『戲聯』。『戲聯』乃朋友間的遊戲之作，是不供發表的。『戲聯』的上聯是：『魯迅將徐懋庸格殺無論，弄得怨聲載道。』下聯是：『茅盾向周起應請求自由，未免呼籲關門。』這下聯指的是我寫的一篇批評周揚『關門主義』的文章《再說幾句》。把『戲聯』偷出來發表的是郭沫若的朋友金祖同。這件事，郭老本來應該責備金祖同，因為這樣做有挑撥郭老和魯迅，郭老和我的關係的嫌疑。可是郭老非但沒有責怪金祖同和《今代文藝》的編輯，反而在那篇《漫話「明星」》中為金祖同等人辯護。而且說了下面這樣一些話。」爸爸又翻開《庸園集》念道，「我擬了那對聯，自然是沒有想要發表的意思的——老實說，不是不想發表，是不敢發表。東方先生云乎？——『文壇之重心，本是一樁極自然的現象，如蘇聯之有高爾基，中國之有魯迅茅盾等。』魯迅茅盾兩位是中國文壇的兩大『重心』，是由來已久之事。況且此『文壇重心』也者，蘇聯另有一個而我國卻何幸而有兩個！而我那副聯語，卻又一時把兩個『重心』都傷犯了，這還了得！」「蘇聯的高爾基，中國的魯迅，都先後去世了。現在就剩下了我們唯一的一個『文壇重心』——茅盾。魯迅是被稱為『中國的高爾基』的，已經死了，茅盾自然是『高爾基第二號』，更有何疑？這真是『十足道地』的『東方的太陽』。我們是虔誠地仰望著我們的『太陽』時常照臨著我們，不要每每躲在夜幕和烏雲裡不肯靈出面孔。」爸爸念完說：「當時我真的『丈二和尚莫不著頭腦』，不明白郭老為何無端攻擊我，而且火氣還這麼大。後來從所謂『東方的太陽』躲在烏雲裡不肯露面，聯想到文章開頭稱『東方曦』為『赫赫的太陽』，我才茅塞頓開，恍然大悟。原來郭沫若輕信了他那朋友的讒言，認定『東方曦』就是我的化名，是茅盾化名寫文章吹捧茅盾，而且自封為『文壇重心』！這實在太可笑了。」

爸爸有一個筆名，叫「東方未明」，大概用過三四次，郭老那位朋友相必是從這個筆名推論出爸爸是「東方曦」的。三十年代許多作家為了躲避國民黨的圖書審查，常用各種筆名，爸爸就用過幾十個，所以揣摩筆名也是當時的一門「學問」。不過正派的猜法是根據文章的內容和風格，並非猜字謎。看

來那位在郭老耳邊嚼舌頭的人，對爸爸的為人一無所知，或者對爸爸有很深的成見，當然也可能純粹出於宗派情緒。爸爸說：「我這個人向來與宗派無緣，二十年代的文學研究會，似乎是個派別團體，因為它團結了一批觀點相近的作家。其實卻是個鬆散的組織，到了三十年代已煙消雲散，成員各奔東西了。此後，我雖然也有不少朋友，但多數只是文字之交，不像早先的創造社，後來的周揚、胡風他們，各有一幫意氣相投的朋友聚集在一起。」

在同一期《火炬》上，爸爸又發現另外兩篇也是影射攻擊自己的文章，署名「若英」和「陳阜」，才覺得問題並不單純。爸爸立刻找到鄭振鐸，請他幫忙查明「東方曦」是何許人，因為只要找到「東方曦」，對爸爸的誣蔑就不攻自破。鄭振鐸果然神通廣大，當天晚上就告訴爸爸：「東方曦的文章是經宋雲彬送給報社的，宋雲彬不肯說出東方曦是誰。不過我從另外的渠道打聽到，東方曦原來是你的內弟孔另境。」爸爸當時又驚又氣，主要是生氣，因為舅舅給他惹來了很大麻煩，人家會說：「看，茅盾原來藉內弟之筆來吹捧自己！」在舊中國的文壇有股壞風氣，就是在當事人背後嘰嘰喳喳，乃至放暗箭，使黑槍，用現代的術語就是「搞小動作」。爸爸最討論熱衷此道的人，現在舅舅卻向這種人提供了射擊爸爸的子彈，怎能不氣惱！

「第二天你舅舅自己來了，」爸爸對韋韜說：「你的兩個舅舅，性格迥異，小舅舅令杰忠厚老實，任勞任怨，當了一輩子教書先生。大舅舅另境就十分活泛，結交的朋友三教九流都有，工作前前後後變換過不下十個。平時大手大腳，常向你媽媽『借』錢。我曾嚴厲批評過他的大少爺作風，他賭氣揚言不再見我這個姐夫，也不再要我這姐夫的照顧，因為那時我正『照顧』他，讓他幫我編《中國的一日》。所以有一段時間他在外面幹些什麼，寫些什麼，既不告訴我，我也不去管他。」

舅舅主動來看爸爸，是來探聽消息的。起初他還想隱瞞，後來見爸爸嚴肅而憤怒，才承認「東方曦」是他。但又訴苦道：他實在是冤枉的，因為他本意是批評出版界選擇稿件只看作者姓名不看文章內容的不良作風，並無冒犯郭沫若的意思。至於「文壇重心」，那是行文至此信筆舉了個例子，說「中國文壇的重心是魯迅茅盾等」，他用「等」字的意思就是還有別人，倘若當時有人提醒一句，他就會把郭沫若的名字加上了。舅舅認為他們藉此做文章，是因為戴有色眼鏡。爸爸問他打算怎樣收梢？他說準備再寫一篇「自白」，題目都已想好，叫《東方曦示眾》。不過說出了真姓名，恐怕他們又會說是你指

使我寫的。爸爸說：現在最重要的是澄清事實，其他的只好不去管它了。舅舅掏出兩張《大晚報》，說他的文章和別人的文章都登在上面，又告訴爸爸，「若英」就是阿英。

過了兩天，沒有見到舅舅的《示眾》登出來，卻繼續有阿英和陳子展等人的文章和詩登載在《大晚報》上，阿英的詩標題是《賦得「赫赫的太陽」》。那時報刊上圍繞這個題目的文章多起來了，有阿英方面的，也有為「東方曦」打抱不平的，諷刺阿英他們為「捧領袖」而圍攻茅盾。而國民黨的小報也趁機造謠起鬨，似乎中國文壇又爆發了一場新的論戰，內容是爭奪「文壇領袖」。

又過了兩天，舅舅來了。爸爸問他為何那篇《示眾》不見登出？舅舅說，他不打算發表了，因為阿英說他能考證出「東方曦」是誰，所以就讓他去考證吧。爸爸認為不去「示眾」也罷，他們這樣蠻橫，去「示眾」反倒成了去「示弱」了。現在這件事已鬧得滿城風雨，國民黨的小報也插進來挑撥離間，渾水摸魚，所以要立刻把爭論停息下來。爸爸要舅舅保證不再寫文章理睬他們，舅舅接受了勸告。可是他後來還是寫了兩篇文章，因為阿英指著他公佈真實姓名。其實那時候「東方曦」是孔另境已傳得盡人皆知，阿英這樣做，無非為了挽回一點面子，證明自己罵茅盾還是有道理的。不過，爸爸還是嚴厲批評了舅舅，要他發誓不再繼續捲入這場無聊的爭論。

後來，由於爸爸始終一言不發，舅舅也不再寫文章反駁，對方也覺得既無趣也尷尬，就偃旗息鼓了。爸爸對我們說：「這本《庸園集》中收集和記載了這件事的來龍去脈，這是三十年代文壇的一樁『醜聞』，它反映了文藝界宗派主義流毒的危害。」

「雜家」的負荷

　　每當雜事纏身，不能務「正業」的時候，爸爸往往自我解嘲，稱自己是「雜家」。這個稱呼已有幾十年的歷史。三四十年代，爸爸這「雜」還是文學藝術圈子裡的「雜」。解放後擔任了文化部長，文學、戲劇、電影、舞蹈、文物、出版、文化交流，樣樣都得管，「雜」得不得不把「正業」——小說創作擠出了門外。只有「文革」後，爸爸當「雜家」很大成分是自願的。

　　粉碎「四人幫」以後，報刊、雜誌、出版社逐漸恢復，並且超出了「文革」前的規模，向爸爸約稿的愈來愈多，爸爸又在撰寫回憶錄，所以忙得不

遑暇食。不過，爸爸感到最苦於應付的還是各種其他的雜事。這些雜事，多半是爸爸或爲了友情，或基於責任心而無法推脫的。

從一九七七年起，爸爸收到的書信驟然增加，其中很大一部分是求「墨寶」的。對於十多年斷了音訊的朋友們的這點小小的要求，爸爸有求必應，不過在回信中一再聲明「字殊拙劣，聊以爲紀念，請勿示人」。但求字的朋友不聽勸告，到處示人，結果愈傳愈廣，不但有國內的老朋友、新朋友，還增加了國外的朋友。爸爸的幾首比較滿意的詩詞，如《讀〈稼軒集〉》、《題〈紅樓夢〉畫頁》等，也就一再相贈並流傳開去。不久，求字者的範圍便越出了文藝界，許多不相識者也輾轉託人相求。起初，爸爸也是有求必應，後來實在太多，招架不住，不得已，只好對不相識者求字，即使是朋友介紹的，也一律敬謝不敏。他在給一位朋友的信中寫道：「至於寫字，來函所提三人，素不相識，擬請婉言辭謝。一則我的『書法』實在約約乎，熟人相索，不敢藏拙，聊以爲紀念，若推廣至於友人之所識，則將爲識者所笑。二則目力愈來愈差，常有飛星，不佳之字因而更不像樣，限制範圍，亦節省目力之一法。」

爸爸的「約約乎」的書法，喜歡的人卻不少，常用雋秀、飄逸來形容。我們認爲爸爸的字的確秀麗，這恐怕與他的縝密細心、一絲不苟有關。不論寫什麼文章，他總要反覆推敲，想好腹稿，再從容下筆，所以他的文稿從來十分整潔、美觀。

至一九七八年底十一屆三中全會之後，一些文化設施陸續恢復或重建，新出版的報紙刊物像雨後春筍，於是向爸爸求字的信件更增加了要求題寫刊名、書名、校名、圖書館名、影劇院名，以及爲名勝古蹟書寫楹聯的內容。爸爸實在應接不暇，只得分批慢慢地寫。但他仍舊有求必應，即使是一個縣文化館的刊物，他也認眞地題寫刊名。他說：「刊物不論大小，既然能辦起來，就都有他們的一番辛苦，我給大刊物題了簽，給小刊物也要題簽，要一視同仁，不能厚此薄彼。」這樣一來，爸爸的「字債」愈積愈多，還「字債」成爲他晚年的一項經常性工作，直到去世也未能還清！每逢陽光燦爛、光線充足的日子，爸爸就說：「今天上午來還字債吧！」我們就幫他鋪好宣紙，準備好筆墨，按來信先後順序排列出該寫的部分。書寫條幅需站立。爸爸在七十歲以後就因末稍微循環不好，腦供血不足，常常覺得腦門緊繃繃的，腳底軟綿綿的，像踩著棉花。因此，每寫二十來分鐘就需要休息片刻。一般一個上午只能寫五六份，不滿意的還要重寫。題書名、刊名能坐著寫，通常都是連續寫好幾份，每種有時還多寫幾個，以供挑選。那時，爸爸正在集中精力寫

回憶錄，這些推託不掉的「字債」，便成為爸爸的一個額外的負擔。我們總覺得，這還「字債」的「任務」不僅過多地侵佔了爸爸最後幾年寶貴的時間和精力，也損害了爸爸的健康。

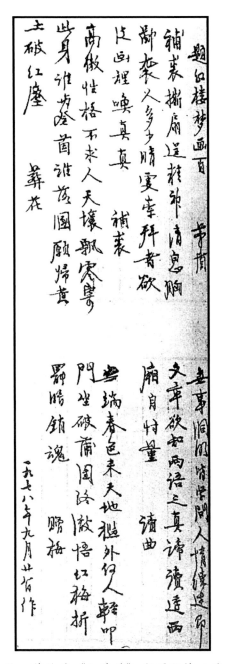

一九七九年九月，茅盾為《紅樓夢》畫頁題詩四首。這是手跡。

　　爸爸從來不認為自己是書法家，他對朋友們的索字並不推辭，唯獨《書法》雜誌請他題簽，他堅決敬謝不敏。他說他不是書法家，而書法界的大家高手很多，請他們寫更好。爸爸絕非故作謙虛，因為他從不珍惜自己的書法，從不認為自己寫的字是什麼「墨寶」，更沒有想過要流傳百世。他用紙用墨都不考究，隨便用墨臨時研幾下，順手找一張宣紙就寫，——雖然他很瞭解宣紙和墨的種類很多，大有講究。後來有一求字的老畫家對我們說：茅盾書寫的條幅墨汁太淡，紙也不夠考究，這樣很可惜，不能長期保存，而古人作畫寫字，用紙用墨都極講究，所以能保存幾百年。並且告訴我們何種宣紙寫字最適宜，建議我們去榮寶齋和戴月軒挑選一些宣紙和湖筆，以便老人備用；研墨太麻煩，可用中華墨汁，質量不錯。我們很感激老畫家的指點，從此，我們也給爸爸準備了最適宜的筆、墨和宣紙。

一九八〇年九月，攝影家吳印咸拜訪茅盾。這是他當時為茅盾拍攝的特寫。

茅盾與吳印咸在交談。

爸爸常說，自己在書法上沒有下過功夫，別人請他寫，只不過是慕名而已。他在給施蟄存的一封信中寫道：「我的字不成什麼體，瘦金看過，未學，少年時曾臨摹美人碑，後來亂寫。近來囑寫書名、刊名者甚多，推託不掉，大膽書寫，都不名一格，《新文學史料》五字，自己看看不像樣。現在寫字手抖，又目力衰弱，寫字如騰雲，殊可笑也。」

爸爸應命而寫的條幅、刊名和書名不計其數，現已無法統計。曾有人說：現在報攤上新創刊的文學雜誌，十之八九是茅公的題簽。

除了求字，來信中凡是陌生的筆跡，多半是為文學創作上的問題向爸爸求教。這類信的內容龐雜，其中一類是從事茅盾研究的。「文革」之後，爸爸的著作又重新出版了，並且增加了解放後未刊印的作品。最早重印的是《子夜》，約在一九七七年秋，後來陸續出版了《茅盾評論文集》、《茅盾短篇小說集》、《茅盾散文速寫集》、《茅盾文藝評論集》，都增加了解放後未刊印過的文章。出版了從未出版過單行本的長篇小說《鍛煉》，解放後未再重印的散文集《脫險雜記》、外國文學論著《世界文學名著雜談》以及《神話研究》、《茅盾譯文選集》等。此外，還有葉子銘協助編選的《茅盾論創作》和《茅盾文藝雜論集》，這兩本集子主要收集了爸爸解放前寫的文藝評論文章。在爸爸的著作中，文藝評論的字數佔了一半多，但解放以前爸爸寫的大量文藝評論從未

出版過專集。葉子銘是五十年代末崛起的青年茅盾研究者，曾寫過一本《論茅盾四十年的文學道路》，很受評論界注意，也爲爸爸所賞識。「文革」後他與爸爸重新取得了聯繫，是他提出要幫助爸爸編這兩部論文集的。他認爲茅盾研究的範圍應該大大地擴展，不能只從小說創作的角度來認識和研究茅盾。上述這些集子，包括了爸爸創作活動的各方方面，從而爲拓寬茅盾研究的深度和廣度，提供了方便的條件。

自一九七八年起，茅盾的著作，如《子夜》、《蝕》、《虹》、《腐蝕》等又陸續再版重印。出版社又要求茅盾將新中國建立後未曾出版過的作品和文章編選出版。在三年多的時間裡，茅盾親自編選了《茅盾短篇小說集》、《茅盾散文速寫集》、《茅盾詩詞集》、《茅盾文藝評論集》、《茅盾譯文選集》以及《世界文學名著雜談》、《神話研究》、《脫險雜記》等，由葉子銘協助編選了《茅盾論創作》和《茅盾文藝雜論集》。此外還出版了未曾出版過單行本的長篇小說《鍛煉》。這是茅盾在翻看新出版的《茅盾散文速寫集》。

　　這些集子，基本上沒有重複的，但有一個例外，即編選了兩種解放後的文藝評論集──《茅盾評論文集》和《茅盾文藝評論集》。爲什麼要重複編選？爸爸在一九八〇年五月二十日爲《茅盾文藝評論集》寫的《序》中有以下說明：

「兩年半前,我應人民文學出版社之約,編了一集《茅盾評論文集》,一年以後書印出來了,聽到了一些反映,自己翻來看看,也不滿意:文集中收進了一些不應該收的文章,而有些應該收進去的文章卻又沒有收。這說明,我的思想解放還趕不上三年來日新月異的大好形勢;而我編那本集子時,貪圖省力,只把文化大革命前出版過的幾本書藝論文集簡單地合在一起,未作周密的考慮,也是造成差錯的原因之一。現在,文化部新成立的文化藝術出版社建議我把解放後寫的文藝評論文章重新選編一本集子,我就欣然同意了。」所謂「不應該收的文章」,是指一九五七年「反右」鬥爭中寫的幾篇文章,其中就有批評丁玲和劉紹棠的。對這件事,爸爸很感內疚,怪自己忘性太大,竟記不得一九七七年底曾編過這樣一本集子,否則提出暫緩出版,進行改正,也不至於傷害朋友。因此,重新選編一集解放後的文藝評論集,就成為爸爸一直縈縈於懷的心事,而終於在他去世之前了卻了這個心願。

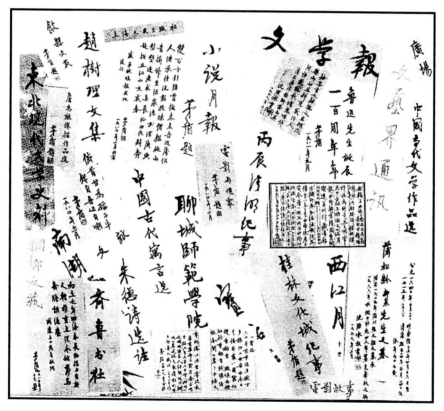

這是茅盾在那幾年為全國各地的求字者書寫的大量題籤和條幅中的一部分。

在「文革」中，除了魯迅研究，對中國其他作家的研究成了「禁區」。現在「禁區」被衝破，研究茅盾的閘門也就打開了。「文革」前的茅盾研究，局限於爸爸的幾部代表作，如《子夜》、《林家舖子》、《春蠶》等，爸爸文學活動的其他領域基本上不涉及，只有少數幾位學者作了探索，如葉子銘的上述專著就把觸角伸進了爸爸二十年代的文學活動。現在閘門既已打開，茅盾研究者們就順勢把「文革」前的框架也一起突破了，把興趣轉向了爸爸六十年文學活動的各個領域，如文學評論、散文、雜文、兒童文學、詩詞、神話研究、外國文學研究、翻譯、編輯，等等。對小說的研究也拓寬了視線，開始注意起過去不被重視的作品以及過去研究中有意迴避或淡化的東西。此外，也開始注意研究爸爸走過的文學道路，以及文學範疇以外的活動。在這樣的背景下，不少老的、新的茅盾研究者，就來信向爸爸請教。老一代的研究者是指葉子銘、吳奔星、莊鍾慶、孫中田、魏紹昌等，他們來信主要是詢問歷史情節和作品中的疑點，並不要求爸爸對他們文章中的觀點發表意見。這些信件爸爸一般都親自答覆，太忙時也讓我們代覆。新的研究者一般寄來他們寫的研究文章，要求爸爸發表意見，進行分析，有的還要求推薦出版單位。遇到這類稿件，爸爸總是無可奈何地對我們說：「這些問題我是沒有發言權的，我不能評論自己。一個作家只能聽取讀者和評論家對自己作品的意見和批評，從而改進自己的創作，而不是自我吹噓。至於介紹出版，如果是評論別的作家的，我還可以幫忙，評論我的，我不能，尤其我還是作協主席，怎麼可以利用職權來自我宣傳！」所以這類稿件，多半是讓我們婉言璧還。

也有的來信與眾不同，譬如山東有一位研究經濟學的同志，寫了一篇《〈子夜〉與一九三○年前後的中國經濟》，爸爸認為這篇文章很有新意，能言人所未言，親自覆信鼓勵了作者。又有一位熱心的讀者洋洋灑灑寫了五頁長信，建議爸爸寫《子夜》續篇。他比喻說：看完《子夜》「就像是端上了一碗上好的菜餚，還沒有吃夠，就沒有了」，並舉出三點續寫的理由：一、人民需要《子夜》續集；二、歷史也需要《子夜》續集來反映它；三、從作品本身來說，也需要有續集來加強它、擴大它、豐富它。對於這樣熱心的讀者，爸爸無法給予滿意的回答，內心十分疚歉。另有一對熱心的夫婦，早在六十年代初就來信建議爸爸將《霜葉紅似二月花》續寫完成，現在相隔十七年之後，他倆又來信說：「寫這封信的目的，還是希望有朝一日得以拜讀《霜葉紅似二月花》的續集。您如不寫，恐怕再不會有大手筆反映那一段特定的

歷史時期了。」這一對讀者的心意，倒是和爸爸不謀而合。爸爸在「文革」後期已經悄悄把續寫《霜葉紅似二月花》提上了日程，並且已寫出相當一部分詳細的大綱。只是收到這封信時，爸爸正在全力以赴地撰寫回憶錄，實在沒有餘力再考慮別的寫作計劃，當然這是非常遺憾的。爸爸只好在來信上批了這樣兩句話：「小曼代覆：年老力衰，並有其他寫作計劃，恐不能續寫《霜葉紅似二月花》了。我今已實足年齡八十三，不知尚能活幾年。」

一九七八年至一九八一年間茅盾選編和出版的著作。

另一類信件是向爸爸瞭解二三十年代的其他作家的情況。寫信人是以為爸爸既然認識這些作家，也就會知道這些作家的秘聞軼事。其實，大部分來信問的事爸爸都不知道。這類信，爸爸也只好讓小曼代覆。

最令爸爸頭疼的，是為了搜集文壇掌故或調查某作家、某社會活動家的

某段經歷，專門來北京登門拜訪，這樣的不速之客在一九七七、一九七八年較多，爸爸戲稱他們是公費旅遊者。他在給《人民日報》副刊編輯姜德明的一封信中說：「……最糟的是事雜。莫名其妙的事都找到我，以為我是『萬寶全書』，其實大大不然，有些事，數十年前的事，都忘記了；或者我根本沒有參加，而人家總以為我知道，或參加，要我回憶，或來信，或來寓，坐著不肯去，真沒辦法。現在有這樣風氣：為了一點事，派人外訪，於是周遊各省市，找甲找乙，要材料。事是好事，但所耗人力財力，怕也不少。至於被訪者不勝其煩，那就不用說了。」爸爸對這種公費旅行很不以為然。有個外省市的刊物，為了請爸爸給刊名題簽，派了兩名幹部專程來北京。爸爸說：「這是為公費旅行找藉口，否則為什麼不可以給我寫封信呢？八分錢郵票就解決問題了！」更有甚者，某省某紀念館兩名幹部專程來京，瞭解大革命時期《漢口民國日報》的情況，談完要求爸爸寫一份書面材料，說好兩天後來取。爸爸百忙之中，擠出時間，按期寫完，誰料那兩名幹部從此銷聲匿跡，連地址也未留下，因而材料寄都寄不出去。對於這種作風，爸爸不能容忍。他在一九七八年十二月二日填寫的「中國作家協會會員情況調查表」的「近來從事文學工作的情況」欄目中，明顯地流露出自己的憤慨。他寫道：「近年只是打雜，寫過一些小文章、舊體詩詞。但深以來訪者太多為苦，其實這些來訪者並無必要。他們周遊各省、市，訪問些什麼呢？我真是莫名其妙。」

一九七九年十月，茅盾出席紅樓夢研究工作者座談會，和俞平伯、王崑崙交談。

　　在這些「莫名其妙」的來訪者中，也有來「認親戚」的，自稱他們的祖上是媽媽長輩的遠房親戚。爸爸對我們說：「他們以爲我不瞭解你們媽媽家的事，其實孔家有幾門親戚我一清二楚。即使眞是沾點親，幾代都不來往，早已沒有什麼關係了。這種人來認親，是想撈點好處，至少也爲了回家鄉能炫耀一番。」對這種人，爸爸一般都不見。

　　此外，令爸爸難於招架的，還有文學愛好者不斷寄來的書稿和信件。他們要求爸爸對其作品提出寶貴的意見，斧正潤色，推薦出版；或者要求爸爸介紹寫作經驗，傳授創作訣竅，解決創作中的困難；而且在提出要求之前往往有一句「請您在茶餘飯後抽點時間……」在「文革」前，也有大量這樣的書信和稿件，那時爸爸精力、體力尙充沛，所以不論多麼忙碌，都耐心地閱讀和回答。因爲爸爸從來都把幫助、培養、提攜青年文學愛好者，看成自己的責任。然而「文革」之後，爸爸已到耄耋之年，身體衰弱，視力尤差，面對這麼多的書稿和信件，只能苦笑道：「我整天忙得不亦樂乎，哪裡有什麼茶餘飯後啊！」書稿，爸爸實在無法閱讀，只好讓小曼分別轉往有關的編輯部和出版社，請他們處理。信件，爸爸看過之後，除個別自己回覆，其餘的便提出要點，由小曼代覆。小曼記得，爸爸處理這些信件，大致分以下三類：文化水平太低，尙不具備寫作能力者，勸他們先提高文化，做到文理通順，不寫錯別字，寫作之事暫且放下。有較高文化水平者，要求他們博覽群書，研讀不同風格的中外名著，提高自己的欣賞能力，再試筆。對有一定寫作能力者，則勸他們勤練筆，先以報告文學、速寫、短篇小說等小型作品開始，切忌好高騖遠；而且要寫自己熟悉的生活，學會分析、提煉和剪裁生活素材和掌握表現主題思想的能力。有一青工，大約小學文化程度，信都寫不通順，卻有志創作一部一百五十萬字的《周總理傳》，要求爸爸傳授創作「訣竅」。爸爸認爲，這位青工的雄心壯志令人敬佩，但是要把周總理這樣有博大胸懷的曠世偉人的光輝形象寫出來，談何容易！這便是好高騖遠了。

　　寫信向爸爸訴苦的文學青年中，也有的是因爲環境不允許他們充分發揮自己的文學才能。對於這樣的青年，爸爸深表同情。他認爲，人爲地扼制青年人才智的發展是錯誤的，「文藝民主」也應該包括從組織上保證人才開發的充分自由。一九七九年底，他曾爲上海的一位青年業餘作者給當時上海市委宣傳部長陳沂寫過一封信，信中說：假如這位青年反映的情況屬實（即有藝術單位願意調該青年，而該青年所在的農場卻不肯放他，還給他「扣帽子」），

「則在一定程度上反映了當前在『小』知識分子政策落實上的情況」。他希望
陳沂同志能親自過問一下，「為這個青年解決一些實際問題。」

　　爸爸的另一項「社會工作」是為朋友新出版的書寫序。一般地說，爸爸
很少為別人的著作寫序，在長達六十年的文學生涯中，為他人作品寫的序屈
指可數，──不超過二十篇，如二十年代為鄭振鐸的《灰色馬》寫的序，三
十年代為孔另境的《斧聲集》寫的序。抗戰時在重慶編《新綠叢輯》，為了推
薦文學新人，曾連續寫過好幾篇序，這是最集中的一次。也有些序原來是一
篇評論文章，被作者或編者用作代序，如《〈地泉〉讀後感》（書的作者陽翰
笙）、《蕭紅的小說〈呼蘭河傳〉》等。解放後，一九五一年爸爸為白刃的《戰
鬥到明天》寫了一篇序，遭到了有極「左」思想的讀者的批評，後來就不再
給別人寫序了。爸爸認為為別人的著作寫序，必須對作者負責，至少要認真
通讀全書，立論還要全面而公允，不像評寫評論文章，隨意性較大，可以擇
其一點來發揮。「文革」後，也許是爸爸心情舒暢，又為朋友寫起序來。第一
篇是為路易・艾黎的英譯本《白居易詩選》寫的序，實際上這是一篇泛論白
居易及同時代詩人的學術論文。爸爸前後花了兩個月的時間廣泛閱讀材料，
再動筆完稿。他在給畢朔望的一封信中寫道：「託寫之序，因事作而復輟者三
四次，至今始完成。……我這序寫得長了點，掉書袋多，恐怕外國人未必有
興趣，且翻譯為難，請勘酌大加減削可也。如何刪削，一任尊便，不必再求
我同意。此是大家省事節約時間之一法。因為我雜事太多，實在困窘，只求
少事也。」另外應張聞天夫人劉英之請，為《張聞天早期文學作品選》寫了
序，應柳亞子的女婿徐文烈之請，為《柳亞子詩選》寫了序。一九八〇年十二
月應茹志鵑之請為她的短篇小說集《草原上的小路》寫了序。這是爸爸為朋
友寫的最後一篇序。記得爸爸是躺在床上用放大鏡費力地把全部文章細細讀
了一遍，寫下札記，才動筆寫的。當時爸爸的健康狀況已經不佳，又急於完
成回憶錄，這篇序是在時間的夾縫中寫出來的。不久爸爸就住進了醫院，他
已經答應的為老友王統照的遺著寫序，終於未能實現。

　　至於不熟悉者要求爸爸寫序，爸爸不得不婉言推辭了，因為實在沒有精
力也沒有目力來細讀這些作品，不細讀，又怎能為它寫序？有一次，一位作
者拿著一本國外見聞、某國遊記之類的散文集，來請爸爸寫序。爸爸不熟悉
這個國家，也沒有時間來研究這個國家，便如實告訴他無法應命。那位作者
提出，由他以爸爸的口吻代寫一篇序，請爸爸簽上名。爸爸斷然拒絕了。他

很不高興，事後對我們說，這純粹是沽名釣譽，此風決不可長！

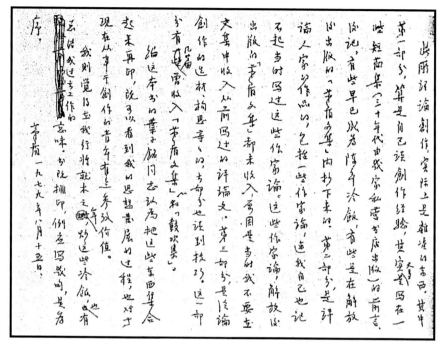

茅盾為所有新出版的集子分別寫了序，這是《茅盾論創作》序的手稿。

自從一九七八年夏季爸爸開始全力投入撰寫回憶錄之後，除了在第四次文代會前後寫了一些文藝論文之外，便很少再寫學術論文了，對於各報刊的約稿也盡可能的推辭掉。不過，有一些約稿是不能推辭的，如悼念郭沫若的文章，紀念邵荃麟和吳恩裕的文章，回憶瞿秋白和張聞天的文章等。《回憶秋白烈士》是《紅旗》雜誌約的稿。在瞿秋白的「叛徒」問題尚未澄清和平反之前，有一天，爸爸收到素不相識的陳鐵健寄來的一封信和一篇題為《重評〈多餘的話〉》的文章，徵求爸爸的意見。爸爸讀後回信道：「《重評〈多餘的話〉》讀過了。我以為您的持論極公允。秋白同志無論如何總是中國共產黨早期的領導人之一，又是早期的傳播馬列主義的重要人之一。中國的社會主義道路是在總結屢次失敗的經驗而後找到正軌的。秋白同志假如能活到現在，決不是當年那個樣子。我對於《多餘的話》中他自謂搞政治是『歷史的誤會』，深有體會。……三十年代他與魯迅來住時，寫信有時署名犬耕，魯迅不解其意，問他，他說：『我搞政治，好比使犬耕田。』他當時靠邊，但此語並非發牢騷而是自我解剖。我和他相識多年……感到他是詩人氣質極

為濃厚的人，對他以犬耕自喻，只能認為是冷靜的自我解剖。」爸爸這封信肯定了瞿秋白在黨內的功績，指出不能以現在的標準來評價歷史人物，並認為把瞿秋白定為「叛徒」的唯一依據——《多餘的話》，其實是一個光明磊落的共產黨員的一篇冷靜的自我剖析。並且在信中稱瞿秋白為「同志」。這封信自然引起了很大反響，因為他道出了別人想說而不敢說的話，還舉出了非增常有力的證據。《紅旗》雜誌就是在得知中共中央已決定為瞿秋白平反之後，來約爸爸寫這篇回憶秋白的文章的。

在絡繹不絕的約稿中，實在推託不掉的，爸爸就答應寫一首舊體詩來交差。寫詩比寫文章省時省力些。因此，在「文革」後的四年間，爸爸寫的舊體詩詞，竟與「文革」前十七年間寫的舊體詩詞一般多，有五十一首。其中因約稿而寫的佔一半，如《為三聯書店成立三十週年作》、《紀念蔡和森同志》、《歡迎鑒真大師探親》等等。也有為友情而作的，如《奉和雪垠兄》、《清谷行》、《賜曹禺》、《贈丁聰》、《題趙丹白楊合作〈紅樓夢〉菊花詩畫冊》等。贈趙丹、白楊那首詩，有爸爸的一行題注：「一九七八年十月抄為魏紹昌之《〈紅樓夢〉菊花詩畫冊》作，此冊趙丹畫菊白楊寫菊花詩十二首。」那年深秋，魏紹昌從上海來京看望爸爸，隨身帶來一本錦緞面的畫冊，裡面有趙丹根據《紅樓夢》中十二首菊花詩詩意畫的十二幅菊花圖和白楊書寫的這十二首菊花詩。原來魏紹昌和趙丹、白楊都很熟悉，他買了一本冊頁，先請趙丹作畫，再請白楊抄上原詩，然後帶來北京請爸爸欣賞。爸爸看了十分高興，他早知趙丹是上海美專畢業，卻不知白楊擅書法。他說：早年趙丹和白楊在《十字街頭》搭檔，如今幾經風雨又合作書畫，真是一段佳話。魏紹昌乘機進言道：「他們倆都希望能得到茅公的指教，您何不寫幾句話鼓勵鼓勵他們？」爸爸和趙丹抗戰時在新疆曾有過一段患難之交。爸爸從新疆脫險時，曾答應趙丹設法營救他們。抵達延安後爸爸即當面向毛主席提出了請求，但因種種原因營救未能成功。一九四五年新疆軍閥盛世才下台後，趙丹他們才得以離開新疆監獄回到重慶。爸爸的劇本《清明前後》，就是由剛剛回到重慶的趙丹排演的。爸爸在劇本的《後記》中寫道：「值得告訴大家，而且共申慶祝的，便是《清明前後》有幸而得為趙丹、徐韜、王為一、朱今明四位先生從魔手中逃命出來再獻身劇壇的第一次勞作。想起他們在新疆所遭遇的冤獄，又是悲憤交加；但是，上帝的還給上帝，魔鬼的仍歸魔鬼，今天我們在破涕為笑之餘，歡迎我們劇壇的光輝卓越的戰士，那麼，我這不成材的習

作便算是歡迎他們四位的『秀才人情』，並以紀念我們同在烏魯木齊那段時間吧。」可以說，爸爸對趙丹懷著深厚的友情，魏紹昌的建議正觸動了他的懷舊之心，他應聲道：「好吧，我送他們一首詩。」魏紹昌翻開畫冊，指著前面空白的兩頁道：「這些空頁就是留給您的。」兩天後，爸爸讓韋韜備好筆墨，在那畫冊上用娟秀的小字寫了一首五言長詩：

> 冷艷菊花社，新詩十二章。至今一展誦，齒煩猶餘芳。
>
> 多少傳神手，鬥巧畫紅裝。寂寞東籬客，悵未染鉛黃。
>
> 何人補缺陷，影壇老搭檔。藝苑喧名姓，趙丹與白楊。
>
> 曾耐九秋凍，傲骨欺風霜。辛烈比薑桂，泰然浴春光。
>
> 俯仰天壤際，長留晚節香。

爸爸寫畢，舒了一口氣道：「總算又還清了一筆『文債』。近來雜事實在太多，完全成了個『雜家』了，這『雜家』有時還非當不可，像寫這首詩。這樣下去，我真擔心沒有時間來完成回憶錄了。」韋韜說：「寫詩怎能算是『雜家』呢？這也是文學創作呀！」爸爸道：「你不明白，我是寫小說的，寫詩我是外行，外行寫詩就是不務正業，所以仍舊算是『雜家』。」

最後的日子

　　七月七日半夜我跌了一跤，掙扎著（花了一個小時）站起來時
（我兩腿早已不聽使喚，走路要人扶，不能跪下，不能沒人扶上台
階），右半身筋肉扭傷，至今尚腰痛，醫生檢查無內傷，右手發抖，
寫字也困難，毛筆字簡直寫不成。日來又酷熱，氣短的毛病（肺呼
吸量不夠標準）因而加劇。平常我走了丈把路坐下時氣息短促，不
能說話，須過四五分鐘，才順過氣來。平時臥的時間多，七月四日
滿八十二歲，不謂七日半夜就出了這個岔子，心情感到真是一年不
如一年了。

　　以上是爸爸在一九七八年八月七日——即跌跤後的一個月，給姜德明的一封信中所記。這是爸爸第一次摔跤。因爲吃多了安眠藥，半夜起來如廁時藥力未消，加上腿腳原本酸軟無力，一陣暈眩就跌倒了。這封信爲我們勾勒出一個蹣跚老人的形象，正是這位老人在無限好的夕陽下還有那麼多的工作等待他去做：他要爲文藝界的「撥亂反正」大聲疾呼，他關注著第四次文代會的籌備和召開，他剛剛著手撰寫總結自己一生的長篇回憶錄——《我走過的道路》。

一九八○年九月，香港攝影家陳復禮來訪並爲茅盾拍攝若干生活照。這一張攝於起居室，茅盾慣常在這裡會見客人。

　　爸爸服用安眠藥已有二十年的歷史，但在「文革」中藥量大增，至一九七八年，每晚要服三四種安眠藥；睡前服兩次，夜間醒來加服一次或兩次，每服一次大致可睡兩小時。爸爸晚年夜間尿頻，每夜要起床三四次，如果起夜是在凌晨三四時又加服一次安眠藥，第二天早晨乃至上午就會頭暈腿軟。所以，我們一直勸他後半夜不要再服安眠藥，以免影響第二天的工作，卻未料到他會在夜間起床就廁時摔倒。

　　那時小鋼已去杭州上大學，小寧也在北師大住校，後院只有爸爸一人。

摔跤之後我們提出讓人到爸爸臥室外間陪住，好就近照顧他。爸爸不同意，說他每夜要起床三四次，影響陪住者睡覺，而有人打擾，也影響他睡不好；白天外屋有人走動，也會打亂他的思路。我們只得想出變通的辦法，即在爸爸的床頭和床腳各裝一個電鈴。爸爸每天大部分時間都偃臥在床上，白天可以摁床頭的電鈴叫人，夜裡起床如廁時，萬一跌倒在地，可以摁床腳的電鈴。這辦法爸爸很贊成。不過爸爸很少在夜間摁鈴，他寧願自己小心一點，也不願打擾別人。以後，有很長一段時間平安無事，直到一九八〇年春。一九八〇年二月六日夜，爸爸起床服止咳藥，回到床邊時忽覺暈眩，便跌坐地上，掙扎良久，才爬上床，和衣躺下。二月十八日夜間，又是在朦朧中起身服藥，卻不能再走回床邊，只得坐在一圈椅內，過了一些時候，才扶著桌子回到床上。三月二十五日半夜起床如廁後，恍恍惚惚摔倒在地毯上，連自己是怎樣爬上床的也記不清了。這次摔得較重，第二天需人扶持才能起床。隔了五天，剛能自己起床活動，三月三十日凌晨又在床前地毯上摔了一跤，摁鈴叫我們，才得以起來。爸爸這樣連續地摔跤，使我們很不安。每次摔跤，爸爸都是下意識地爬上床便沉沉睡去，連被子都不蓋，幸虧爸爸是穿著絲棉襖褲睡覺的，沒有著涼。我們勸爸爸少吃安眠藥，至少後半夜要少吃或不吃。爸爸不聽，反而說我們不理解失眠的痛苦。韋韜認為爸爸堅持服用那麼多安眠藥有心理因素，如果悄悄把藥量減少，換成維生素片，也許同樣能起到安眠的作用。我們和北京醫院的醫生商量，可否開點替代的藥，醫生拒絕了，說醫院不允許這樣做。韋韜只得自己來試驗。爸爸每晚服藥，是由小阿姨為他準備的，韋韜讓她悄悄把硝基安定換成維生素片。這樣過了兩個星期，沒有發現爸爸的失眠加重。一天，韋韜又和爸爸談起少吃安眠藥的好處，說長服安眠藥的人有一種心理作用，總覺得安眠藥吃得少就睡不好，其實不然。爸爸不同意。為了說服爸爸，韋韜就說：「你最近吃的安眠藥裡有的是維生素片，可是你的睡眠並無變化，可見這一部分藥可以減掉。」爸爸立即追問道：「誰說我吃的是維生素片！？」韋韜只得向他公開了秘密。爸爸大為光火，不許兒子再管他的事，從此也不再讓小阿姨為他準備藥了。爸爸發這樣大的火是很少見的，這說明安眠藥在爸爸晚年生活中的重要性，也許他認為他之所以仍能有精力繼續寫作，就靠安眠藥的支持。這是爸爸在晚年表現最固執的一件事。

一九八〇年六月，茅盾又一次住進醫院。這是他在北京醫院病房內。

　　爸爸從小不喜歡運動，成年後又整天坐著缺少活動，便秘和痔瘡便相繼發生，並伴隨了他大半生。六十年代痔瘡得以治癒，然而便秘卻與腹瀉結了緣，循環往復，周而復始。從爸爸的日記中可以發現，排便的情況是每天必記之內容。通常是一便秘即吃瀉藥，第二天通暢了，第三天轉為腹瀉，於是服止瀉藥，第四天好轉，第五天正常，第六天又便秘，如此便進入第二次循環。不過便秘和腹瀉相比較，似乎爸爸更擔心便秘，一旦大便不通，他便整日心神不寧，這可能與爸爸在三十年代由便秘而導致了嚴重的痔瘡有關。這

種無休止的循環，對爸爸實在是一種折磨。

除了上述兩種「頑疾」，進入晚年爸爸又新添了氣管炎和氣喘病。體檢的結果是：冠狀動脈硬化，心肌缺血、缺氧，肺氣腫，支氣管炎，以及一切老人的衰老症狀。醫生囑咐我們提防爸爸感冒，如有低燒立刻送醫院檢查，以防轉成肺炎。為此爸爸每天量體溫，一旦體溫超過三十七度（他平日體溫為三十六度五），我們就勸他去看病；而每次去醫院多半發現有肺炎症狀或已轉成肺炎，並就此住進病房。那幾年，爸爸因此而每年住醫院兩三次，每次十天半月。每次住院，經過治療，一般第二天或第三天就退燒，再休養幾天，作些常規檢查，便可出院。住院期間，爸爸並不閒著，一旦燒退，就立刻要我們把他寫回憶錄的資料送去，他躺在病床上閱讀。不過，經常住醫院爸爸嫌麻煩，有時低燒或咳嗽時，就自作主張服用螺旋霉素消炎，居然有效，且成為他常用的自我療法。

那時候，爸爸的氣管炎和氣喘病日益加重，常常夜不安枕。服用了各種止咳藥，如廣西的羅漢果，浙江的的瀝油等，都無長期療效；後有人介紹蛇膽陳皮散，服後效果優於其他，就長服此藥。氣喘病除了服喘樂寧等西藥外，從一九七九年起開始吸氧，在醫院灌一隻氧氣袋，每晚看電視時吸十分鐘，後來增加到早晚各一次，每次十五分鐘。一九八○年初購得一隻小號的氧氣瓶，灌一次氧能用一個月，那時仍是一天吸兩次，只在氣喘特別嚴重時才增吸一次。

爸爸的氣喘對他的生活起居影響很大。由於稍有活動就喘，從一九八○年開始，他的活動範圍縮小到只在臥室和起居室，而且大部分時間是躺在床上——舉著放大鏡閱讀資料。需要寫作，或服藥、喝水時，才從床上起來。書桌就在床頭，挪動幾步就能坐到桌前，即使這樣，寫作時間長了，也會氣喘，需要躺下休息。起居室在臨室外間，從床邊走到起居室內的折疊椅——那是他固定的座位，大約有十來步，這十來步，他蹣跚而行，顯得十分吃力。他在起居室接見絕大多數的來訪者，包括一些外賓，——以前，這裡只會見熟朋友，一般的客人都在前院客廳裡接見。起居室裡的大書桌，是他寫條幅的地方，平均每週寫一次，每次寫完，大汗淋漓。起居室還是他進餐的地方。以前我們全家都在前院的飯廳用餐，爸爸在接連摔了幾跤之後，就改在起居室裡單獨進餐了。他吃得很少，每餐約一兩米飯或一小碗粥，一小碗蛋白羹，一小碟菜，遇到新鮮時菜，他也多吃幾口。此外，起居室還是他看電視的地方，每晚看一個多小時，主要看新聞聯播。也從這年起，除了去醫院和參加

重要的社會活動外，一般就不出門了，作協的一些非他參加不可的會議，有時就在我們家裡開。

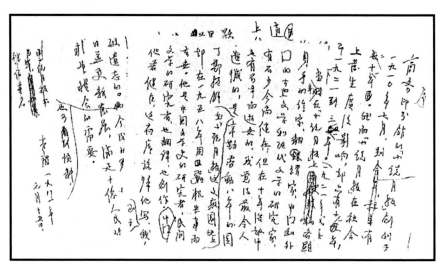

這是茅盾在一九八一年一月十五日寫的《重印〈小說月報〉序》墨跡。

一九八一年二月十八日補寫的一般關於創作《虹》的回憶，是茅盾最後的墨跡。

爸爸的衰老，還表現在他寫的字上。一九七八、一九七九年他的字還十分雋秀，但這以後就越來越扭曲了。我們看到爸爸趕寫回憶錄如此辛苦，曾多次勸他去南方療養一段時間。可是爸爸不同意，只是許願說：一旦回憶錄完成，就去廣東從化療養。

一九八○年六月至十月，爸爸的健康狀況良好，回憶錄的進度也快；可是進入十一月，首先是氣喘加劇，食慾明顯下降，一餐只能進食半兩，吃一餐飯淫淫大汗濕透衣衫。

一九八一年二月十七日晨，爸爸發現體溫超過三十七度，按習慣服了兩

粒螺旋霉素。十八日低燒未退，爸爸仍像往日一樣，照常寫作。他將回憶錄第十一章《亡命生活》作了補充，增寫了關於《虹》的續篇《霞》的一些內容。幾天前韋韜在一九二九年出版的《小說月報》上發現了爸爸給鄭振鐸的一封信的摘錄，談到《虹》之後有寫長篇小說《霞》的設想。所以爸爸決定增寫一段加以說明。寫完，他對韋韜說：「不寫了，要休息休息了，明天打算去醫院。」爸爸是極少主動提出要去醫院的，這說明他已有了生病的預兆。可是第二天他又改變了主意，說再觀察一天吧。這一天，爸爸沒有工作，但低燒仍未退。二十日早晨在我們的堅持下，爸爸終於去了醫院，並且立即住進了北京醫院一一九病房。這次住院爸爸雖很虛弱，我們仍以為是肺氣腫、缺氧以及有點感冒而已，像往常那樣住十來天就能出院。那時小鋼、小寧住在學校裡，週末才能回家，丹丹在上小學，只有我們二人可以陪伴爸爸，白天就由小曼和韋韜去醫院陪伴，夜間則由警衛員和小阿姨輪流值班。

我們去醫院除了送些日用品，主要是給爸爸念信件、文件，以及報刊上有興趣的文章。爸爸關心國內外大事，兩本「大參考」是每天必讀的。有時我們見他閉上了眼睛，以為他睡著了，就不念了。也會馬上睜開眼睛輕聲問道：「文章還沒有完哩，怎麼不念下去呢？」

一九八一年二月七日，茅盾在寓所會客時所攝。這是茅盾生前留下的最後幾張特寫。看，他還是那樣談笑風生，精神矍鑠。

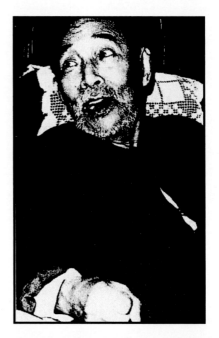

　　這次住院使我們很感疑惑：打了針，用了藥，低燒始終不退，身體卻越來越衰弱。剛入院時還能下床坐在小桌前正正經經地吃飯，過了個把星期就只能坐在床上吃飯了，而且吃一頓飯汗流浹背；再過了一陣就根本不能下床了，最後連坐也不行，只能躺著由人餵飯。

　　二月二十五日那天小曼給爸爸送棉被——他蓋慣了家裡縫製的絲棉被，不習慣用毯子，覺得毯子不貼身，透風，正巧碰見主治大夫，就向他請教：為何爸爸連日打針用藥都不見好轉？大夫悄悄對小曼說：這次沈老健康狀況不大好，除氣喘、低燒外，肝功能檢查，轉氨酶達四百多，可能是長期服用安眠藥所致，也可能由其他病引起；腎功能衰竭現象，尿中蛋白有兩到三個「＋」號；心、肺也較去年差，供氧不足，口唇紺紫。要好好注意觀察。小曼聽了非常緊張，趕忙告訴韋韜，我們都十分擔憂。

　　剛住院，醫生聽我們說爸爸每天在家吸氧兩次，每次一刻鐘，就吩咐增加吸氧次數，每隔一刻鐘吸一次，每次五分鐘。二十八日早晨我們去醫院，得知爸爸昨夜一直在吸氧，竟把一人高的一大筒氧氣都吸光了。我們嚇了一跳，因為這一夜的吸入量等於平時在家三四個月的用量，也比醫生規定的用量多了三倍，顯然是昨夜值班的護士疏忽了。我們擔心有副作用，因為曾在報上讀到過一篇文章，說氧吸太多是有害的，就報告了醫生。但已經吸進去了，也沒有補救的辦法。後來夜間就不再吸氧，但白天爸爸再也離不開氧氣

瓶了。這件事使我們忐忑不安！

　　負責給爸爸治療的，除了內科的劉大夫、裕大夫，還有中醫魏老。院外的專家吳階平大夫也來會診過。他們共同的意見是：爸爸這次病情比較複雜，心、肺、肝、腎的功能都呈衰竭狀態，經Ｘ光和超聲波檢查，還發現有胸水和腹水。他們認為當前首先要把低燒退下去，使肝、腎功能恢復正常，消除胸、腹積水。尿中有蛋白，他們分析可能與入院前連續數月服用蛇膽陳皮散有關，建議爸爸今後不要再用這種藥止咳，因為這種藥含有朱砂，即水銀，對腎非常有害。

　　三月八日上午，小鋼、小寧到醫院探視爺爺。那時爸爸已不能起床，吃飯需要人餵，精力很差，但看見多日不見的孫兒孫女時卻喜笑顏開，對小寧道：「我們家的大力士來了，可以辦一件大事了。」孩子們以為爸爸要搬動床位，不然，爺爺是想坐起來吃橘子。大夫建議爸爸多吃水果，多坐起來活動活動。於是小寧幫著爸爸坐起來吃橘子。爸爸一瓣一瓣費力地吞咽著，每吃完一個就要休息一陣，吸一吸氧，再繼續努力吃。在孩子們的敦促下，終於吃完了三個橘子，一共花了一個半小時！據大夫說，半個月來，已換過多種藥，但低燒仍不退，今天是三十七度四，轉氨酶倒降下來了，腎功能也略有好轉，尿蛋白三個「＋」號降到兩個「＋」號。

　　接著有兩天，爸爸的氣色似乎好些，精神也顯得振奮。小曼念人大、政協常委會討論姚依林副總理報告的簡報，爸爸全神貫注地聽著，念到大學缺乏師資的問題，他還插話說：良師才能出高徒，建設需要人才，當務之急是要選拔、培養、建立一支優秀的教師隊伍，應該提高教師的待遇。朋友來看望，他談笑風生，好像沒有病一樣。住院期間，孔羅蓀、曹禺、周而復以及同時住院的陽翰笙、王光美等許多同志都來看望過他。

　　三月十三日一早，小曼剛邁進病區的玻璃門，就聽見爸爸在大聲說話。小曼以為有客人，走進病房一看，原來爸爸在自言自語，雖然睜著眼睛，卻視而不見。平日小曼一進屋，爸爸就說：「小曼，你來啦！」今天卻語無倫次：「周總理是感染了……我的女兒是因為大夫做手術時沒有消毒……」一位值班的女大夫說：「昨天下午沈老的神志還很清醒，還告訴我《子夜》要改編成電影，原定上下集，太長，現在準備拍成一集。可是從夜裡開始就有點異常，過度興奮，自言自語，一夜沒有好好睡。」三月十三日下午，爸爸仍處於興奮狀態，不時喃喃自語，或者伸手在被子上摸索，找紙筆，說是想起一段內

容要寫進回憶錄裡。韋韜喚他，他又清醒過來，說今年十月一定去廣東從化療養，最好那時回憶錄已寫完。還說寫完後準備把《鍛煉》續寫下去。韋韜說不如先把《霜葉紅似二月花》寫完，爸爸說，曾經試過，比較麻煩，但又表示同意先把《霜葉紅似二月花》寫完。接著又和韋韜談起回憶錄，韋韜問了幾個問題，他都能清楚地回答。韋韜怕他太疲勞，要他少講些話。「那你來說，我聽。」爸爸閉上眼睛，認真地聽著。我們問主治大夫為何爸爸有這種異常現象，他說，可能是二氧化碳排不出來，腦子缺氧造成的。

這是茅盾與家人拍攝的最後一張全家福。

十三日夜間，爸爸仍處於興奮狀態，自言自語不能入睡。十四日卻很清醒，話也多，談得最多的是回憶錄，如香港的經歷，新疆的脫險，等等。上午十時許，護士把輸液和輸氧的針管拔掉，讓爸爸休息。待護士走後，爸爸突然問韋韜這兩天醫生會診的結果，說這次住院比較奇怪，到今天已經二十四天了，還不見好，往常早已出院了；而且身體感覺越來越沒有力氣，氣喘也越來越厲害，醫生究竟是怎麼說的，你不用瞞我。韋韜說：這次病是比較複雜，除了原有的心臟、肺氣腫毛病，肝和腎也查出了一些問題，不過經過

治療，最近已有所好轉。這些不正常，醫生說主要是衰老的症狀，並沒有特別的毛病。爸爸說：「是呀，衰老了，機器磨損了，轉不動了。」沉默片刻，又說：「趁今天精神好，有兩件事可以辦一辦。」韋韜問什麼事？爸爸說：「就是去年夏天和你說過的那兩件事，我想現在可以把它提到議事日程上來了。」韋韜下子明白了，是關於爸爸入黨的問題和捐獻文學獎金的問題，都是一九八○年下半年爸爸和他談過的。

　　一九八○年八月間，一天韋韜和爸爸聊天，講起目前青年中一些思想傾向令人憂慮，有一部分青年是在「文革」中長大的，他們看到的都是共產黨的陰暗面──「四人幫」的猖獗，極左路線的流毒，因而產生了信仰危機，對於入黨也不感興趣了。爸爸聽了感慨道：「我們那輩人，為了追求共產主義的理想，是不惜犧牲一切的。『四人幫』現象只是中國共產黨歷史上的一個曲折，好比一個人身上長了個瘤，把它清除掉了，人就恢復了健康。見到腫瘤的可惡就連健康的人也不相信了，這是一種片面性。」

　　韋韜見爸爸如此激動，不禁想起了不久前林煥平提出的一個問題：「茅公為什麼遲遲不解決黨籍問題？這個問題早該解決了。」

　　爸爸是在一九二○年下半年與陳獨秀他們一道，參加上海共產主義小組的，一九二一年七月中國共產黨成立，他是第一批黨員。一九二七年大革命失敗，他遭到蔣介石的通緝，就與黨失去了組織上的關係，一九三一年他曾向瞿秋白提出恢復黨籍的要求，但沒有得到當時黨的左傾領導的答覆。一九四○年在延安，他又一次向張聞天提出恢復黨的組織生活的要求，黨中央研究以後，認為他留在黨外工作，對革命對人民更為有利。此後，他就再沒有提出這個問題。解放後，琴秋嬸嬸和楊之華媽媽曾向爸爸提出過恢復黨籍的問題。記得是在一九五九年春節期間，她們來看望爸爸和媽媽，在二樓的小客廳裡她們鄭重地向爸爸提出：「雁冰哥，你的黨籍問題已經拖延了三十年了，應該解決了。當前許多高級知識分子像郭沫若、李四光、錢學森等紛紛入了黨，你何不也趁此時機把這個問題解決呢？」爸爸的回答卻出乎意外，他緩緩地說：「過去幾十年我都在黨的領導下工作，現在又何必非要這個形式不可呢？」婉轉地謝絕了她們的建議。送走客人後，爸爸回到書房，對坐在沙發裡看書的小曼說：「張部長她們來勸我入黨，我沒有同意。在共產黨打天下的時候我不是黨員，不過我一直是以一個共產主義者的標準來要求自己的；現在共產黨得了天下，我不想再來分享共產黨的榮譽。入黨不是為了做官，思

想上入黨比組織上入黨更重要。」少頃又說：「不過你們年輕人不同，你們在共產黨打天下時還小，你們應該申請入黨，爭取進步。」忽然問：「小曼，你入黨了嗎？」「沒有。我家裡是華僑，父親、繼母、弟弟、妹妹都在國外，人家說我海外關係複雜不可能入黨。」「這是唯成分論。誰都知道，父母是無法選擇的。」小曼把這事的經過告訴了韋韜，我們知道了爸爸的態度後，就再也沒有向爸爸提過這件事。所以在聽到林煥平提出此事後，我們也未向爸爸轉達。

現在，韋韜看到爸爸對年輕人不願參加共產黨如此感慨，就說道：「前些日子林煥平曾問我們：為何茅公一直不解決黨籍問題？」爸爸說：「他也問過我，我沒有回答。不過，」他加重語氣道，「現在我倒要認真考慮我的入黨問題了！」顯然，這是件一直埋藏在他心裡的大事。如今他躺在醫院的病床上，敏感到這次病情的複雜和危險，他覺得應該談這件事了。

關於捐獻文學獎金，那是在一九八〇年九月間，爸爸與韋韜商定的。當時有一個設立魯迅文學獎金的議案送到爸爸那裡徵求意見，爸爸由此得到了啟發。他對韋韜說：「解放後生活安定，你媽媽向來節儉，我也不會花錢，稿費一直存在銀行裡，現在有多少了？」「有二三十萬吧。」「這筆錢我想用來設立一個文學獎。一個單項文學獎的基金，二十五萬元夠不夠？」韋韜贊成道：「這是件大好事。二十五萬元是很可觀的數目，作為基金肯定能起到繁榮創作的作用。」爸爸又和韋韜商量設立什麼單項獎。韋韜說：「單項獎有小說、詩歌、散文、戲劇……你是寫小說的，就設立小說獎吧。」爸爸說：「不，這樣範圍仍太廣，這筆錢一分散就不能起到獎勵的作用。這幾年，短篇小說有了長足的進展，長篇小說還不夠繁榮，我自己是寫長篇小說為主的，就捐款設立個長篇小說獎吧。」顯然這件事，也是他一直牽掛在心上的。

爸爸讓韋韜扶他靠在床上，要來紙和筆，艱難地寫了起來。但是，爸爸的手已不聽指揮，寫出來的字歪歪扭扭，無法辨認。韋韜說：「爸爸，還是你口述，我替你筆錄下來吧。」於是爸爸緩慢地一字一頓地口述了給黨中央的一封信：

> 耀邦同志暨中共中央：
>
> 　　親愛的同志們，我自知病將不起，在這最後的時刻，我的心向著你們。為了共產主義的理想我追求和奮鬥了一生，我請求中央在我死後，以黨員的標準嚴格審查我一生的所作所為，功過是非。如

蒙追認為光榮的中國共產黨黨員，這將是我一生的最大榮耀。

接著，爸爸又口述了第二封信：

中國作家協會書記處：

　　親愛的同志們，為了繁榮長篇小說的創作，我將我的稿費二十五萬元捐獻給作協，作為設立一個長篇小說文藝獎金的基金，以獎勵每年最優秀的長篇小說。我自知病將不起，我衷心的祝願我國社會主義文學事業繁榮昌盛。致最崇高的敬禮！

口述完畢，韋韜把兩封信的記錄給爸爸念了一遍，爸爸又親自拿過去看了一遍，然後說：「好吧，就這樣吧！是不是還要簽上名？」「當然要簽名，因為這是我的筆跡，不過你先不要急，等我謄清一份你再簽名。」於是韋韜找出兩張道林紙，把兩封信分別謄清之後，再念給爸爸聽了一遍。爸爸舉起顫巍巍的手，在給黨中央的信上簽了「沈雁冰」三個字，在給作家協會的信上簽了「茅盾」二字。他囑咐韋韜加上了寫信的日期，然後便偃臥在床上，閉上了眼睛，他已經很累，需要休息了。韋韜正想把信收起來，爸爸又睜開眼睛叮囑道：「信你先收好，等到將來再送。」韋韜明白，爸爸不願在生前把信送出去，仍舊是為了堅持他那個原則——不願分享共產黨的榮譽。接著，爸爸又補充道：「我這是防備萬一，也許我還可能親自重新寫過。」

可是，就在當天夜裡，爸爸第一次昏迷，由連續兩天的興奮狀態變為抑制狀態，昏睡不醒，手足抽搐。十五日上午小曼來到病房，爸爸還在昏睡。護士說，從昨晚開始昏睡，一直睡到現在，叫也叫不醒。小曼忙去問醫生。醫生說：「沈老興奮了兩天沒睡覺，自然要好好睡一覺，睡醒了又會一切正常的，請放心。」果然，到了中午爸爸睡醒了，並且吃了午飯，胃口和精神都不錯，神智也清醒。這天是星期日，孩子們聽說爺爺病情有變化，都趕來看望。見到孩子們，爸爸很高興。

十五日夜間和十六日整天，爸爸仍處於抑制狀態，昏睡的時間多，清醒的時間少。十六日上午韋韜剛到醫院，便被請到一間會議室裡，裡面除了主治大夫，還有全國政協和國務院機關事務管理局的兩位同志，是醫院通知他們來的。大夫介紹了爸爸的病情和治療的經過，說這次沈老的病很複雜，找不到病因，只是重要的內臟器官的功能都嚴重衰竭，這是老年病人常有的，就像燈油快耗盡一樣。尤其嚴重的是沈老這幾天開始的昏迷和興奮狀態，往往是興奮、昏睡和清醒交替輪番出現，目前尚無治療良策，凡老人發生這種

現象，後果往往不好。所以今天請大家來，就是先打個招呼，精神有所準備。當然我們會盡力醫治，也有可能會慢慢好轉。韋韜聽了心情十分沉重，但又想，既然無大的病變，只是功能衰竭，如能好好調養，扼止衰竭的進程，也許仍舊有希望復原。

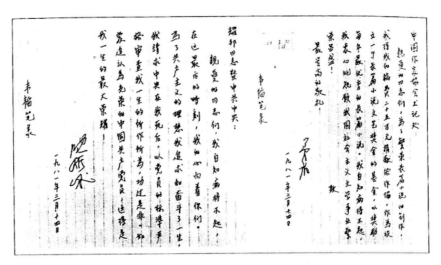

一九八一年三月十四日上午，茅盾自知病將不起，便口述兩封信由兒子筆錄，一封是致黨中央的，要求在他身後，審查他一生的言行，追認他爲中國共產黨員；另一封是將自己積蓄的稿費二十五萬元捐贈給中國作家協會，作爲獎勵每年最優秀的長篇小說的基金，以推動社會主義文學創作的繁榮。他要兒子在他身後再將兩封信交給有關部門。三月二十七日五時五十五分茅盾去世。三月三十一日，中共中央迅速作出決定：根據沈雁冰（茅盾）同志的請求和他一生的表現，決定恢復他的中國共產黨黨籍，黨齡從一九二一年算起。這是茅盾的兩封信。

十七日，爸爸完全恢復了正常。這一天風和日麗，爸爸的體溫已降，精神很好，說話聲音清晰，使我們燃起了新的希望。小曼把爸爸爲外文出版社準備出版的四卷本外文版《茅盾選集》寫的序，抄好了念給爸爸聽，他沒有再修改。這篇《序》就成了爸爸定稿的最後一篇文章。韋韜拿來剛剛印出的《茅盾散文速寫集》給爸爸看，爸爸一面翻看一面問他的著作「文革」後已經重新出版了多少種？韋韜扳著手指算道：「已經出版的有《子夜》、《蝕》、《腐蝕》、《鍛煉》、《林家舖子》、《茅盾短篇小說集》、《茅盾散文速寫集》、《脫險雜記》、《茅盾詩詞》、《茅盾近作》、《夜讀偶記》、《茅盾評論文集》、《茅盾論

創作》、《茅盾文藝評論集》、《世界文學名著雜談》；將要出版的有《虹》、《霜葉紅似二月花》、《茅盾中篇小說選》、《茅盾文藝雜論集》、《神話研究》、《茅盾譯文選集》、《我走過的道路》上冊和四卷本的外文版《茅盾選集》，一共有二十多種了。」爸爸驚訝道：「想不到有那麼多！」接著就念了一串他要贈書的人名，都是他比較熟的文藝界的老朋友，又說：「這一次我就不簽名了，可以蓋上我常用的那個圖章。」

護士拿來一個小紙盒，說是松井博光先生送來的禮物。松井博光是日本的一位著名的茅盾研究學者，著有專著《黎明的文學》。一九七九年他曾來北京訪問過爸爸，這次爸爸住院，他於三月四日由林煥平陪同曾來醫院探望。這件禮物是他昨天送來的，聽說爸爸在昏睡，就沒有進病房。禮物是一個藤草編的日本民間小工藝品鴿車，附有一封慰問信，說在日本鴿子象徵長壽。爸爸接過去把玩一番，遞給小曼，笑吟吟地說：「按中國的習慣，鴿子也是象徵長壽的。」這一天爸爸情緒很好，護士們圍在爸爸床前，跟他說說笑笑，他還許諾，等他病好了，一定要寫一條橫幅「白衣天使」送給她們。

二十日，爸爸又處於興奮狀態，不斷地說話，但不連貫。小曼說：「我陪在您身邊，你好好睡一會兒吧。」他答應了，但只要一「睡」著——其實只是神志恍惚，眼睛還睜著，——身體、腿腳就不時抽搐一下。給他按摩，能稍稍平靜一陣。但頃刻他又會在被面上摸索，做出戴眼鏡、拿紙筆寫字的樣子，或指著牆上問：「那上面寫的什麼？」有一次指著窗外樹上說：「那裡有一台打字機，是中文的還是英文的？」小曼抑住眼淚，輕輕叫著：「爸爸，爸爸，您怎麼啦？」他清醒過來說：「沒有什麼，剛才是幻覺。」一個上午這種情況出現多次。有一次，他在半清醒的狀態中呢喃數著「四－五－六－七－八－九－十……」「爸爸您在數什麼？」小曼問他。「如果四月份出院的話，到十月份正好半年，我就可以把回憶錄寫完了。寫完一點，我的精神負擔就減輕一點，全部寫完，就全部解放，那時我就真的可以到從化去休息休息了。」小曼安慰他：「是的，今年一定能去從化，您的病很快就會好的。」「你們都這樣樂觀！」稍停片刻又接著說：「其實我也很樂觀。病一定能好的，一定能把回憶錄寫完。」

二十一日是抑制狀態，爸爸安靜地睡了一整天。

二十二日至二十四日又恢復了正常。我們心中暗自禱告，希望爸爸從此逐日康復。二十三日下午趙清閣和陽翰笙夫人康棣華一同來探視，趙姑姑是

得到爸爸病重的消息，專程從上海趕來北京的。爸爸精神很好，老朋友相見格外高興，竟打開了話匣子，和趙姑姑大談四十年代文藝界的往事，這是爸爸爲了寫回憶錄，在住院前專門寫信請趙姑姑幫助回憶的。

這些日子，大夫們針對爸爸的病情制定了治療方案，用藥控制感染，強心，利尿，改善腎功能，平喘，祛痰，增加營養，幫助消化等。我們去病房，多半見到爸爸鼻孔裡插著輸氧的橡皮管，一隻手吊著輸液瓶。爸爸已經不能離開氧氣瓶了，然而體內二氧化碳卻愈積愈多，大夫囑咐要多翻身活動，以利二氧化碳的排出，可是爸爸平時就不好動，現在精神委頓，稍一動又氣喘加劇，更不願意動了。我們說服爸爸，幫他側過身來，輕輕拍他的背，但堅持了五分鐘，他就「討饒」了。爲改善腎功能，減少胸水腹水，必須利尿，可是爸爸偏偏排尿不足，每天只有五百毫升。大夫囑咐多喝水，白開水、茶水、橘子水、蜂蜜水或水果都可以。我們輪番勸他，可是他連喝水都感到負擔，一個小橘子，數著瓣兒吃。周而復來看望爸爸，建議加強營養。其實爸爸每天吃的蛋白羹、碎麵、菜泥、酸奶和專門配製的稀粥，護士說，每天保證四千卡的熱量，營養是足夠的。只是爸爸腸胃的功能太差，不吸收。醫院只好每天給他輸兩次液。住院兩個月，爸爸的身體已是形銷骨立，只有四十來公斤。

經過上述種種治療，感染有所控制，胸水腹水也有所減少，然而卻發生了興奮和昏迷狀態輪番出現的症狀。二十二日結束了第二輪興奮、昏迷狀態之後，連續有三天未再發生興奮狀態，韋韜懷著希望詢問大夫，有沒有可能這個可怕的循環就此消失？大夫卻不樂觀，他說：「沈老雖未轉入興奮狀態，但從昨天下午起一直萎靡不振，這可不是好兆頭。」確實，從二十四日下午起，爸爸明顯地精神委頓，很少說話。

二十五日一整天，爸爸精神繼續委頓，不願說話，懶於動彈。氣喘，咳痰，肚子鼓脹。替他按摩，覺得舒服一些。醫生說：「沈老這兩天情況不太好，積痰太多，我們已在病房加了超聲霧化器，使痰易於吐出。」二十六日，趙清閣和陽翰笙夫人又來探視，爸爸已沒有精神和她們敘談，但腦子還清楚。午飯也吃得不少，吃了半碗蛋白羹，一小碗粥，一小碟菜泥和海參，飯後還吃了一根香蕉，半只橘子。大家都爲他有食欲而高興，因爲胃納好，能吸收營養，是康復的必要條件。

　　晚上九點來鐘，爸爸顯得略有點煩躁，對醫生說：「不早了，你們也該休息了，我也準備睡覺了。」便早早休息了。十一時，我們接到醫院的電話，說爸爸病情惡化。韋韜立即趕到醫院，見爸爸又陷入昏迷，且呼吸困難，時時憋氣。值班女大夫說：十時四十分爸爸開始昏迷，手腳陣陣抽搐，憋氣，尤其是血壓突然下降，舒張壓只有四十毫米，這是過去沒有的。韋韜看爸爸似乎很安靜，只是喉嚨中充滿了痰，呼吸艱難，常被痰堵塞，那時就憋氣，咳嗽。幫他側轉身，略好一些。大夫用了升壓藥，又用吸痰器把痰吸出，吸出一些，就安靜一陣，但血壓始終未能升到滿意的程度。後半夜，主治大夫也來了，對治療方案作了指示，並且說，必要時可做氣管切開手術。這樣時好時壞，一直延續到二十七日清晨五時許，守護在床邊的韋韜忽然覺得爸爸的身體顫動了一下，接著那響了一夜的痰喘聲戛然而止，幾秒鐘後仍未恢復，急忙俯身察看，發現爸爸已停止了呼吸。韋韜驚得連忙呼喚大夫，女大夫趕到，立刻擠壓爸爸的胸部進行人工呼吸，同時吩咐護士為爸爸吸痰，說是痰堵塞了氣管，一面讓人通知主治大夫。忙了一陣，痰液吸出不少，但呼吸未能恢復。主治大夫趕到，打了強心針，又注射了其他藥劑，並在爸爸胸部進行了電擊。然而爸爸仍舊沒有反應，睡得那麼深沉，四肢卻開始發涼。五時五十五分，主治大夫合上了爸爸微睜的眼睛，直起身來，向大家宣告：「沈老已經去世！時間是三月二十七日五時五十五分。」親愛的爸爸就這樣離開了我們，永遠地離開了我們！

　　護士們撤除了一切搶救器械。小曼他們已得到通知，正在向醫院趕來。韋韜關上了房門，獨自陪伴著爸爸。他注視著爸爸瘦削的面頰，微微啓開的嘴唇和滲著汗珠充滿智慧的寬寬的額頭，佇立了良久良久，難以控制的悲哀使他神志恍惚。忽然，他的目光停留在爸爸的鬍髭上：雪白的長長的鬍髭爬滿了上唇、下巴和兩腮，爸爸已有好久沒有剃鬍子了。韋韜替爸爸擦乾了額上的汗漬，輕輕闔上爸爸的嘴唇，找出電剃刀，最後一次仔細地為爸爸剃去了鬍髭，這時，時針已指向清晨六時半，韋韜撥通了周揚同志的電話，向他報告了爸爸於今晨去世的噩耗。半個小時後，周揚趕到了醫院，向爸爸的遺體致哀，又詢問逝世的經過。韋韜把爸爸給黨中央的遺書交給了周揚，請他轉呈中央。第二天，又把爸爸給中國作家協會書記處的遺書，以及捐獻的二十五萬元存摺，交給了作家協會的秘書長。

一九八一年三月二十七日五時五十五分，中國文壇的巨星、偉大的革命
文學家茅盾與世長辭了。二月二十日茅盾因低燒住進醫院，雖經治療，
低燒卻始終不退。不久，病情日趨惡化，心、肺、腎的功能均呈衰竭。
從三月十五日起，開始周期性的昏迷，二十六日晚第三次昏迷後，就再
也沒有醒來。

　　爸爸就這樣地離開我們走了，走得那麼突然，那麼倉促。他留下了兩封
珍貴的遺書，留下了他的作品，也留下了幾多遺憾：他沒能完成自己的回憶
錄，未能圓完他的創作夢——續完《霜葉紅似二月花》和《鍛煉》，也沒能再
踏上故鄉的土地，在自己母親的墳冢前獻上一束鮮花。爸爸的遺憾有的是永
遠無法彌補了，但我們決心把他的回憶錄續寫完成——他已經為我們準備了
那麼豐富的材料——以此來祭祀爸爸的亡靈。

　　一九八一年三月三十一日，中共中央迅速作出決定：根據沈雁冰（茅盾）
同志的請求和他一生的表現，決定恢復他的中國共產黨黨籍。黨齡從一九二
一年算起，這是登在四月一日《人民日報》上的黨中央的決定。

　　一九八一年三月三十一日，中共中央決定恢復爸爸中國共產黨黨籍。全
文如下：

　　　　我國偉大的革命作家沈雁冰（茅盾）同志，青年時代就接受馬
　　克思主義，一九二一年就在上海先後參加共產主義小組和中國共產

黨，是黨的最早的一批黨員之一。一九二八年以後，他同黨雖失去了組織上的關係，仍然一直在黨的領導下從事革命的文化工作，爲中國人民的解放和社會主義建設事業奮鬥一生，在中國現代文學運動中作出了卓越貢獻。他臨終以前懇切地向黨提出，要求在他逝世後追認他爲光榮的中國共產黨黨員。中央根據沈雁冰同志的請求和他一生的表現，決定恢復他的中國共產黨黨籍，黨齡從一九二一年算起。

四月十一日，在首都北京人民大會堂舉行了有兩千人參加的隆重的追悼會。追悼會由鄧小平同志主持，胡耀邦同志致悼詞。悼詞說：

一九八一年三月二十七日五時五十五分，中國文壇殞落了一顆巨星。我國現代進步文化的先驅者、偉大的革命文學家和中國共產黨最早的黨員之一沈雁冰（茅盾）同志和我們永別了。

我們懷著十分沉痛的心情，深切悼念這位爲中國革命事業、中國新興的革命文學事業奮鬥了一生的卓越的無產階級文化戰士！

沈雁冰同志是在國內外享有崇高聲望的革命作家、文化活動家和社會活動家。他和魯迅、郭沫若一起，爲我國革命文藝和文化運動奠定了基礎。從一九一六年開始從事文學活動以來，在漫長的六十餘年中，他始終不懈地以滿腔熱情歌頌人民、歌頌革命，鞭撻舊中國黑暗勢力，創作了《子夜》、《蝕》、《虹》、《春蠶》、《林家舖子》、《霜葉紅似二月花》、《清明前後》等大量傑出的文學作品。這些作品刻畫了中國民主革命的艱苦歷程，繪製了規模宏大的歷史畫卷，爲我國文學寶庫創造了珍貴的財富，提高了現實主義文學創作水平，在文學史上留下了不可磨滅的功績。他的許多作品被翻譯爲多種外文，在各國讀者中廣泛傳播。他還撰寫了大量文藝論著，翻譯介紹了許多外國作家的作品。新中國成立後，他長期從事文化事業和文學藝術的組織領導工作，寫了大量的文學評論，特別是一貫以極大的精力幫助青年文學工作者的成長，爲社會主義文化事業作出大貢獻。

……

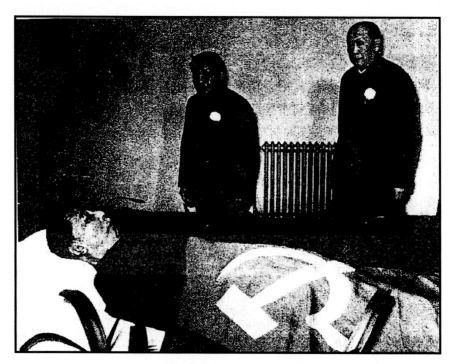

一九八一年四月十日，黨和國家領導人鄧小平懷著沉痛的心情向茅盾的遺體告別。

一九八一年四月十一日，黨和國家領導人以及首都各界人士兩千人在北京人民大會堂隆重舉行追悼大會，沉痛悼念茅盾。這是追悼會會場。

首都各界代表,文化藝術界的朋友,絡繹不絕地來到北京醫院悲痛地向
茅盾作最後的訣別。

鄧小平主持了追悼會。

胡耀邦在追悼會上致悼詞。

後　記

　　一九八一年三月二十七日爸爸溘然長逝。

　　自一九一六年八月爸爸跨進上海商務印書館的大門之時起，爸爸在中國文壇上馳騁了整整六十五年，爲中國新文學運動的發展做出了卓越的貢獻。

　　爸爸六十五年的文學生涯，從一個側面，反映和印證了中國新文學運動的歷史。這段歷史若能完整地記載下來，將是十分珍貴的的文化遺產。然而爸爸晚年撰寫的回憶錄《我走過的道路》，卻把結尾的時間定在一九四九年，也就是僅僅回憶了前三十三年的文學歷程。爸爸沒有告訴我們爲什麼要這樣做，我們猜想，大概他認爲自己眞正的創作生涯是在前三十三年，而後三十二年主要從事於文化領導工作。

　　爸爸去世後，我們聽到社會上許多反映，認爲爸爸的回憶錄只寫到一九四九年是非常遺憾的，於是不少出版社和雜誌社熱心的編輯希望我們能彌補這個缺憾。

　　隨著茅盾研究的開展，國內外越來越多的茅盾研究佳作絡繹問世，評傳、專著、論文、傳記、年譜、詞典等已出版了不少。我們感謝並祝賀他們取得的豐碩的成果。但是，這些著作主要是講述爸爸的文學活動的，研究者和讀者們也希望能看到更多的、第一手的眞實反映爸爸日常生活和精神面貌的資料。當前又有個別人專以搜羅甚至編造作家的所謂「秘聞軼事」來取悅和招徠讀者。因此，我們作爲茅盾的後代，有責任盡最大的努力，將我們所知道的爸爸的眞實情況奉獻給讀者，同時，也盡可能彌補爸爸的回憶錄《我走過的道路》所留下的遺憾。

　　這本書著重寫了爸爸一生中最後的十五年，即從文化大革命開始到爸爸

謝世，因為這十五年我們和爸爸始終生活在一起；而「文革」前的十七年，只能選擇我們所知道的若干重大事件，作一概略的回述。所以，這本書就命題為《父親茅盾的晚年》。由於水平所限，我們這支禿筆未必能將爸爸的高尚情操和偉大人格完整地向世人傳達出來，但我們盡力使它最大限度地接近於歷史的真實。

韋韜　陳小曼

二零零六年八月修訂